DAVIDE COPPO
DER MORGEN GEHÖRT UNS

Roman

Aus dem Italienischen von Jan Schönherr

Man muss die Bücher von den
Schmerzen unterscheiden.

Daniele Del Giudice, *Lo stadio di Wimbledon*

Da dachte sie, alle Männer, wenn man
sie ein wenig genauer betrachtet, hätten
diesen wehrlosen, einsamen und nach-
denklichen Ausdruck und müssten einer
Frau leidtun, und das war gefährlich.

Natalia Ginzburg, *Die Stimmen des Abends*

SCHULJAHR 2004/2005

1

Im Unterschied zu einem richtigen Gefängnis hatte die Wohnung zwei Ausblicke, einen nach Osten und einen nach Westen. Auf der Westseite lagen das große, quadratische Wohnzimmer, die schlauchförmige Küche und der Balkon, von dem man den kleinen Park vorm Haus und weiter hinten die neunstöckigen Plattenbauten sah. Auf der anderen Seite ging der Ausblick auf die schmale Straße, an deren Ende unser Wohnblock wie ein Korken saß. Hier brannte morgens unbarmherzig die Sonne herein, sodass man die Zimmer nur mit hermetisch geschlossenen Rollläden gleichmäßig verdunkeln konnte.

Während meines Arrests verbrachte ich viele Stunden mit dieser zweiten Aussicht, rauchte heimlich an meinem Zimmerfenster oder saß über meinem Tagebuch, dem ersten Versuch, von diesen starren, tristen Tagen zu erzählen. Diesen Tagen, die dann aber doch, ganz langsam, heller wurden.

Im Lauf der Monate hatte ich zugesehen, wie die Balkone der Nachbarhäuser mit dem Wechsel der Jahreszeiten grüner wurden. Auch die beiden Rosskastanien unten an der Straße standen jetzt kurz vor der Blüte; der Frühling nahte, aufgeregt streckten sie ihre Stiele in den Himmel, aus denen schon in wenigen Wochen weißrosa Rispen würden. Wie jedes Jahr würde sich dann für einige Tage herber Blütenduft über die Straße legen, ja sogar bis ins Haus dringen, Tür- und Fensterrahmen, Scheiben, einfach alles überwinden, was das Innere vom Außen trennen soll.

Die andere Hälfte des Tages, vor allem die Vormittage, verbrachte ich auf der Westseite. Wenn es nicht zu kalt war, hingen unten im Park oft Schulschwänzer herum, ließen hin und wieder Böller krachen oder machten Wheelies auf ihren Mopeds mit aufgebohrtem Auspuff. Obwohl sie in meinem Alter waren, kannte ich keinen von ihnen, und obgleich ich oben auf unserem Balkon in einiger Entfernung stand, machten sie mir ein bisschen Angst. Um die Mittagszeit gingen sie fort, am Nachmittag kamen sie wieder, manche blieben bis zum Abend. Manchmal kamen sie auch nachts, dann brüllten die Leute aus den umliegenden Häusern, sie sollten endlich Ruhe geben.

In diesem Frühling sollte ich achtzehn werden, und ich konnte ihn kaum erwarten. Nicht bloß wegen des sowieso eher symbolischen biografischen Meilensteins – nein, im Grunde gar nicht seinetwegen. Nur noch ein paar Wochen und mein gerichtlich angeordneter Hausarrest wäre nach genau neun Monaten endlich vorbei. So lang wie eine Schwangerschaft, wie mir vor ein paar Tagen aufgefallen war. Ich hatte den Symbolwert abgewogen und auf den Müll geworfen.

An wärmeren Tagen, wenn die Luft nicht vom Lärm der Auspufftöpfe zerrissen wurde, genoss ich auf dem Liegestuhl die Stille und die leiseren, entfernteren, undefinierteren Geräusche. Meine Mutter ging jeden Tag um acht aus dem Haus und sagte: »Hab einen schönen Tag, Mittagessen ist im Kühlschrank.«

Meistens hatte sie am Vorabend was vorgekocht, Roastbeef, zum Beispiel, oder Vitello tonnato.

Schon seit den letzten Februartagen jagten die Vögel sich

gegenseitig um die Geländer, Laternen und Parkbänke und um die zu dieser Zeit noch größtenteils kahlen Zweige der Bäume. Vor allem die schwarzen, gelbschnabligen Amseln, die eher von einem Ort zum andern hopsten, als wirklich zu fliegen. Als ich klein war, hat meine Großmutter Elsa mich für meine Dummheiten oft gescholten, indem sie mich »*un merlo*«, eine Amsel, schimpfte. Ich habe sie nie gefragt, wieso man das so sagte.

Ich wäre froh gewesen, wenn sie mich auch wegen dem, was ich diesmal angerichtet hatte, bloß eine »Amsel« genannt hätte. Als die Polizei vor der Tür stand und ich vor allen alles zugegeben habe, vor meinem Vater, meiner Mutter und auch vor Elsa, hat jedoch lange niemand irgendwas gesagt. Meine Mutter ging aus dem Zimmer und raunte in sachlichem, womöglich resigniertem Ton, dem Ton, den jemand anschlägt, der erkennt, dass Hopfen und Malz verloren sind: »Ich sage dazu besser erst mal nichts.« Papa seufzte und verkroch sich in sein Schweigen, verkniff den Mund zu einer Miene, die vielleicht Scham ausdrückte. Nur Elsa, die Stimme scharf von einer Wut, die ich noch nie an ihr erlebt hatte, sagte schließlich: »Was für eine Schande!« Dann zerfloss sie in Tränen, langsam, wie eine schmelzende Kerze.

Während ich morgens nach dem Frühstück auf dem Fensterbrett meines Zimmers die erste Zigarette rauchte, sah ich immer eine Frau mit ihrem Fahrrad aus einem der Nachbarhäuser kommen. Es war ein schwarzes Stadtrad mit einem Korb vorne dran, an den frische Blumen gebunden waren. Anfangs hatte ich geglaubt, die Blumen seien künstlich, dann war mir aufgefallen, dass sich von Tag zu Tag ihre Anordnung und ihre Farben änderten. Die Frau trug lange, weite, bunte Röcke. Auch ihr Haar war lang, hing ihr glatt, teils schwarz, teils weiß, bis halb über den Rücken. Sie war so alt wie meine

Mutter, und auch so groß und kernig wie sie. Ich kannte sie aus der Kirche, sie hieß Mercedes und war Spanierin. Sie hatte zwei Töchter, beide jünger als ich, aber mit einem Mann hatte ich sie noch nie gesehen. In der Kirche spielte sie Gitarre und Tamburin, schmetterte Kirchenlieder mit der Inbrunst einer Frau, die weiß, dass sie zu den Gerechten zählt. Ich weiß noch, wie beseelt sie immer wirkte, wenn sie diese Lieder voller »Herr« und »Lieber Gott« und »Christus« und »Halleluja« anstimmte, als gäbe es auf der ganzen Welt nichts Beglückenderes. Sie trug eine Nickelbrille mit dünnem Gestell. Wenn sie morgens auf ihr Fahrrad stieg und mich am Fenster sah, hob sie die Hand zu einem kurzen Gruß. Sie wusste garantiert, warum ich immer zu Hause war. Was ich getan hatte. In einem Nest wie Trezzano sul Naviglio wussten das alle. Und jedes Mal, wenn sie die Hand zum Gruß hob, mit diesem seligen Lächeln, das ich nicht verstand, spürte ich eine kleine Vergebung.

SCHULJAHR 2000/2001

2

Die ersten Bilder der Doku zeigten Hunderte junger Körper in choreografierter, aus komplizierten geometrischen Figuren bestehender Bewegung. Dann wurde der Bildausschnitt weiter: Ein volles Stadion, Menschenmassen auf den Tribünen. Soldaten marschierten im Gleichschritt, streckten Banner und Fahnen in die Höhe. Alles in Schwarz-Weiß. Menschenmassen auch auf den Plätzen draußen vorm Stadion. Der Mann auf dem Balkon gestikulierte furios.

Zum ersten Mal sah ich diese Bilder in meinem letzten Jahr an der Mittelschule, im Frühling, nur wenige Monate bevor ich aufs Gymnasium wechselte. Dank der neuen Lehrerin, die in dem Jahr an die Schule gekommen war, fand der Geschichtsunterricht öfter im Videosaal als im Klassenzimmer statt. Sie hieß Di Livio, hatte kurzes Haar, und man konnte wirklich nicht behaupten, sie sei eine attraktive Frau. Groß war sie, bestimmt eins fünfundsiebzig. Sie trug gerade geschnittene Hosen und bequeme Sportschuhe, dazu ein in die Hose gestecktes, olivgrünes Polohemd. Mir kam sie immer eher ernst vor als traurig. Auch ihre Stimme war männlich fest. Wir Jungs witzelten über den schlichten Look, der so anders war als der unserer Mütter, Tanten und Omas und all der anderen Frauen, die wir ringsum erlebten. In der Pause nannten wir sie heimlich Lesbe oder Transe und lachten dann über diese verbotenen Wörter.

Im letzten Jahr der Mittelschule Geschichte zu unterrichten, hielt ich damals für den vielleicht schönsten Job, den man als Lehrer haben konnte, denn da wurden die Kriege durchgenommen, Dinge, die noch nicht allzu lange her waren, von denen die Eltern und Großeltern erzählten, die einen berührten. Allerdings hatte auch dieses Schuljahr so dröge begonnen wie alle anderen: Warum die Revolution von 1848, von der ich davor nie gehört hatte, so wichtig sein sollte, war mir schleierhaft. Die Industrialisierung ödete mich genauso an wie der Chemieunterricht, ich begriff nicht, wer in den Burenkriegen gegen wen gekämpft hatte, und auch der italienische Kolonialkrieg ließ mich kalt, unfähig wie ich war, zu erkennen, was all das mit meiner Gegenwart zu tun haben sollte.

Mein Interesse erwachte mit dem Frühling und den Videos. Unsere letzten Schultage waren angebrochen, der letzte Kindheitssommer, vor uns ein weiter Horizont. Die Bilder der Dokus waren körnig. Die Gestalten bewegten sich schneller als normal, was lustig aussah. Sie grüßten einander mit gestreckten Armen und trugen eine sonderbare Kleidung: Hüte in der Art eines Zylinders oder Fezes, Pluderhosen und kniehohe Stiefel.

Was ich damals daran fand? Das habe ich mich Jahre später oft gefragt. Meine Antwort: ein Gefühl der Ordnung, des Glücks, der Perfektion. Alles schien zu laufen wie geschmiert, alles bewegte sich in dieselbe Richtung. Eine Welt der Klarheit, ganz ohne Zweifel und Ängste. Eine Welt ohne Schuldgefühle.

Thematisch waren die Filme alle gleich. Professoressa Di Livio war wild entschlossen, uns mit wenigen Worten, aber umso mehr Fernsehstunden, die Komplexität eines ganzen Jahrhunderts – des zwanzigsten – einzubläuen. Immer nur Dokus, immer Märsche, Reden und Versammlungen, gestreckte Arme und schrille Stimmen aus dem Off, die über die Größe Italiens und eben jenes Mannes sprachen, um den sich die Filme letztendlich drehten: Benito Mussolini.

Wir, die Schüler, saßen eher ungeordnet im Videosaal. Der Fernseher, so ein großer, schwerer Kasten, stand auf einem Rollwagen, im Fach darunter der Videorekorder, genauso schwarz wie der Apparat. An manchen Tagen setzte ich mich möglichst dicht neben eine ganz bestimmte Klassenkameradin, von der Dunkelheit verführt, ihre Finger zu berühren, ihre Hände, ihren Unterarm – eine blinde, knisternde Verlockung. Manchmal ist es tatsächlich passiert: Mit den Fingerspitzen malten wir einander auf die Haut. Ein zahmer Körperkontakt, und doch der erste meines Lebens, der mich erregte. Dann wurde es hell, Alessia und ich sahen einander an, und alles war vorbei. Unsere Beziehung existierte nur in Form dieser unsichtbaren Berührungen.

Am Ende fesselten mich die Märsche und Choreografien aber stärker als Alessias Finger, sodass ich sie bald nicht mehr suchte. Gesprochen haben wir darüber nie. In den folgenden Jahren fragte ich mich manchmal, wohin Alessia mich hätte führen können, wenn ich sie gelassen hätte. Und wieso eigentlich hat sie mich nie etwas gefragt?

Bei der Abschlussprüfung bekam ich die Bestnote. Zum ersten Mal war ich die Nummer eins. Ich hatte ein Referat über Japan vorbereitet; die explosive, ständig gefährdete Geografie dieses Archipels fand ich faszinierend. Die Bomben auf Hiroshima und Nagasaki beeindruckten mich nicht so sehr wie der Feuergürtel unterirdischer Vulkane, diese künftige Zündschnur des Weltuntergangs, und dazu die Erdbeben und Tsunamis, die gesamte unausweichliche Zerbrechlichkeit dieses Landes, seine geologische Verdammtheit. Damals stellte ich mir zum ersten Mal eine Frage, die mich in den folgenden

Jahren auf verschiedene Weise immer wieder beschäftigen sollte: Wie konnte man an einem Ort leben, der in ein paar hundert oder tausend Jahren von der Bildfläche verschwinden würde, ohne jede Aussicht auf eine Rettung? Manchmal gab ich mir die Antwort selbst: Na, weil das eben erst in ein paar tausend Jahren passieren würde! Das aber konterte ich sofort mit der nächsten Frage: Wie konnte man irgendwas aufbauen, im Wissen, dass jeder Samen, jeder Ziegelstein und jedes Wort dazu verurteilt wären, früher oder später für immer zu verschwinden, vom Meer oder den Flammen verschlungen zu werden?

Am Tag, als die Ergebnisse ausgehängt wurden, fand für die künftigen Gymnasiasten eine Abschiedsfeier mit den Lehrerinnen der vergangenen Jahre statt. Ich war immer noch voller Freude über meine Noten, aber vor allem war ich nervös: Die Rolle des Klassenbesten hatte ich noch nie gespielt, und ich fühlte mich nicht wohl in meiner neuen Haut. Im Klassenzimmer traf ich meine Mathelehrerin Bertoldo. Sie stand am Fenster und sah aus wie ein kleiner Hund mit dunkler, platt gedrückter Schnauze.

»Und, Ettore, wohin soll's jetzt gehen?«, fragte sie.

»Aufs humanistische Gymnasium.«

Das hatte ich mir in den Kopf gesetzt, bloß aus einer Laune heraus; zumindest würde ich mich später so daran erinnern.

Professoressa Bertoldo sah mich zerknirscht an. »Ich würde dir eher zur Fachoberschule raten.«

Manche Erinnerungen überdauern entgegen aller Logik die Zeit. Sogar Jahre später sah ich noch das Hundegesicht der Bertoldo vor mir, praktisch jede Faser ihres malvenfarbenen Seidenhemds, den Lippenstift und die Ohrringe mit den goldgefassten Malachiten. Letztere erkannte ich schon damals, weil auch meine Mutter häufig welche trug, in Form von Ketten oder Ohrringen, und weil ich deren Grün immer so anziehend und mysteriös fand. Einen Moment lang sahen wir einander schweigend an, dann drehte ich mich um und ging. Damals hielt ich das für einen Sieg. Ich bin ihr nie wieder begegnet.

Auch die Freude meiner Eltern war unerwartet und groß. Beim Abendessen zu Hause erzählte ich ihnen von dem kurzen Gespräch mit Professoressa Bertoldo. »Blöde Ziege«, sagte meine Mutter nur.

Ich beschloss, nicht mehr daran zu denken.

Der Sommer stand schon vor der Tür.

3

Die großen Ferien vor dem Gymnasium waren unsere letzten als Kinder. In wenigen Wochen müssten wir jene unsichtbare Schwelle überschreiten, die ich zwar noch nicht kannte, aber schon Monate im Voraus zu fürchten begonnen hatte.

Anfang Juli brachten meine Eltern mich mit dem Auto nach Crema, zum Ferienhaus von Giacomo, einem Klassenkameraden, der auf dasselbe Gymnasium wechseln würde wie ich. Giacomo verbrachte die erste Hälfte des Sommers immer in dieser flachen, ruhigen Gegend, in einem alten Landhaus, das auf einer Seite von einem Maisfeld gesäumt wurde und auf der anderen von einer Landstraße, auf der nur ein Bus und eine Handvoll ewig rasender Autos unterwegs waren. Seine Großeltern lebten immer schon dort, im Garten wuchsen Obstbäume, vor allem Äpfel und Pfirsiche. Nirgendwo hatte ich je so hohe Decken gesehen; oben in den Ecken schimmerten Spinnennetze. Eine Mauer aus grauem Beton mit einem

Kamm aus Flaschenscherben schirmte den Garten vor der Außenwelt ab. Der geflieste Boden blieb das ganze Jahr über kühl.

Ich bekam ein Zimmer ganz für mich allein, ein Einzelbett mit Sprungfedern unter der Matratze, die bei jeder winzigen Bewegung quietschten. Das fiel mir gleich am ersten Abend auf, als ich mich vor dem Einschlafen im Bett herumwälzte und dabei war, mir ein Vergnügen zu verschaffen, das für mich noch neu, berauschend und rätselhaft war.

Giacomo war anders als ich, das wussten wir beide. In mancher Hinsicht bewunderte ich ihn, aber manchmal fand ich ihn auch ein wenig dumm. Allerdings fand ich manchmal *alle* außer mir dumm, oder zumindest die meisten. Solche Gedanken beschäftigten mich noch nicht lange, und ich verstand sie selbst noch kaum, spürte aber zum ersten Mal eine Kluft zwischen einem unscharf begrenzten »Ich« und den unscharf begrenzten »Anderen«.

Giacomo war auf eine Weise gebaut, die schon eine erwachsenere Figur vorausahnen ließ: Im Gegensatz zu meinen höchstens angedeuteten Muskeln waren seine klar definiert; die Brust wölbte sich über den Rippen, die Waden waren kräftig. Beim Gehen sah man seine Gesäßmuskeln zucken.

In unserem Duo übernahm ich die Rolle des Kleinen, Stillen, Dünnen. Ich bewunderte Giacomo für seine körperliche Reife – und auch für die Leichtigkeit, die er ausstrahlte. Eine Leichtigkeit, die man brauchte, um morgens Punkt sieben aufzustehen, als wäre der Wecker bloß ein Schalter, der von Nacht auf Tag sprang. Eine, die uns, ohne Furcht vor den Autos, auf zwei uralten, klapprigen Fahrrädern, in deren Pedale man treten musste wie ein Ochse, zu den noch nicht abgeernteten Maisfeldern sausen ließ. Eine, dank der wir die Räder neben einen Graben warfen und uns in die Felder schlichen, um uns Maiskolben unters Shirt zu stecken, ohne dass der Bauer es merkte. Das taten wir jeden Morgen. Es dauerte immer nur ein paar Minuten, aber für mich waren es die spannendsten und aufregendsten meines Lebens.

Einmal hörten wir jemanden brüllen: Zwar konnte dieser Jemand uns in dem über zwei Meter tiefen Meer aus Mais unmöglich gesehen haben, aber er hatte wohl doch das Schaukeln der Halme bemerkt. Schüsse krachten, wir hatten Todesangst. Zu Hause erklärte uns Giacomos Großmutter, die unsere Abenteuer belustigt gutzuheißen schien, weil sie uns wenigstens von der Glotze fernhielten, dass die Bauern alte, mit Steinsalz geladene Schrotflinten benutzten. Das Salz tat weh, brannte vor allem in der Haut, brachte einen aber sicher nicht um. Ich stellte mir die Flinten vor wie die Comic-Gewehre in den Micky-Maus-Heften und musste lachen, aber abends dachte ich doch wieder an meine Furcht vor den Schüssen zurück, an unseren Fluchtreflex und die Erleichterung über unser Entkommen, und erkannte, dass ich echte Angst gehabt hatte – Angst um mein Leben. Giacomo vermutlich nicht. Giacomo dachte fast nie lang über die Folgen seines Handelns nach. Zum Frühstück kochten wir den Mais in einem Töpfchen frischer Milch, die davon langsam süß wurde.

Mir bereiteten in dieser Zeit gleich mehrere Dinge Kopfzerbrechen: Vor allem das Gymnasium, humanistisch ausgerichtet und mitten im Zentrum gelegen, groß wie eine kleine Stadt und voller Unbekannter. Über tausend Schüler, hatte meine Mutter gesagt, das größte von Mailand. So viele Leute konnte ich mir nicht mal vorstellen. Und auch die Mädchen machten mir Sorgen, eine unberechenbare Größe, die aber bedrohlich näher kam – wie Geier, die einem Verirrten durch die Wüste folgen und mit jedem Kreis am Himmel etwas tiefer sinken.

Eines Tages, wir pflückten gerade die Pfirsiche, bevor sie von allein vom Baum fielen und auf der Erde verfaulten, zeigte Giacomo mir im Garten in Crema seine Schamhaare. Unter dem Nabel, hinter dem Gummizug seiner Unterhose, sprossen die allerersten Löckchen, schwarz und spröde. Ob ich auch welche hatte, wollte er wissen. Ich verneinte eilig, ohne meine Shorts runterzuziehen, und schämte mich für etwas, auf das ich keinen Einfluss hatte.

Trotz allem führten wir immer noch das Leben von Kindern: Nach dem Mittagessen schauten wir Zeichentrickfilme und schliefen oft nebeneinander auf dem Sofa ein. Doch wir wussten, dass schon bald alles ganz anders wäre.

Giacomos Oma war geduldig und liebevoll. Im Gegensatz zu den Härchen im Schritt musste ich Giacomo darum nicht beneiden, denn auch meine Großmutter war geduldig und liebevoll. Sein Großvater dagegen war schweigsam, sprach kaum ein Wort. Er war schon sehr alt und nicht mehr ganz richtig im Kopf. Ein paar Monate zuvor hatte ich bei einem Abendessen mit meinen und Giacomos Eltern den Begriff »Demenz« aufgeschnappt. Wenn Giacomos Opa aus seiner Stille erwachte, war er aber immer gut gelaunt und wollte irgendwelche alten Spiele mit uns spielen – Schnick, Schnack, Schnuck und solche Sachen. Meistens verbummelte er jedoch den Tag vor dem Fernseher oder am Fenster und trug dabei immer Jogginganzüge, in denen er dank seiner vielen Runzeln aussah wie ein gestrandeter Fisch. Er maß fast zwei Meter und hatte riesige Ohren. Nur manchmal kam plötzlich Bewegung in ihn, so, als hätte er sich an irgendetwas erinnert, erkenne aber die Welt um sich herum nicht mehr wieder. Wenn das passierte, fing er fast immer an zu singen, Lieder aus seiner Zeit im Krieg. Ich kannte sie nicht, aber danach zu urteilen, wie Giacomos Oma ihn anblitzte oder bewusst ignorierte, gehörten sie sich garantiert nicht. Er sang: »Ro-te Fahne mit dem Ha-ken-kreuz, rote Fahne mit dem Hakenkreuz«. Oder: »O du schönes schwarzes Abessinierkind, wart nur ruhig ab, uns're Zeit kommt geschwind«. Letzteres sang er vor allem, wenn er die stumme Präsenz der jungen Filipina bemerkte, die sich um seine Pflege und den Haushalt kümmerte. Sie war immer angezogen wie früher die Hausmädchen, blaues Kittelkleid und weiße Schürze. Sprechen hörte man sie fast nie, nur manchmal sagte sie: »Umberto, lass das«, wenn der Großvater seine Pranken ausstreckte, um sie gegen ihren Willen zu umarmen. Sie kämmte ihm das dünne, aber noch volle, beinah glänzend weiße Haar, und er nannte sie »Schönes schwarzes Kind«.

Er schien noch immer imstande, anderen wehzutun. Giacomo hatte mir erzählt, dass sein Opa, weil er so alt war, oft an den Krieg dachte und dass er damals ein Flammenwerferschütze gewesen sei. Ich hatte nicht mal gewusst, dass es so was gegeben hatte, und verstand nicht, wozu es gut gewesen sein sollte. Haben die die Feinde etwa verbrannt?, fragte ich Giacomo. Der wusste es auch nicht und schwieg. Die ganzen Ferien über stellte ich mir den Alten immer wieder in Olivgrün vor, wie er die Feinde in einer Flammenwolke lebendig verbrannte. Aber welche Feinde eigentlich? Das war mir ein Rätsel. Unmöglich hätte ich Giacomos Opa mit den Bildern aus den Dokus verbinden können, mit den Choreografien und Versammlungen. Er wirkte die meiste Zeit über so hilflos, wie er da mit zerzaustem Haar und weit aufgerissenen Augen in den Sofakissen versank.

Als ich mich Jahre später fragte, wo und wann alles angefangen hatte, wo der Point of no Return gewesen sein mag, an dem ich endgültig falsch abgebogen war, stellte ich schaudernd fest, dass ich das unmöglich sagen konnte. Es waren einfach zu viele Abzweigungen gewesen, und alle zu unauffällig, unübersichtlich oder äußerlich unschuldig. Auch an diesen alten Mann und seine Lieder musste ich da denken.

Der Alte trug eine Windel. Ab und zu schiss er sich tatsächlich ein.

4

Der restliche Sommer gehörte dem Meer, wie jedes Jahr seit vierzehn Jahren. Der Bahnhof in Bogliasco lag an einer Kurve, sodass der Zug sich, wenn er dort hielt, ein wenig nach innen neigte, in die Gleisparabel schmiegte. Es wirkte, als könnte er jeden Augenblick wie ein Betrunkener zur Seite kippen, doch das passierte nie. Vom Balkon unseres Hauses oben auf dem Hügel aus sah ich ihn täglich dutzende Male ankommen, abbremsen und in dieser seltsam unbequemen Stellung verharren. Jenseits der Gleise lag das Meer.

Als wir am Haus ankamen, überwältigte mich die Farbexplosion der blühenden Bougainvillea am Eingang, genau da, wo mein Vater das Auto parkte. Meine Mutter erwartete uns schon, wie jeden Sommer um diese Zeit. Wir aßen auf dem Balkon zu Abend, die Sonne ging erst gegen neun ganz unter, und wenn sie es tat, dann exakt vor unserer Nase. Alles wurde erst orange, dann violett und schließlich schwarz.

In diesem Sommer ging ich nach dem Abendessen oft noch runter in den Ort, ein kleines Städtchen mit einer Spielhalle und drei Cafés. Blieb ich doch einmal zu Hause, schaute ich lang hinaus aufs Meer, hinauf in die Sterne und vielleicht noch einem spät auslaufenden, nur an einem einzelnen Licht zu erkennenden Boot hinterher. An diesen einsamen Abenden gärten tief in meiner Hirnrinde die Videobilder aus den letzten Schulwochen – und die Lieder von Giacomos Großvater.

Mein Körper wuchs und pulsierte, und ans Gymnasium vergeudete ich keinen Gedanken: Zum ersten Mal hatte ich in den Ferien keine Hausaufgaben, und diese Freiheit kam mir ebenso unglaublich wie unverdient vor. So ist das also, wenn man erwachsen ist, dachte ich.

Tagsüber traf ich am Strand meine Freunde, eine bunte Truppe aus Genua, Pavia, Voghera und Cremona. Wir gingen ins Wasser, spielten Volleyball oder saßen im Strandcafé und spielten Karten. Manchmal verzogen wir uns auch auf ein paar abgelegene Felsen, einige Gehminuten entfernt von den Sommertouristen. Von hoch oben, aus gut fünf Metern, sprangen wir ins Wasser. Mal waren wir zu sechst, mal zu siebt, mal zu zehnt. Von allem, was der Sommer hier zu bieten hatte, waren die Felsen mir immer das Liebste. Eine Frage der Freiheit und Eitelkeit, oder vielleicht auch eine der Eitelkeit und Einsamkeit, denn ich war der Einzige, der sich traute, mit dem Kopf voran zu springen.

Am Meer war es mir immer leichtgefallen, Freunde zu finden – vor allem unter den Mädchen. Die schauten mich nicht so an wie die anderen Jungs, oder zumindest nicht so wie Nicola oder Simone, die sie verlegen machten, sie mit lustigen Sprüchen unterhielten und sichtlich erregten. Im vorigen Sommer hatte ich mal ein Mädchen geküsst, dann aber keine Lust mehr gehabt, sie zu treffen, und keine Ahnung, was ich aus der Sache machen sollte. Nur ab und zu hatte ich damals noch zu ihr rübergelinst und mich gefragt, ob ich einen Fehler gemacht hatte, aber immer nur abends, nie bei Tag. In diesem Jahr, mit Olimpia, sollte sich daran etwas für alle Zeiten ändern.

Samuele hatte seine neue Freundin aus Mailand in unsere Strandclique mitgebracht, um den Sommer mit ihr zu verbringen. Von all meinen Freunden dort war er mir einer der liebsten, weil er kein bisschen auf cool machte und trotzdem der coolste von allen war: Er sprach genau richtig, bewegte sich genau richtig, war genau richtig schludrig. Er war zwei Jahre älter als ich und wusste viel über Musik, kannte Zeug, das mir zugleich jung und erwachsen vorkam, nicht so verzopft wie die Platten, die wir zu Hause hatten, sondern aufregend aggressiv. Olimpia war schlank und blass. Sie war so alt wie ich, hatte grüne Augen und eine reife Figur, vielleicht sogar etwas zu reif, um noch grazil zu sein. Man sah sofort, dass sie sich anders bewegte als Samuele, fast so, als gehöre sie einer anderen Spezies an. Die beiden bewahrten eine gewisse Distanz, wie man das in diesem Alter oft tut, wenn andere dabei sind. In unserer Clique gab es kaum Mädchen, sie kamen und gingen, und Olimpia durfte entweder den pubertierenden und präpubertierenden Jungs stumm bei ihrem täglichen Programm zusehen oder sich allein ein schönes Plätzchen am Strand suchen. In diese Distanz bin ich – ganz ohne Absicht – hineingerutscht.

Auch ich hielt mich eher bedeckt. Abends trank ich mir ab und zu einen an, machte aber nie Ärger. In diesem Sommer durfte ich lang draußen bleiben und allein nach Hause gehen, und mit jedem Abend wurde mir klarer, wie gern ich trank. Ich merkte schnell, dass ich den Alkohol viel besser als die anderen vertrug, dass er mich eher nachdenklich als überschwänglich machte. Olimpia war anders als die Mädchen, die abends am Strand manchmal mit Nicola oder Simone zum Knutschen verschwanden. Sie zeigte nicht bei jedem Lächeln die Zähne und sprach eher leise. Wenn Samuele sie umarmte, schien sie nicht gerade selig, doch das kam sowieso nur selten vor. Eines Tages fragte ich sie: »Auf welches Gymnasium gehst du nächstes Jahr?«

»Aufs Beccaria«, sagte sie.

Mir blieb die Luft weg. Ich war ganz sicher gewesen, sie in ein paar Tagen zum letzten Mal zu sehen.

Als ich an diesem Abend allein in meinem Bett lag, lauschte ich glücklich dem übers Kies rauschenden Meer, den verstummenden Grillen und den sich wie immer fetzenden Katzen.

Tagsüber suchte Olimpia meine Nähe, und ich suchte ihre. Wir waren die Jüngsten in der Clique, und die anderen ließen uns stundenlang in Ruhe reden. Natürlich zog mich auch ihr Körper an, und zwar so stark, dass es mir fast Angst machte, aber die stärkste Wirkung auf mich hatte ihr Charakter. Die Worte brachen aus Olimpia heraus wie ein Sommergewitter. Soll heißen: nicht oft, aber dann mit Macht. Olimpia öffnete sich wie eine schamlose Blüte: Sie sprach darüber, was sie an unseren Freunden und Freundinnen schön oder schlecht fand, über Albernheiten wie das, was sie nachts geträumt hatte, über ihre Eltern und über ihre Angst vor der neuen Schule, der Zukunft und dem schon bald so anderen Leben.

Vielleicht entscheidet man erst dann, sich zu öffnen, wenn man in den Worten seines Gegenübers das Echo der eigenen hört.

Mit Olimpia sprach auch ich anders als je zuvor. Ich hatte noch nie mit irgendjemandem über Angst gesprochen, so als könnte ich es nicht verkraften, doch mit Olimpia lernte ich, meine Ängste zu benennen und zu beschreiben. Ich fand sie weise, trotz ihres Alters, und man merkte sofort, wie sehr sie daran gewöhnt war, ihre einmal formulierten Gedanken zu verstehen und in einem Gespräch spazieren zu führen. Offenbar hatte sie in ihrem jungen Leben schon über vieles nachgedacht. Allerdings sprach sie nicht so wie die Erwachsenen, denn in Wahrheit sprechen die ja auch nicht richtig. Olimpia sprach einfach so, wie man sprechen sollte, ohne diese Angst vor der Angst, die man wohl Scham nennt.

Abends hielten wir größeren Abstand zueinander, aus einem unbedingten Schutzreflex heraus. Wir merkten beide, dass sich da etwas zusammenbraute, und hatten beschlossen, dem lieber nicht zu viel Raum zu geben.

Während wir in Bogliasco badeten, Karten spielten und Rallys an Spielautomaten fuhren, passierte nur wenige Kilometer entfernt etwas Großes, Kompliziertes. Eines Abends klebten meine Eltern und Großeltern während dem Essen am Fernseher wie nie zuvor. Noch die ganzen nächsten Tage sah man in den Nachrichten gefühlt immer dieselben Bilder: Tausende Menschen, schwarzer Rauch, brennende Autos. Die Autos machten mir besondere Angst, weil ich aus Filmen wusste, dass sie jederzeit in die Luft gehen konnten. In Genua war ich schon ein paarmal gewesen, aber in den Fernsehbildern erkannte ich nichts wieder; alles war viel zu voll und chaotisch, eine Polizei, die auftrat wie eine Armee, Tausende Demonstranten und Barrikaden aus Beton und Plastik. Einmal fiel mein Blick auf meine Großmutter, die mit zitternden Lippen auf den Fernseher starrte. Mir war nicht klar, ob das vom Alter kam, von der Erschütterung oder der Wut. Sie wirkte verstört. Mir jagten die Bilder eine unergründliche Angst ein, und eben darum wollte ich lieber gar nicht so genau wissen, was sich dort abspielte. Meine Oma schüttelte den Kopf, wandte sich ab und ging in die Küche, murmelte nur immer wieder: »Was für eine Katastrophe.«

Abends im Bett – bei offenen Fenstern, damit es im Zimmer nicht so heiß wurde –, stellte ich fest, dass sich mein Glücksgefühl gar nicht mehr legte, obwohl Olimpia bei Samuele war und dort womöglich im selben Bett schlief wie er.

All meinen Verdrängungsversuchen zum Trotz, schlichen die Ereignisse von Genua sich doch auch in unsere Clique ein. Samuele war wütend, wollte am liebsten sofort hinfahren, kam kaum noch an den Strand und in die Bars. Vielleicht hatte er Zoff mit seinen Eltern, dachten wir, und vielleicht war auch Olimpia da mit reingezogen worden. Eines Tages tauchte sie allein am Strand auf und setzte sich an den Tisch, wo drei von uns gerade Melonen-Granita löffelten. Wir fragten nach, aber sie drückte sich um klare Antworten. Schließlich sagte sie: »Schlimm, was da los ist. Jetzt ist ja wohl klar, dass wir keine Demokratie mehr sind.«

Niemand antwortete. Ich saugte bloß an meinem Strohhalm, bis nur noch Luft kam und kein Eiswasser mehr blubberte. In diesem Augenblick empfand ich eine gewaltige Distanz zwischen Olimpias Innenwelt und meiner. Eine Scham, wie ich sie nie zuvor verspürt hatte.

Keine Woche später war alles wieder beim Alten. In Genua war alles vorüber, die Nachrichten zeigten nur noch selten Bilder von Chaos und Rauch, und die fast mit Händen zu greifende Anspannung war verflogen. Auch Samuele war zurück, und Olimpia sprach mit mir wieder über Persönlicheres. Wir redeten über unsere Leben, über Dinge, die wir beide kannten oder bald kennenlernen würden.

Sie erzählte mir, dass sie zwar in Mailand lebte, ganz in der Nähe unserer zukünftigen Schule, aber in Belgien geboren war. Ein seltsamer Geburtsort, dachte ich.

Olimpias Mutter wohnte wegen ihrer Arbeit immer noch dort und kam nur einmal im Monat nach Italien. Mir erschien das wie eine beneidenswerte Freiheit.

Sie hatte angenommen, dass auch ich in Mailand wohnte, und war, als wir eines Tages über unsere Eltern sprachen, ein wenig verdutzt, dass das gar nicht stimmte. »So weit weg ist das auch nicht«, sagte ich. »Aber auch nicht nah. Ein räudiges Industriekaff, eins der letzten vor der Pampa.« Während ich das sagte, merkte ich, dass der Unterschied mir peinlich war, und wieder spürte ich eine gewisse Distanz zu ihr – oder zu dem, was sie für mich darstellte.

Der restliche Sommer verlief ruhig und ohne Störungen, ein Tag wie der andere, jeder ein Vorgeschmack auf den nächsten. Eine herrliche Monotonie. Wenn ich zum Abendessen heimging und bevor ich später wieder loszog, genoss ich sogar etwas den Liebeskummer wegen Olimpia, weil er etwas so völlig Neues für mich war. Während die letzten Ferientage dahintröpfelten, sehnte ich den September herbei wie eine große Party. In gewisser Hinsicht ersehnte ich dabei wohl den Beginn einer Verwandlung: ein Mann werden, die alte Haut abstreifen. Die Julitage auf dem Land mit Giacomo, vor kaum mehr als einem Monat, schienen mir bereits weit weg. Gerührt und liebevoll blickte ich zurück auf mein altes Ich.

SCHULJAHR 2001/2002

5

Die ersten Wochen an der neuen Schule waren chaotisch und schwer zu verstehen, zu verdauen, zu durchleben: Ich stammte aus einer kleinen, geordneten Welt, ruhig und geschützt, und das Chaos war für mich eine ganz neue Wirklichkeit.

Gleich am ersten Tag bekam ich schon am Eingang einen Vorgeschmack auf das, was mich erwartete: Zehn Treppenstufen führten hoch zu vier weit geöffneten Glastüren, die nur darauf warteten, die wie Mücken heranschwärmenden Schüler mitsamt ihren prallen Ranzen zu verschlingen. Der Vorplatz brummte vor Autos, Mopeds und Motorrädern. Eine wahre Flut aus Menschen, die die Treppe hinauf- oder hinabstiegen, zusammenstießen. In den ersten Stunden erklärte man uns, was wir über die Schule wissen mussten und welche Bücher wir besorgen sollten.

Aber erst in den Pausen, die sich hauptsächlich in dem überdimensionalen, einem Wohnzimmer für Riesen gleichenden Foyer abspielten, verstand ich wirklich, um wie viel größer die Welt dieses Gymnasiums war als die meiner Mittelschule. Aberhunderte Jungen und Mädchen schwirrten umher wie Elektronen im bunten Schaubild eines Chemiebuchs.

Während der ersten Tage waren die Aufregung, Verwirrung und Angst so groß, dass mir gar keine Zeit blieb, in diesem Gedränge nach Olimpia Ausschau zu halten. Ich stand am Rand, an eine Wand gelehnt, und beobachtete die brodelnde Masse. Da waren die älteren Jungs aus der Zwölf oder Dreizehn, die äußerlich der Welt unserer Eltern schon näher zu sein schienen als meiner jugendlichen, in deren Augen aber ein brutales Funkeln lag. Unschwer konnte man die Spuren eines Rollenspiels erkennen, in dem es um Überleben und Anerkennung ging. Oft hofierten die Kleinsten die Großen; manche scharwenzelten kriecherisch um sie herum, doch die meisten hielten sich nur stumm in ihrem Dunstkreis auf, in engen, aber diskreten Umlaufbahnen. Im Grunde war es eine animalische Welt: leicht zu entschlüsseln, schwer zu bewohnen.

Die Mädchen dagegen waren eine Welt für sich und viel schwieriger zu verstehen. Manche waren wirklich unfassbar schön – mir kam es vor, als hätte ich diese Spezies überhaupt noch nie gesehen. Als hätten die zwei Monate zwischen Mittelschule und Gymnasium die Entwicklung einer Sinnlichkeit beschleunigt, die jetzt vor unseren Jungenaugen blitzte wie Glasscherben vor denen einer Elster. Oder, dachte ich ein bisschen traurig, das war vielleicht einfach nur der Unterschied zwischen der Provinz und der großen Stadt.

Jeden Tag nahm ich ein paar Minuten meinen Beobachterposten ein und studierte das Foyer so neugierig wie einen Bienenstock, gleichermaßen fasziniert, ängstlich und ahnungslos. Hinterher ging ich zum Unterricht. Manche der anderen verließen in der Pause nicht mal das Klassenzimmer. Ihr Pausenbrot in der Hand verkrochen sie sich in dem Zimmer im ersten Stock, blieben an ihren Bänken hocken, als ob sie eine Strafe abzusitzen hätten. Die Fenster ließen sie immer zu, also machte ich sie beim Reinkommen auf. Und dachte mir, es wäre langsam an der Zeit, hier meinen Platz zu finden, mir eine Identität zu erschaffen. Ich besah mir meine Mitschüler und konnte keinen davon leiden.

Schnell zeichnete sich ab, dass mein schulischer Erfolg vom Vorjahr keineswegs der Auftakt einer glänzenden Schullaufbahn gewesen war, sondern nur ein einsamer Blitz am Nachthimmel. Am schwersten tat ich mich mit Mathematik und Latein. Das griechische Alphabet lag mir schon eher, auch wenn ich unzufrieden damit war, wie ich bestimmte Buchstaben schrieb, das Sigma und das Phi, zum Beispiel. In den ersten Tests kam ich nie über mittelmäßige Noten hinaus, und nach dem ersten »Ungenügend« in Latein wollte meine Mutter mit mir sprechen, auf eine liebevoll besorgte Weise, die sie später nie mehr an den Tag legen sollte.

Eines Abends kam sie früher als sonst von der Arbeit, und wir aßen ein paar Scheiben kaltes Roastbeef und Sülze, die sie bei Peck besorgt hatte, einer schicken Rosticceria im Zentrum. Sonst lief während des Essens bei uns immer das Radio, ein kleines, tragbares Gerät mit schiefer Antenne, doch an diesem Abend blieb es aus. »Ich hab was mitgebracht, damit ich nicht kochen muss«, sagte meine Mutter, »wir wollen mit dir über die Schule reden.« »Wir« hieß: sie und mein Vater. Er saß mir am anderen Tischende gegenüber, sie an der Längsseite dazwischen. Ich antwortete nicht, und ihre Worte hingen eine Weile in der Küchenluft zwischen dem gedeckten Tisch und den Hängeschränken. Da erst fiel mir auf, wie mächtig die Stille war, wenn im Hintergrund nicht das Radio plapperte wie eine vierte Person im Raum. Meine Mutter rang sich einen ruhigen, geradezu zuckersüßen Ton ab. Papa schaute erst sie, dann mich, dann das Geschirr an und nickte. Er hatte liebe, freundliche Augen.

Dann sagte er: »Deine Schulaufgabe in Latein ist ja nicht so toll gelaufen. Was ist denn da los?«

Aus reiner Gewohnheit kam ich auch diesmal nicht auf die Idee, sie würden tatsächlich auf eine Antwort von mir warten, war ohnehin sprachlos angesichts der unerwarteten Konfrontation. Also hielt ich den Mund, und meine Mutter fuhr fort: »Wenn du möchtest, lernen wir mit dir. Papa und ich hatten zwar auf der Schule kein Latein, aber das können wir ja jetzt mit dir nachholen.«

Wie meine Großmutter trug sie die Haare kurz, das hatte sie wohl unbewusst von ihr geerbt. Aber im Vergleich zu Elsa wirkte das Gesicht meiner Mutter härter, verbissener, mit dünnen, ewig zugekniffenen Lippen. Obwohl ich von ihrer Idee nicht gerade begeistert war, sagte ich, klar, das könnten wir gern machen, es gäbe aber ja noch viele Chancen, die Note auszugleichen, und ausreichend Zeit, mich zu verbessern. Doch ich merkte schnell, dass der Vorschlag bloß ein Eisbrecher gewesen war, denn sie fuhr fort: »Das Gymnasium ist wirklich wichtig, Ettore.«

Und da machte ich einen dämlichen Fehler: Von der Mahnung überrumpelt, entfuhr mir ein genervter Seufzer. »Ja, ja, ich weiß«, sagte ich, zog die Worte nölend in die Länge. Der Hals meiner Mutter zuckte. »Lass mich ausreden!«, blaffte sie.

Dann redete sie aus: Auch wenn die Mittelschule ganz gut gelaufen sei, erklärte sie, sei das Gymnasium doch eine andere Liga. »Und seien wir ehrlich«, legte sie nach, »deine Lernmethoden ließen auch schon in den letzten Jahren einiges zu wünschen übrig.« Meine Mutter machte alles mit Methode, von ihrer Arbeit – die ich nie so recht verstanden habe, irgendwas mit Zahlen und Aktienkursen – bis zum Haushalt, vom Einkaufen bis zum Bügeln von Taschentüchern und Pyjamas. Nur dank dieser Zielstrebigkeit und Beharrlichkeit war sie, das Mädchen vom Land, in einer Welt, in der noch alles möglich schien, innerhalb weniger Jahre zur einzigen Frau an der Spitze einer großen lombardischen Bank aufgestiegen. Also riet sie mir – und zwar exakt in diesen Worten –, meine

»Lernmethode« zu optimieren, denn die hielt sie angesichts der Anforderungen der Schule für ungeeignet. Auch das Wort »Methode« benutzte sie gern. Mir war, als müsste ich unter all diesem vorgeblich gut gemeinten Druck ersticken, aber ganz langsam, so, als saugte jemand allen Sauerstoff aus dem Zimmer. Vor Ungeduld, dem zu entkommen, hämmerte mein Herz so heftig, dass mir die Brust wehtat. Mein Vater sagte keinen Ton. Endlich schloss meine Mutter: »Wenn dir das zu viel ist, können wir dich auch auf eine andere Schule schicken. Du *musst* ja nicht aufs Gymnasium.«

Dann ließ sie eine kurze Pause, die ich diesmal zu füllen versuchte: »Nein, nein«, sagte ich schnell.

Doch noch ehe ich die beiden Silben rausbekam, setzte sie nach: »Aber du wolltest ja unbedingt.«

Jeder einzelne Satz von ihr schien implizit noch andere zu enthalten, lauter kleine Erpressungen, scharfe, eigens zum Verletzen eingebaute Nägel und Klingen, wie in einer selbst gebastelten Bombe. Ich merkte ihr an, dass sie enttäuscht war, mich der Herausforderung nicht gewachsen glaubte. Auch dieses »Gewachsensein« war ihr sehr wichtig: Es war ihr Maßstab für den Wert einer Person, der zentrale Unterschied zwischen denen, die sich über Wasser halten, und denen, die ersaufen.

Abends saß sie nach dem Essen oft allein in der Küche und brütete über gelochten, kurz vorher vom Drucker oder Faxgerät ausgespuckten Dokumenten voll kryptischer Namen, Ziffern, Kurven und Prozentsätzen. Mein Vater und ich würden nie verstehen, wie es war, die einzige Frau in dieser Welt zu sein, sagte sie immer, und wir gaben ihr darauf nie eine Antwort. Sie trug die Brille auf der Nasenspitze und trank ab und zu eine 0,33l-Dose Budweiser. Und rauchte zu diesen Gelegenheiten ein, zwei Zigaretten.

Ich suchte den Blick meines Vaters, der zu dem Thema aber nichts weiter zu sagen hatte. Er stand nur langsam vom Tisch auf und raunte auf halber Strecke zwischen Sitzen und Stehen: »Komm schon, Ettore, das schaffst du«, und ich kapierte nicht, ob er mich wirklich anspornen oder bloß auch noch etwas zu dem Gespräch beitragen wollte, als letztes Zeichen seiner Anteilnahme.

Meine Mutter sah mich an, legte sogar ihre Hand auf meine, eine unerwartet zärtliche Geste. »Okay?«, flüsterte sie. Ja, sagte ich, okay. Die Verhandlung war vertagt, ich verzog mich in mein Zimmer, warf mich aufs Bett und vergrub das Gesicht in den Armen.

In Wahrheit hätte ich noch viele Dinge sagen wollen, hatte aber nicht den rechten Ansatzpunkt gefunden, sie auszugraben und vor ihnen auszukippen. Nur ein paar Zentimeter hatten gefehlt, ein einziger Buchstabe auf der richtigen Stelle der Zunge hätte gereicht, um Tausende weitere purzeln zu lassen, und ich sollte später oft an diesen Abend zurückdenken, an diese Nacht, und der Gedanke hielt mich wach und ich schwitzte, als hätte ich mich in einem Heizofen verkrochen. Viele Jahre würde ich daran noch denken.

Ich hätte sagen wollen, dass ich einsam war in dieser Schule, weil sie einfach zu groß war, um nicht einsam zu sein. Und dass Giacomo, der diese Welt mit mir hätte erkunden sollen, nicht mehr der Verbündete von früher war, weil die Welt nun mal so ist: Menschen ändern sich, auch wenn sie noch so jung sind wie wir.

Innerhalb weniger Monate war Giacomo ein anderer geworden, hatte die im Sommer begonnene Verwandlung vollendet. Er war bereit für den Sprung in die Pubertät, ich hinkte in allem hinterher, innerlich wie äußerlich. Er war ein Draufgänger, hatte keine Angst, gesehen zu werden, anzuecken, etwas auszuprobieren und auf die Nase zu fallen. Wie ein Hund streifte er täglich durch die Flure, trieb sich auf den Klos herum, wo heimlich geraucht und gekifft wurde, und auch auf dem Pausenhof, beschnupperte die anderen, nickte ihnen zu, tauschte Blicke, sprach mit allen und jeder. Er wollte beliebt sein und wusste, wie man das anstellte: indem man zuerst jede Scham fahren ließ.

Und ich hätte sagen wollen, dass ich am liebsten umgekehrt wäre, um dann nie wieder einen Schritt nach vorn zu tun, denn das Gymnasium, *dieses* Gymnasium, kam mir vor wie ein Wettlauf, an dem ich nicht teilnehmen wollte.

Umkehren?, hätten sie da gefragt, wieso das denn und wohin?

Völlig egal, Hauptsache, zurück.

6

Als ich an einem Tag Anfang Oktober um sechs Uhr morgens in den ersten eisigen Nebelschwaden auf den Bus wartete, spürte ich, früher als erwartet, den Winter kommen. Die Linie 327 fing nicht weit von unserer Haltestelle an – zu meinem Glück, weil ich mir so einen Platz im noch leeren Bus aussuchen konnte. Meistens nahm ich den ganz vorn, gleich hinter dem Fahrer, und zwar aus zwei Gründen: Erstens befand sich unter diesem Sitz die kleine Heizung. Zweitens war er ein Einzelplatz, den man mit niemandem teilen musste. Die Fahrt von der Via Dante Alighieri bis zur Endstation der U-Bahn dauerte etwa zwanzig Minuten, während denen die Vorstadt zunächst von einer Wüste aus Einkaufszentren abgelöst wurde, dann von Sozialblocks und ein paar Hochhäusern, die verlassen aussahen, aber vermutlich nur schlecht instand gehalten waren. Schließlich kam die Endstation, an der sich Dutzende Busse und Hunderte Fahrgäste trafen. Von da aus ging es noch vierzig Minuten unterirdisch weiter. Die 327 kam nur dreimal die Stunde, was bedeutete, dass ich schon zehn Minuten vorher die Wohnung verlassen musste, um rechtzeitig an dem vollgeschmierten Häuschen aus Eisen und Plexiglas zu stehen. Zehn Minuten, in denen die Feuchtigkeit mir über die vom Schlaf noch taube Haut kriechen konnte, in meine Poren und bis ins Blut. Zehn Minuten, in denen ich manchmal wünschte, mir eine Schule näher an zu Hause ausgesucht zu haben – oder am besten gleich wie die anderen in der Stadt zu wohnen. Voller Neid dachte ich an meine Schulkameraden. Ich packte mich dick ein, und kaum dass wir die leere Vorstadt aus Parkplätzen und Feldern hinter uns ließen, über denen bis zum Mittag der Nebel hing, war mir zu warm. Ich schwitzte fürchterlich – in der Schule war ich immer der mit der dicksten Jacke und zog belustigte Blicke auf mich. Vermutlich war ich der Einzige, der den Winter so früh kommen sah. Wie ein Wachtposten. Dass das kein Privileg war, merkte ich schnell.

Die Rückfahrt war noch schlimmer. Wenn ich aus der U-Bahn in die 327 umstieg, war der Bus immer halb voll, und der Einzelsitz ganz vorne war nie frei. Ganz nach hinten konnte ich mich auch nicht setzen, denn diese Bänke waren einem anderen Schlag Teenager vorbehalten. Im Bus war es inzwischen stickig warm. Auf halber Strecke hielt er vor der Fachoberschule von Corsico, an der meine alte Mathelehrerin mich gern gesehen hätte. Hinter einem grünen Tor lagen die flachen, niedrigen Gebäude, die wirkten wie eine große Kaserne. Kein Baum beschattete den Rasen auf dem Hof, sodass er immer gelblich war. Zwei netzlose Tore begrenzten einen kleinen, betonierten Bolzplatz. Wenn wir hier um halb oder Punkt zwei hielten, stürmten die Schüler jedes Mal den Bus, als gäbe es kein Morgen, um mit teenagerhafter Rücksichtslosigkeit ihre Körper, Taschen und Schreie hineinzuzwängen. Ihre Ranzen krachten gegen die sich schließenden Türen, ihr saurer Schweißgestank breitete sich in der ohnehin schon dicken Luft aus, und die wenigen Fahrgäste, die nicht in schulpflichtigem Alter waren, beschwerten sich laut, doch das Gedränge war so groß, dass niemand auf sie achten konnte.

Eines Nachmittags kam ich auf einem Viererplatz zu sitzen, die Bank mir gegenüber blieb zunächst frei. Es war schon nach zwei, ich war später als sonst unterwegs, und der Ansturm in Corsico hielt sich in Grenzen, aber ein schlaksiger Junge in Jogginganzug steuerte genau die Bank mir gegenüber an. Am Vormittag hatte es geregnet; ich nahm meinen Schirm zwischen die Beine und schob den Ranzen unter die Bank, um ihm Platz zu machen. Der Junge setzte sich und sagte: »Schicker Regenschirm.« Unter seiner Nasenspitze blitzte ein Grinsen auf. »Schenkst du mir den?«

Die Frage erwischte mich kalt. »Das geht nicht«, sagte ich, »der gehört meiner Mutter.« Allerdings blieben mir die Worte ein bisschen im Hals stecken, was mir häufiger passierte.

»Ich versteh kein Wort«, sagte der Junge, »sprich mal lauter.« Barsch und genervt sagte er das, so, als wäre er in Eile.

Ich versuchte es noch mal: »Das geht nicht, der gehört mir.«

Der Junge witterte meine Unsicherheit sofort. »Wie jetzt?«, sagte er. »Gehört er dir oder deiner Mutter?«

Das Gespräch verwirrte mich, wieso klang er so fordernd? Ich sagte noch einmal: »Mir«, und fixierte die Schirmspitze zwischen meinen Füßen. Eine kleine Pfütze aus Regenwasser hatte sich dort gebildet. Nur ein paar Minuten, dachte ich, dann kann ich hier raus.

Der Junge sagte: »Schau mich gefälligst an, wenn ich mit dir rede.«

Instinktiv blickte ich auf. Und er grinste erneut. Eine Falle. Zu einfach. Er sagte: »Was glotzt du so? Hast du ein Problem?«

Ich wollte nur noch weg. Stattdessen verwandelte ich mich in einen Eisklotz und starrte auf den Boden, hoffte einfach nur, dass es bald vorbei wäre. Nur noch zwei Haltestellen, knapp drei Minuten, plus minus, und ich verspürte zum ersten Mal im Leben diese bestimmte Art der Angst, ganz ähnlich wie Furcht, aber doch anders, denn Furcht ist klar umrissen, und was ich jetzt empfand, war diffus und unbegrenzt. Der vorletzte Halt lag vor einem hellbraunen Sozialbau-Komplex, der im Regen noch düsterer und trister aussah als sonst. Lauter Quader mit eingerückten, kaum von der Sonne erreichten Balkonen, aufgereiht wie vorläufig dort abgestellte Container. Auch innen wirkte alles an ihnen vorläufig. Der Junge hatte seit einer knappen Minute nichts mehr gesagt, und ich hielt krampfhaft still.

Der Bus hielt an, die Türen gingen auf. Schwaden dicker Luft ergriffen ihre Chance. Im letzten Augenblick stand auch der Junge auf. Er griff nach dem Regenschirm, und der rutschte mir hilflos aus der Hand, halb geöffnet wie zum Gebet, und ließ nur ein paar Tropfen Wasser zurück. »Den nehme ich«, sagte der Junge.

Die Dreistigkeit verblüffte mich, so was hatte ich noch nie erlebt. Es war ein neuartiges Vokabular, von dem ich nicht gelernt hatte, wie man ihm widerspricht. An der Mittelschule hatte ich mich nie für schwach oder ausgegrenzt gehalten, doch während der ersten Monate am Gymnasium hatte sich der Magnetpol meines inneren Kompasses irgendwie verschoben. Vorher war ich immer halbwegs beliebt gewesen – normal beliebt eben. Nicht übermäßig, nicht wie ein geborener Anführer, aber auch nicht zu wenig, wie diese armen Schweine, die ganz genau wissen, dass sie immer in der vordersten Bank sitzen und in der Nahrungskette ganz unten stehen würden.

Das Gymnasium hatte uns in Teenager verwandelt, und die Pubertät hatte uns eine animalische Aggressivität verliehen, die wir davor höchstens erahnt hatten. Ich war bei beidem vorerst zu kurz gekommen: Meine Züge waren kindlich weich, kein Härchen spross mir im Gesicht, meine Wangenknochen waren zart, und ich spürte auch nicht instinktiv, wann eine Schlägerei in der Luft lag, der man sich stellen musste, um zu überleben. Das kam durch Triumphe und Testosteron. Wer mit dieser rasanten Entwicklung nicht Schritt hielt, musste seinen Grips einsetzen, so wie die weißen Vögelchen, die auf den Rücken der Nashörner leben. Die richtigen Gefährten finden und Schutz in der Menge suchen.

Seinen Platz auf der Welt zu kennen, dachte ich, indem ich die leeren Hände verschränkte, war nur wenigen vergönnt, und auch die, die ihn fanden, hielten sich nur ein paar Jahre dort, ehe sie ins Schleudern kamen und ihn wieder verloren. Deshalb staunen wir so, wenn wir vom Leben gebeutelte, von Kräften, die sie längst nicht mehr zu verstehen versuchen, mitgerissene Erwachsene zufällig auf Jugendfotos sehen, auf denen sie blendend aussehen, selbstbewusst und überall beliebt. Manchmal erleben wir das bei unseren eigenen Eltern. Und irgendwann wird auch uns dieses Schicksal ereilen.

Von der Haltestelle waren es noch fünf Minuten Fußweg bis zu Elsas Wohnung. Der Weg führte über einen großen Parkplatz, der nachmittags leer, abends aber immer voller Autos war. Wenn jemand aus den umliegenden Häusern keine Lust hatte, mit seinem Hund in den Park zu gehen, ließ er ihn sein Geschäft einfach unangeleint auf dem Asphalt zwischen den

Autos verrichten. Manchmal trieben sich dort zwei Deutsche Schäferhunde herum, die mir eine Heidenangst einjagten. Wenn meine Oma von diesen Hunden sprach, erklärte sie jedes Mal kopfschüttelnd, in der Stadt seien die gefährlich, weil die Leute nicht mit ihnen umzugehen wussten – auf dem Land sei das zwar anders, aber so oder so seien die doch alle bescheuert.

An jenem Tag konnte ich nicht über den Parkplatz, weil ein rot-weißes Absperrband alle Zugänge versperrte: Der Jahrmarkt war mit rosafarbenen, grünen und blauen Lastwagen gekommen, und halb montierte Gerüste und Gestänge besetzten den Platz anstelle der Autos. Die Schausteller, die gerade die Ketten am motorisierten Baum eines Kettenkarussells anbrachten, arbeiteten trotz der Kälte im T-Shirt; ihre Oberarme waren massiv und dunkel, geziert von halb unter den Ärmeln verborgenen Tattoos. Jahrmärkte hatten mich seit jeher zugleich angelockt und abgeschreckt, und auch jetzt wechselte ich instinktiv die Straßenseite, um nicht zu dicht an diesen braunen Männern vorbeizumüssen, an den riesigen, in Einzelteile zerlegten Maschinen und den vor Wohnwagen dösenden Kettenhunden. Ein paar elektrisierende Tage lang zog der Jahrmarkt die Kinder an wie Neonlicht die Mücken, und in der Umkleide meines Basketballteams hörte ich abends zu, wie meine älteren Teamkameraden von ihren Abenteuern dort berichteten. Wilde, grausame Geschichten, herrlich erzählt von diesen schönen, muskulösen, übermütigen Jungs. Sie alle waren bereits fünfzehn oder sechzehn – mich hatte man nur in ihre Kategorie gesteckt, weil ich groß genug war und für mein Alter ganz gut mit dem Ball umgehen konnte, vor allem in der Defense. »Du hast echt Biss«, sagten sie. Auf dem Feld waren sie umgänglich, und sie hatten einen angeborenen Instinkt zur Rudelbildung, was sie zu einer perfekten Kabinen-Clique machte. Mich behandelten sie wie einen kleinen Bruder, den man foppte, verhätschelte und beschützte. Sie nannten mich »Spinnenjunge«, und dieser Spitzname störte mich nicht – ich fühlte mich geborgen in ihm. In ihre sonstigen Pläne und Unternehmungen bezogen sie mich aber nie ein, weder ins Kiffen vor den Spielen und nach dem Training noch in die Abende in der Disco, und vor allem nicht in das, was sie trieben, wenn der Jahrmarkt kam. Davon, was dort vor zwei Jahren angefangen hatte und ihre Mienen seither jährlich eine Woche lang entflammen, düster werden und in einzigartiger Erregung erbeben ließ, wusste ich wenig. Sie wurden zu wilden, adrenalingesteuerten Tieren. Gefährlich. Auf dem Jahrmarkt gab es für sie eine Welt zu erobern: die Mädchen, die Fahrgeschäfte, das Bier und die Freiheit, die passenden Drogen zu nehmen, um all das in vollen Zügen zu genießen.

Außerdem waren da noch die Albaner. Die tauchten immer mit dem Jahrmarkt auf und brachten ein Gewaltbedürfnis mit, das ich noch nie zuvor erlebt hatte und – glaubte ich damals – wohl auch nie wieder erleben würde. Meinen Teamkameraden waren diese Albaner irgendwie ein Stachel im Fleisch. Sie wollten sich dauernd mit ihnen prügeln, aber ich habe nie ganz kapiert, ob es da eine Vorgeschichte gab oder ob das nur so eine Art Sport für sie war. Rassismus steckte jedenfalls nicht dahinter, denn sie trugen selber Namen wie Antonio und Nicola, aber auch Nabil, Tamer und Estevan. Eher ging es um seit Jahren offene Rechnungen, die irgendwann als kindliche Kabbeleien angefangen hatten und nun angesichts der Gelegenheit hochkochten, eine ganze Woche eine Freiheit ohne jede Regeln, Ethik und Moral zu genießen, die danach wieder für zwölf Monate spurlos verschwände.

Im Jahr zuvor hatte Nabil beim Training einmal plötzlich gehumpelt und sich mit schmerzverzerrter Miene an den Schenkel gegriffen. Er war unser Center: prächtige, langgliedrige eins achtzig, dazu modelhaft definierte Muskeln. Er ließ sich auf die Bank sinken und hielt sich das Bein, streckte es durch wie bei einem Krampf. Der Coach fragte, was los war, doch Nabil sagte bloß: »Ach nichts, Coach, hab mir nur was gezerrt.« Der Coach hieß Ivano: ein hagerer, strenger Mann um die vierzig, der älter und fieser aussah, als er war. Er kannte sich auch mit den schwierigeren Themen von Kindern und Teenagern aus, und vor allem das machte ihn zu einem guten Trainer. »Jetzt zeig doch mal her«, beharrte er.

Nabil sprang auf, hopste auf einem Bein davon, rief: »Nein, nein.« Dann humpelte er zur Umkleide und murmelte: »Shit, das tut weh, ich mach da besser mal Eis drauf.« Einige Minuten später kam er in Straßenkleidung wieder, einen angeschmolzenen Eispack auf den Schenkel gepresst. Ivano zog eine bittere Miene, dann erläuterte er uns die nächste Übung.

Nach dem Training kam Nabil mit uns in die Umkleide. Zwei der anderen stemmten sich gegen die Tür, damit sie von außen nicht aufging. Aufregung machte sich breit. Nabil zog langsam die hautenge Jeans herunter, um uns einen selbst gewickelten Verband zu zeigen – und darunter eine tiefe, dunkelrote Wunde auf dem angespannten Schenkel. Einer raunte: »Diese Wichser.« Ich brauchte ein Weilchen, um zu kapieren, dass das eine Schnittwunde war. Zwei Tage später, beim nächsten Training, führten die Jungs einander ihre Messer vor, verglichen ihre Klingen, hetzten sich auf wie eine Hundemeute. Ein paar Springmesser waren dabei, aber die meisten waren Butterflys, Messer mit leichten Griffen, die sich so umklappen ließen, dass die beiden Griffhälften die Klinge verbargen. Sie wirbelten damit herum, klappten die Klingen aus und wieder ein wie bei einem Tanz. Ich sah stumm und aus einigem Abstand zu.

Unser Kapitän Mattia, ein charismatischer, ehrgeiziger und echt korrekter Kerl, nahm mich wie ein großer Bruder in einen liebevollen Schwitzkasten. »Erzähl das ja keinem, Ettore, klar?«

»Logo, keine Sorge«, sagte ich.

»Guter Mann, so gefällst du mir.«

Wenn sie nach dem Training in dem kleinen Park vor der Turnhalle, neben den Sozialbauten, wo ein paar von ihnen wohnten, Joints oder Bongs rauchten, nahmen sie mich nie mit.

Am Abend nach der Geschichte mit dem Regenschirm kam mir meine Bettwäsche beim Einschlafen zu sauber vor. Mir war, als gehörte ich zu dieser Stadt wie ein Stein oder ein Baum, an dem das Leben bloß vorüberzieht, ohne dass er jemals Spuren hinterlässt. Ich dachte wieder an den Jahrmarkt, sah erneut die wirbelnden, stolz präsentierten Messer vor mir, Nabils geschwollene Wunde und die zuckenden Handgelenke der Jungs, die ihre Klingen blitzen ließen, und dachte, dass ich diese rabiaten Kerle auf ganz besondere Weise gernhatte und dass sie offenbar auch mich mochten.

Gleichzeitig hatte ich auch nicht das Gefühl, zu dieser neuen Schulwelt zu gehören, die mir sogar noch grausamer und exklusiver vorkam. Sie war ein noch weiteres Feld, in dem es nicht nur Freunde und Feinde gab, sondern jede Menge Raum für etwas, das mir vorher nie begegnet war: die Missachteten, die Ignorierten, die Gespenster.

In der Schule beobachtete ich weiter die anderen, in der Hoffnung, eine Angewohnheit zu entdecken, die ich imitieren, eine Geste, die ich abkupfern konnte. Alle anderen schienen längst genau zu wissen, was zu tun war, wie man sich zu bewegen hatte, wie man sich zum Raum der anderen und dem leeren um sich selbst verhielt. Sie spielten ihre Rollen so natürlich, als hätten sie ein Buch gelesen, in dem stand, wann und wohin man gehen sollte, wann man blieb und wann man sich besser verzupfte: Einige gingen nach der Schule zu den Treffen des Schülerkollektivs im Park, andere in die Discos am Corso Como, wieder andere in den McDonald's bei der U-Bahn.

Ich wartete darauf, dass einer meinen Namen rief, mich bei der Hand oder am Arm nahm und mir erklärte, was ich tun sollte.

Lange kam niemand.

Dann, eines Tages, kam Giulio.

7

Es war Herbst. Seine Augen waren blau, und einer der ersten Gedanken, die mir bei seinem Anblick durch den Kopf schossen, war: Wow, sieht der gut aus. Sein Gesicht wirkte wie einem Werbespot entsprungen, Vertrauen erweckend, klar geschnittene Züge und die ebenmäßigen Zähne eines Erfolgsmenschen. Er war zwei Jahre älter als ich und sprach mit einem anderen Akzent als alle, die ich kannte. Er kam aus Rom – der erste Römer, der mir je begegnet war.

Ich hatte kürzlich den Film *Gladiator* gesehen und las gerade ein Buch mit den Biografien der Kaiser des Römischen Reichs. Mein Lieblingskaiser war weder Augustus noch Trajan oder Titus, sondern Claudius. Der Erste, der nicht in Italien geboren war. Claudius litt an verschiedenen körperlichen Gebrechen, was man ja schon an seinem Namen merkte, der vom lateinischen *claudus* kam, das hinkend oder lahm bedeutet. Obendrein war er Stotterer und seine Mutter konnte ihn nicht leiden. Mich fesselten die widersprüchlichen Beurteilungen, die ihn mal als gutmütig, mal als brutal beschrieben, als blutrünstig, aber auch kultiviert, als volksnah und Fan von Gladiatorenkämpfen. Außerdem berührte mich der Verrat seiner Frau Messalina, die er – zerrissen von Reue, Liebe und Zorn, wie ich vermutete – zum Tode verurteilt hatte.

Zum ersten Mal sah ich Giulio in der Aula unserer Schule, an einem Novembertag, an dem der Unterricht zugunsten von Debatten der Kandidatinnen und Kandidaten für die Schülervertretung ausfiel. Dass es eine Schülervertretung gab, hatte ich als Neuling nicht mal gewusst, und den auf der Bühne diskutierten Programmen schenkte ich kaum Beachtung. Sie interessierten mich allein schon deshalb nicht, weil ich zu diesem Zeitpunkt nicht den leisesten Schimmer von Politik und auch keine Ahnung hatte, was sie mit mir zu tun haben sollte. Zwar waren mir die Leute vom Kollektiv aufgefallen, die sich nachmittags im Park vor der Schule trafen, aber ich hatte mich nie getraut, sie anzusprechen. Meine Ahnungslosigkeit war mir peinlich – noch eine Welt, der ich wohl nie angehören würde. Auch an jenem Donnerstag in der Aula schüchterten die Leute auf der Bühne mich ein. Schon zwei Monate war ich jetzt auf dieser Schule, fühlte mich aber immer noch wie ein in den Krieg entsendeter Soldat, der neben tausend Fremden durch den Schlamm stapft, hilflos, unsicher und voller Angst. Ich fürchtete die schiere Masse der anderen Schüler, ihren Überschwang und ihre Souveränität. Beliebtheit machte mich misstrauisch. Der Debatte folgte ich zumindest, wenn es heftiger zur Sache ging, und bekam auf diese Weise mit, dass manche Kandidaten – es waren fast ausschließlich Jungs, nur ein Mädchen war dabei, von den Linken, der offenbar beliebtesten Fraktion – für ihre Worte stets viel Applaus erhielten. Giulio dagegen erntete auf jeden seiner Sätze eisiges Schweigen – oder sogar Pfiffe und lautstarken Protest. Was er vertrat, fand hier keine Unterstützung, und das, obwohl er sich viel gewandter als die anderen ausdrückte, in Rhythmus und Tonfall fast den Erwachsenen und Politikern glich, die man abends im Fernsehen sah. Nur gelegentlich bekam auch er etwas verhaltenen, verschämten Beifall. Hinterher ging ich nach Hause, ohne noch einen Gedanken an die Wahl zu verschwenden.

Ein paar Tage nach der Debatte zog die Kälte richtig an. Fast hatte ich in diesen Wochen geglaubt, die Bäume könnten dieses Jahr durch ein Wunder der Natur ihre Blätter behalten, doch bald verloren sie, jeder Hoffnung zum Trotz, mit den ersten feuchten Novemberwinden alle auf einmal, genau wie in all den Jahren davor und danach. Ich habe immer schon genau auf die Blüte der Bäume geachtet – und auf den Fall ihrer Blätter. Meine Laune fällt jedes Mal mit ihnen.

Unsere Klasse machte eine Exkursion ins Archäologische Museum am Corso Magenta, eine klare, kalte Sonne erhellte blass den Morgen. Ich hatte kürzlich einen neuen Freund gefunden, den ersten auf diesem kurzen, leidvollen Abenteuer: Er hieß Alessandro und war mir als Banknachbar zugeteilt worden.

Zufällig hatte ich ein biografisches Detail über Alessandro erfahren, das mir sofort ein unverhofftes Gefühl der Verbundenheit zu ihm verschaffte: Genau wie meine Familie stammte auch seine aus dem trostlosen, nebligen Umland an der Grenze zwischen Lombardei und Emilia-Romagna. Wie ich trug er in seiner DNA diese flachen, je nach Jahreszeit entweder ausgedörrten oder ewig dunstverhangenen Panoramen, die nirgends am Horizont geboren werden oder sterben, weil es dort gar keinen Horizont gibt, sondern nur von Pappelreihen, alten Höfen und neuen Fabriken gesprenkelte Weite. Das erfuhr ich, als er eines Montags eine weiße, fettige Papiertüte voll knuspriger Stückchen Schweineschwarte in die Schule mitbrachte: Ciccioli, selbst gemacht von seiner Großmutter. Auch ich aß die gern – Elsa kaufte sie immer bei dem Metzger auf der Piazza. Damit wusste ich Bescheid. Auf der Heimfahrt mit der U-Bahn musste er direkt vor der Endstation raus, an der ich in den Bus umstieg; nicht gerade um die Ecke also, aber auch nicht weit weg. Meine Eltern erlaubten, dass ich zum Lernen bei ihm blieb, und ich war baff, in was für einem riesigen Haus er wohnte, ganz allein mit seiner viel jüngeren Schwester. Seine Eltern betreuten tagsüber die Gäste in ihrem Agriturismo in der Nähe von Piacenza und kamen erst spätabends zum Essen nach Hause. Mir kam der Gedanke, Alessandro könnte für mich vielleicht das werden, was Giacomo an der Mittelschule gewesen war: ein Kumpel, an den ich mich halten, an dem ich mich orientieren und hinter dem ich mich verstecken konnte. Allerdings war er nicht leicht zu fassen – wegen seines Charakters, aber auch wegen seiner Gewohnheiten. Am Wochenende war er nie in Mailand, sondern fuhr ausnahmslos mit seiner Schwester zu dem Agriturismo bei Piacenza. Offenbar gehörte auch er nicht in die Welt, in die man uns geworfen hatte.

So oder so war mir klar, dass Alessandro und ich nicht viel gemeinsam hatten: Er war cool und abenteuerlustig, in seiner Entwicklung bereits weiter, und in der Schule sah ich ihn gelegentlich mit älteren Jungs reden, die ich nicht mal kannte. An diesem Morgen im Museum stupste er mich während einer Erläuterung, der wir beide nicht zuhörten, mit dem Ellbogen an und flüsterte: »Komm mal mit, ich stell dir wen vor.«

Wir hatten uns ganz hinten in die chaotische Gruppe eingereiht, die jetzt zwischen Vitrinen voller antiker Schmuckstücke und aus Süditalien oder dem Nahen Osten geklauten Skulpturen aus Marmor herumschlurfte. Alessandro ließ sich noch ein Stück weiter zurückfallen und ging dann auf einen Jungen zu, der ebenfalls älter als er – als wir beide – schien. Es war der, der bei der Debatte in der Aula gesprochen hatte; sofort erkannte ich seine blauen Augen wieder. Und ich bemerkte die Unterwürfigkeit, die mir oft zwischen Kleineren und Großen aufgefallen war: Woran genau man die erkannte, an der Haltung vielleicht, oder am Tonfall, konnte ich auch nicht sagen, aber sie war ganz eindeutig da. Die beiden begrüßten sich flüchtig, aber brüderlich. Dann sagte Alessandro: »Giulio, das ist Ettore.«

Und Giulio fragte, als wäre ich nicht da: »Einer von uns?«

Er fragte es in scherzhaftem Ton, und auch Alessandro grinste, als er antwortete: »Ich arbeite dran.«

Einer von uns. Die Wendung verunsicherte, verwirrte und erregte mich zugleich. Dann streckte er mir die Hand entgegen und sagte mit höflichem Lächeln: »Freut mich, ich bin Giulio.«

Rechts von mir, in einer Vitrine, war die winzige Mumie eines Vögelchens ausgestellt, die von dreitausend Jahren vor Christi Geburt stammte. Ich sah sie an, und mir wurde schwindelig. Die fünftausend Jahre alten Bandagen waren in der langen Zeit ganz schwarz vom Fett geworden, das Ding sah aus wie ein Stofftierchen oder eine Okarina. Ob darin, fragte ich mich, wohl immer noch ein kleiner Vogelkörper steckte, der so alt war wie die Welt?

Am liebsten hätte ich ihm gesagt, dass es mir leid tat, wie man ihn damals in der Aula ausgepfiffen, beschimpft und mit Schweigen gestraft hatte. Das gehört sich nicht, wollte ich sagen, das hattest du nicht verdient. Dabei hatte ich ihm nicht mal zugehört. Zu diesem Zeitpunkt wusste ich noch nicht, dass Giulio aus diesem Hass seine Kraft zog wie ein sich selbst betankender Motor, dass er ohne ihn weder er selbst gewesen wäre noch derart überzeugt von dem, woran er glaubte. Und ich wusste nicht, dass auch ich mich bald von dieser Kost ernähren, vom selben Teller essen würde.

»Komm doch mal bei uns vorbei«, sagte Giulio.

Und dann, zu Alessandro: »Dich sieht man auch gar nicht mehr, glaub bloß nicht, das fällt mir nicht auf.« Aber auch diesen bedrohlichen Satz trug er mit einem Lächeln vor.

Als er ging, fragte ich Alessandro: »Wen hat er denn eigentlich mit ›uns‹ gemeint?«

Und Alessandro sagte: »Die Federazione.«

8

Ein paar Tage später, als nach Unterrichtsschluss alle ins Foyer drängelten, sprach Giulio mich an. Er legte mir eine Hand auf die Schulter, fast wie eine Umarmung. Ich hatte ihn nicht kommen sehen und erschrak. »Na, kommst du bald mal in die Federazione?«, fragte er, aber mir war noch immer nicht klar, was das überhaupt sein sollte; mit Alessandro hatte ich über den Morgen im Museum seither nicht gesprochen. Überrumpelt stammelte ich trotzdem eine Zusage.

Ein Lebensweg besteht aus zahllosen Gabelungen, aus einer langen Folge von Entscheidungen, in denen sich, aus der Distanz betrachtet, die Gestalt abzeichnet, die unser Dasein angenommen hat. Manchmal gabelt dieser Weg sich scheinbar unbedeutend, manchmal führen die zwei Straßen in einander klar entgegengesetzte Richtungen. Aber in Wahrheit ist womöglich keine Gabelung je wirklich unbedeutend, weil jede kleinere zu einer großen führen kann, bis es nach ein paar Jahren ganz unmöglich ist, jemals den Weg zurück zu finden.

Für meinen ersten Besuch in der Federazione hatte ich mir einen diesigen Tag ausgesucht, wie sie früher als typisch mailändisch galten. Giulio und ich hatten Unterricht bis zwei, danach sollte ich ihn vor der Schule treffen. Er kam ein bisschen zu spät; ich sah, wie er sich aus der Menge der übrigen Schüler schälte, die Schultasche über eine Schulter gehängt. Er verabschiedete sich von niemandem, und niemand verabschiedete sich von ihm. Vielleicht kam mir in diesem Moment zum ersten Mal der Gedanke, dass er weniger Einzelgänger war als Außenseiter. Wir stiegen auf seine schwarz-weiß-rote Aprilia, einen liebevollen 50-ccm-Nachbau einer richtigen Rennmaschine. Alessandro kam nicht mit; mit der Zeit sollte ich immer deutlicher erkennen, wie unzuverlässig er war.

In die Federazione kam man durch eine graue Eisentür, hinter der sich ein Innenhof mit ein paar mickrigen Pflänzchen auftat. Sie lag in einer Straße, durch die fast nie jemand ging, in einer ebenso reichen und gesitteten wie öden und abgelegenen Gegend, in der ich nie zuvor gewesen war: Einfamilienhäuser mit hübschen Gärten und Art-déco-Balkonen, aber auch Palazzi, deren Eckfenster geräumige, behaglichen Wohlstand ausstrahlende Wohnzimmer bargen. Adrette Grünpflanzen säumten die Gehsteige, schnörkelige Designs aus Stahl oder Holz zierten die Haustüren. Am Eingang zur Federazione hingen ausgebleichte A4-Pamphlete, deren Texte sich nicht mehr entziffern ließen. Giulio bemerkte, wie mein Blick auf sie fiel, wie ich versuchte, die Geister der Worte heraufzubeschwören. »Das ist bloß altes Zeug«, sagte er. Über der Eisentür, zur Verteidigung des kleinen Innenhofs: die Überreste einer Rolle rostigen Stacheldrahts.

Aus dem Hof führte eine Tür in ein Vorzimmer mit Plakaten an den Wänden, doch mir blieb keine Zeit, sie mir anzusehen, denn Giulio schob mich weiter in einen großen Raum mit Stuhlreihen und noch mehr Plakaten. Wie ein Klassenzimmer sah das aus: An einem Ende stand ein Pult, auf das hin die Stuhlreihen ausgerichtet waren. »Das ist unser Versammlungsraum«, sagte Giulio. Die Fahne an der Wand hinter dem Pult registrierte ich erst nach ein paar Sekunden. Ich erschrak. Mein Puls raste wie vor einer drohenden Gefahr, und im Angesicht der Gefahr hatte ich mich nie wohlgefühlt. Ich kannte die Fahne, aus den Nachrichten vielleicht, aber so nah und so groß wirkte sie völlig anders: verboten. Was genau sie bedeutete, wusste ich damals noch nicht. Sie war fast komplett rot, nur in der Mitte war ein weißer Kreis, in dem ein schwarzes Kreuz prangte. Das Rot strahlte etwas Aufregendes, Unheimliches aus, das Kreuz eine strenge, symmetrische Ordnung. Ich wusste, dass es einen Namen hatte: Keltenkreuz.

In meiner Familie wurde nie über Politik gesprochen. Man sprach über Reisen, über Musik, erinnerte sich an alte Lieder, an Abende mit der Gitarre und aus den Augen verlorenen Freunden, an eine Jugend, die in den Augen meiner Eltern nicht lange her war, in meinen aber schon. Man sprach über Rezepte, Arbeit, Restaurants. Meine Eltern hatten sich niemals ernsthaft für irgendwas engagiert, dieses Feuer hatte nie in ihrer Brust gelodert. Mir dagegen kam es seit der Debatte in der Schule so vor, als wäre die ganze Welt erfüllt von Politik, als wären alle irgendwie davon geprägt. Es war sonderbar zu merken, dass ich davon bisher keinen Schimmer gehabt hatte.

Die Schule hatte erst vor wenigen Wochen angefangen, doch es ließ sich nicht vermeiden mitzukriegen, dass auf den Fluren schon überall von Besetzung getuschelt wurde. Ich hatte keine Ahnung, wie so was ablief, und auch ein wenig

Angst davor. Ich gab meinen Eltern die Schuld, mir nicht das nötige Werkzeug mitgegeben zu haben, um diese Codes zu entschlüsseln. Zu dieser Zeit stand die Schule oft halb leer wegen irgendwelcher Demonstrationen und Proteste, von denen ich zwar hörte, an denen ich aber nie teilnahm. Vielleicht hatte Giulio genau diese Einsamkeit bemerkt und verstanden.

Gleich bei diesem ersten Besuch in der Federazione erzählte er mir, dass sie gerade eine große Demo planten, vielleicht im Wissen, dass er damit bereits einen Trumpf ausspielte, mir eine Kostprobe von etwas Neuem geben konnte, für die ich ihm ewig dankbar wäre: eine *ihrer* Demos, allerdings, von denen in der Schule nie jemand sprach. Für mich war das die erste Chance, in eine Sphäre vorzudringen, die ich mir verschlossen geglaubt hatte. In dem Saal mit der Fahne sagte er: »Komm, ich zeig's dir.«

Wir gingen weiter in ein Zimmer, das als Lagerraum diente. Zwei Jungs waren dort mit Kisten, Sprühdosen und zu Bannern zerschnittenen Laken zugange. Auch hier hingen Plakate an der Wand, daneben stand ein volles Bücherregal. Giulio ging auf einen der Jungs zu, einen kleinen Kerl, offenbar älter als er. Sein Kopf war kahlrasiert, sein Blick streng. »Ettore, das ist Roberto.« Offenbar war Giulio wichtig, dass wir einander kennenlernten, und Roberto strahlte sofort übers ganze Gesicht. Die militärische Strenge schmolz nur so dahin, als er sagte: »Herzlich willkommen.« Mir kam der Gedanke, dass er dieses Lächeln womöglich über Jahre eingeübt hatte, um eine Erscheinung abzumildern, von der er wusste, dass sie andernfalls sofort bedrohlich wirkte.

Dann streckte Roberto mir die Hand entgegen, griff allerdings nach meinem Unterarm, und ich tat es ihm instinktiv gleich. So hatte mich noch niemand begrüßt.

Bei diesem ersten Besuch habe ich weder so richtig verstanden, wie diese Federazione funktionierte, noch wieso man da hinging und wie die geplante Demo ablaufen würde.

Was die Fahne an der Wand bedeutete, wusste ich allerdings, wenn auch nur ungefähr. Aber mein Bild des Faschismus war von den Dokus in der Schule schöngefärbt, vom ästhetischen Vergnügen an Massenchoreografien in vollen Stadien und der Idee eines geeinten, geordneten Landes. Auf den Fotos im Geschichtsbuch – von Städten in Schwarz-Weiß, von Kindern in schwarzen Kostümen und seltsamen Hüten – kam diese Welt mir glücklich vor. Live und in Farbe schien die Fahne mir bedrohlich, aber das fand ich vor allem aufregend: Sie fühlte sich verboten an, und doch hatte jemand mich zu ihr geführt.

Als Nächstes betraten wir einen Saal, der zur Bibliothek ausgebaut worden war, und da sah ich die Logos mit der Fackel in den Farben der italienischen Flagge, die alten Plakate der 1995 von der Bildfläche verschwundenen Partei, das Gesicht des Manns mit dem Schnauzer und – überall, wo keine Regale standen – Plakate mit coolen Grafiken und fantastischen Namen wie »Hobbit«. Ich wusste damals weder vom Movimento Sociale Italiano noch von den Hobbit-Camps der jungen Faschisten in den Siebzigerjahren.

Giulio zündete sich eine Zigarette an und sagte: »Bei der Demo geht's um den Mauerfall.« Ich schwieg nur, nickte nicht einmal, und er hakte nach: »Du weißt schon, oder?«

Natürlich wusste ich vom Mauerfall: Eben darum war mir ja so schleierhaft, was es da zu demonstrieren gab. Das war doch über zehn Jahre her, ein alter Hut, was wollte man da noch erreichen?

»Mann, dir muss man echt alles erklären«, schnaubte Giulio, und ich fühlte mich wieder einmal ausgeschlossen.

Schweigend stand ich da, während Giulio ein altes Taschenbuch aus dem Regal zog und mir in die Hand drückte. »Lies das mal«, sagte er.

Später sollte ich mich fragen, ob auch das eine Gabelung auf meinem Weg gewesen war: Giulios Tadel, mein Gefühl der Unzulänglichkeit und der spontane Entschluss, den Mangel zu beheben. Ich war nie ein fleißiger Schüler gewesen und selten lange bei einer Sache geblieben, nicht mal dann, wenn es um mein Vergnügen ging. Aber die Tür zur Freundschaft, die sich mir da nun wundersamerweise aufgetan hatte, durfte ich nicht zuschlagen. Also lernte ich. Während der folgenden Tage zwang ich mich zum Lesen und sollte nie mehr damit aufhören: Ich las, allein zu Hause und sogar im Bus. Irgendwas sagte mir, dass ich dieses Cover in der Öffentlichkeit besser verbarg, also klappte ich den Umschlag um, zerknickte ihn. Auch diese Heimlichkeit trug zum Gefühl bei, dass ich an etwas Kostbarem, Intimem teilhatte.

Wie man ein Viertel besucht, das man besser kennenlernen will, ging ich ein paar Tage später – ebenfalls möglichst unauffällig – erneut zur Federazione, um die Atmosphäre und Gesichter in mich aufzusaugen, und vor allen Dingen, um mir neue visuelle Notizen zu machen, die ich mit nach Hause nehmen konnte. Dort blockierte ich nach dem Essen stundenlang die Telefonleitung mit dem Modem, um das Internet nach Namen und Geschichten zu durchkämmen. Ich las Artikel auf schlicht designten Websites und fand alte Filmaufnahmen und Dokufragmente zum Download auf Peer-to-Peer-Plattformen. Die Downloads dauerten Stunden, Abende, manchmal ganze Tage, und wenn die Filme endlich fertig waren, sah man oben in der Ecke oft das Logo, das ich zum ersten Mal im Videosaal der Mittelschule gesehen hatte: den Adler des Istituto Luce.

Nach und nach glaubte ich besser zu verstehen, wie die Welt aufgebaut war, in die ich mich da Schritt für Schritt vorwagte, dank der Geschichten von tschechoslowakischen Studenten, irischen Freiheitskämpfern und palästinensischen Märtyrern. Ihnen allen entnahm ich den dringenden Wunsch nach Gerechtigkeit, und auf dem Schulweg kam es mir vor, als hallte in mir etwas vom Leid dieser Helden wider, die mir auf Buch- und Webseiten begegneten.

Ich dachte: Ich habe meine Geschichte gefunden.

Und: Das ist nur der Anfang.

Zwar war mir durchaus bewusst, wie feindselig man Giulio in der Schule begegnete – ihm und der Welt, die ich erforschte –, aber ich war noch damit beschäftigt, Freundschaften zu knüpfen. An Feinde dachte ich vorerst noch nicht. Der Hass kam erst später: Ein Gemeinschaftssinn will genährt werden, und eine so starke Emotion ist dafür das beste Futter. Ich naschte den Hass, ohne zu ahnen, wie er mir bekommen, welche neuen Kräfte er mir verleihen würde.

In der Pause ging ich jetzt häufig ins Foyer. Manchmal war Giulio dabei, aber meistens stand ich mit Alessandro allein in einer Ecke. Meinen Eltern erzählte ich nichts von alldem, denn ich wusste – oder ahnte –, dass all diese Namen, Geschichten und Kämpfe bei ihnen nicht so gut ankämen wie bei mir. Aber eines Nachmittags nach der Schule habe ich versucht, darüber mit dem einzigen Menschen zu reden, dem ich vertraute: mit Elsa, meiner Großmutter.

Elsa, die für mich erst ein Kindermädchen, dann ein Mutterersatz und manchmal eine Lehrerin gewesen war, lebte in einem neunstöckigen Mietshaus in derselben Industriewüste wie ich, stammte aber vom Land, das sich südlich von Mailand topfeben zwischen Po und Adda ausbreitet. Von dort hatte sie auch ihren Dialekt mitgebracht. 1926 war sie in einem Dorf von nicht einmal zweitausend armen Seelen in der Bassa Padana auf die Welt gekommen. Sie ging fast nie aus dem Haus, und wenn, dann nur für die Kirche oder den Markt am Donnerstagmorgen. Beim Rosenkranz betastete sie andächtig die Perlen und flüsterte die Gebete. Auch für mich betete sie, wie sie mir gern ins Gedächtnis rief. Sie hatte kleine Hände, deren Haut so glatt war, als hätte das Alter sie verschont, aber auch dünn und durchsichtig.

Ich besuchte sie täglich nach der Schule zum Mittagessen, und manchmal auch abends, wenn meine Eltern länger arbeiteten. Sie hatte immer schon gegessen, setzte sich aber zu mir, damit wir uns unterhalten konnten. Für mich war das wie ein zweites, weniger vergiftetes Zuhause.

In gewisser Hinsicht war Elsa für mich zugleich Puffer und Prüfstein: Bei ihr traute ich mich, ganz offen über Menschen, Ideen und Gedanken zu sprechen, ich fühlte mich sicher, konnte meinen Gedanken freien Lauf lassen und zusehen, wie sie vor mir in der Luft schwebten, wie sie auf andere wirkten.

Bei diesen Mittagessen nach der Schule, an dem Küchentisch, auf dessen Plastiktischtuch das Licht der Deckenlampe glänzte, fragte ich Elsa nach dem Krieg, von dem man auf dem Land allerdings nicht viel mitbekommen hatte. Das sagte sie jedenfalls. Deutsche und Amis hin oder her, meinte sie, ihr Leben hatte sich nie groß geändert, denn dieses Leben war die Feldarbeit gewesen, und auf dem Dorf sei mit oder ohne Faschismus alles immer ziemlich beim Alten geblieben.

Mein Großvater saß meistens vor dem Fernseher und schlief. Seine Augenwinkel hingen wie meine nach unten, und sein Gesicht glich einer dieser traurigen griechischen Masken mit brückengleich geschwungenem Mund. Angeblich hatte er mir früher mal ähnlich gesehen, aber ich kannte kein einziges Foto, das das bezeugte. Aus dem Haus ging er nie: Vielleicht, dachte ich damals, interessiert ihn die Welt einfach nicht mehr. Früher war das sicher anders gewesen, aber trotzdem stellte ich ihm nicht dieselben Fragen wie Elsa, denn er sprach nicht viel, und diese Schweigsamkeit schüchterte mich ein. Am Krieg hatte er ohnehin nicht teilgenommen, wie ich von Elsa wusste: Er war der dritte Sohn der Familie.

Von allen Geschichten, die ich in den ersten Wochen meines Privatstudiums kennenlernte, beeindruckte mich am meisten die von dem jungen Tschechen, dessen Gesicht auf dem Cover des Büchleins prangte, das Giulio mir bei meinem ersten Besuch in der Federazione gegeben hatte. Er hieß Jan Palach und hatte sich 1969 aus Protest gegen die sowjetische Niederschlagung des Prager Frühlings verbrannt. Ganz allein war er in den Flammen gestorben, mitten auf der Straße, und die Repression ging trotzdem weiter. Er hatte sich umsonst geopfert. Drei Dinge faszinierten mich besonders an dieser Geschichte: erstens die Idee des reinen, vergeblichen Opfers. Diese Verzweiflung kenne ich auch, sagte ich mir und fühlte mich Palach nah wie einem Bruder. Zweitens trat hier endlich ein klar benennbarer Gegenspieler auf: der als blutrünstig und herzlos dargestellte Kommunismus. Drittens war da Palachs Einsamkeit. Skeptisch und abgeklärt, wie ich jeder Form der Vereinnahmung gegenüberstand, bewunderte ich seine extreme, aber individuelle Tat, die dadurch in meinen Augen nur umso heller strahlte.

Vor allem die Biografien von Männern wie ihm – von solchen, die ich als einsam, im Stich gelassen oder ganz allgemein im Konflikt mit einer feindseligen Außenwelt ansah – fügte ich aus im Internet gefundenen Bruchstücken fieberhaft zu einem Mosaik zusammen.

Einmal erzählte ich Elsa beim Mittagessen von dem jungen Tschechoslowaken. Sie hatte Spaghetti mit Tomatensoße gekocht. Mit Butter, nicht mit Öl. Das machte sie ab und zu.

»Ich hab heute die Geschichte von einem gelesen, der 1969 in Prag gestorben ist. Na ja, eigentlich hat er Selbstmord begangen. Die sowjetische Besatzung, weißt du noch?«

Elsa wusste nicht recht, was sie sagen sollte. Kopfschüttelnd erwiderte sie: »Nein, das weiß ich nicht mehr.« Trotzdem hörte sie mir zu. Ich erzählte, wie der Zwanzigjährige sich mitten in der Stadt angezündet hatte, um gegen die Besatzung zu protestieren, wie er für die Freiheit sein Leben geopfert hatte, die Sowjets aber geblieben waren. »Krass, oder?«, schloss ich. »Mit zwanzig so ein großes Schicksal zu wählen!«

Ich dachte: Was für ein schrecklicher Tod. Mit vor Grauen kribbelnder Magengrube fuhr ich fort: »Und das hat er alles nur für die anderen getan, für seine Freunde, ihre Eltern, für sein Vaterland.« Ich merkte selbst, wie ich lauter wurde.

»Armer Junge«, sagte sie. Mehr nicht. Wie immer hatte sie bereits gegessen. Sie stellte mir die Aludose mit geriebenem Parmesan hin und machte sich daran, die Pfanne abzuspülen, in der sie die Soße aufgewärmt hatte. Die Symbolkraft von Palachs Protest beeindruckte sie nicht im Geringsten, ja nicht einmal seine Verzweiflung angesichts der Unterdrückung. Okay, dachte ich, sie hat nun mal keine Ahnung von der Knute der Sowjets, darum lässt Palachs Geschichte sie so kalt. Ich selbst fühlte mich bereits wie ein Experte, wie der Initiator eines Kults, *meiner* Gemeinschaft. Ein dermaßen junger Selbstmörder, das brach doch jedem das Herz! Ich sprach das nicht laut aus, aber wenn ich an Palachs Tod dachte, daran, wie er langsam bei lebendigem Leib verbrannte, zog sich alles in mir zusammen und ich musste mich von der Vorstellung erst gedanklich, dann körperlich losreißen. In dieser Zeit entdeckte ich, wie nah am Wasser ich gebaut war. »Armer Junge«, sagte meine Oma noch einmal.

In der Federazione umfasste ich den Unterarm der Kameraden immer überzeugter. Inzwischen ging ich zweimal die Woche hin und verspürte einen Gemeinschaftssinn, der seine eigenen Namen und Gesten besaß und den ich sonst mit niemandem teilte. Zudem empfand ich, ohne das damals erklären zu können, eine Zusammengehörigkeit und Verbundenheit, die sich tatsächlich am besten mit dem Begriff Kameradschaft zusammenfassen ließ. Jenen *anderen* Begriff benutzte ich damals noch nicht, nicht mal im Stillen, in Gedanken, wusste aber, dass ich mich ihm früher oder später würde stellen müssen, diesem Wort, an dem man nicht vorbeikam, ob es nun eine Beleidigung war oder eine Quelle des Stolzes.

Es war Spätherbst, als Giulio mich per SMS erinnerte, auf keinen Fall die wichtige Versammlung zu verpassen, die am nächsten Tag im Saal mit dem Keltenkreuz stattfände: eine Besprechung der bald darauf anstehenden Großdemo. Giulio trat ans Pult und hielt eine herrliche Rede. Im geschliffenen, professionellen Ton eines richtigen Experten erzählte er die Vorgeschichte von den Vierzigern bis in die Neunziger, um dann zu erklären, warum wir als Gesellschaft all dies heute noch ehren müssten. Darum fand jedes Jahr unser Gedenkmarsch statt. Ich hatte von dieser Tradition nichts gewusst, fand aber, das sei eine schöne Weise, diesen großen Tag der Freiheit zu feiern. Giulio sprach über ein starkes, geeintes, unabhängiges Europa, das sich gleichermaßen dem amerikanischen Kapitalismus wie dem Kommunismus aus dem Osten widersetzte. Und ich hatte das Gefühl, von ihm weit mehr zu lernen als jemals in der Schule.

Am Nachmittag vor der Demo kam Roberto auf mich zu und drückte mir eine selbst gebrannte CD in die Hand. Ein Cover hatte sie nicht, aber innen lag eine Liste mit den Titeln und Interpreten der Lieder. Die Namen der Bands waren mir alle neu, die Compilation trug den Namen: *Musica alternativa.*

»Schenk ich dir«, sagte Roberto. »Mach was draus.« Auch dabei blitzte dieses breite Lächeln unter seinem kahlen Schädel auf, und seine großen blauen Augen strahlten.

Abends, in meinem Zimmer, legte ich die CD in meinen Discman und setzte mich aufs Fensterbrett. Die Sonne war um diese Jahreszeit längst hinterm Horizont verschwunden, und das gelbliche Licht aus den Nachbarhäusern erzählte von einer heimeligen Wärme, die ich voller Neugier und Neid sah. Eine leichte Brise unterstrich die Kälte noch. Die Musik aus meinen Kopfhörern war unerwartet zart, bloß Akustikgitarren und simple Akkorde; ich musste sogar denken, dass sie meinem Vater sicher gefallen würde, und der Gedanke war seltsam beruhigend. Ein Lied, das mich sofort begeisterte, hatte einen Refrain, der lautete: »Der Morgen gehört uns.«

9

Warum wird man Faschist, wenn man so jung und eigentlich alles in Ordnung ist? Das Wort selbst vermied ich anfangs noch. Es machte mir Angst, fühlte sich diffus verboten an, und ich empfand ihm gegenüber eine gewisse Ehrfurcht. Erst mal will ich mehr darüber wissen, dachte ich. Mich informieren. Das war einerseits ein Entschluss, ergab sich aber irgendwie auch ganz von selbst. Rückblickend war dieses Projekt für mich eine echte Zäsur: Große Leidenschaft hatte ich bislang noch nie für etwas aufgebracht, weder für die Schule noch für andere Aspekte des Lebens. Ich hatte einfach so vor mich hin gelebt, weil wir nun mal auf der Welt sind und unser Leben leben müssen, während wir drauf warten, erwachsen zu werden und irgendeine Richtung zu finden.

Warum also wird man mit vierzehn oder fünfzehn Faschist? Nicht aus einer plötzlichen Erkenntnis heraus: Das läuft nicht so wie in der Liebe, und auch nicht wie beim Glauben. Es war aber auch kein Endpunkt eines ideologischen Reifungsprozesses. Eher war es eine Frage der Ästhetik – und vor allem der Identität. Wobei, das gilt wohl nur für mich. Es stand auch keine Verkettung unglücklicher Umstände dahinter, obwohl Unglück durchaus eine Rolle spielte. Das soll keine Rechtfertigung sein, so als wäre Faschismus eine allergische Reaktion auf einen Insektenstich. Aber eine Folge von Reaktionen war es sehr wohl, denn diese Art Identität konstruiert man sich Monat für Monat, Episode für Episode. Zunächst als Antwort, erst dann als Behauptung.

Es stimmt nicht, dass Hass sich durch Lesen und Bildung bekämpfen lässt, wie ich es in den folgenden Jahren oft hören sollte. Dass er eine primitive Regung ist und all dieser Quatsch. Ich habe ihn gezüchtet. Er ist nicht von allein gediehen. Vielleicht fehlte mir dazu die Veranlagung, oder die Zusammensetzung meiner Chromosomen hat verhindert, dass ich ihn ausbildete. Jedenfalls beschloss ich, die Monate, die mir im ersten Schuljahr am Gymnasium blieben, damit zu verbringen, mehr über Politik zu lernen.

Freunde hatte ich am Ende kaum gefunden: Giulio und Alessandro in der Schule, dazu die Kameraden aus der Federazione – vor allem Roberto, den ich allerdings ausschließlich dort traf. Einen Klassenkameraden gab es immerhin noch, mit dem ich nachmittags manchmal am Telefon darüber quatschte, wie öde der Tag gewesen war. Wir dienten einander als Ventil, hörten uns gegenseitig wirklich zu, doch in der Schule hatten wir nie viel miteinander zu tun. Er hieß Luca und sein Vater war Kommunist, aber ihm selbst war Politik egal. Das hatte er mir erzählt, als wir eine Simpsons-Folge kommentierten, die wir gerade – jeder für sich – gesehen hatten und in der Russland wieder zur Sowjetunion wird und Lenin seinem Sarg aus Panzerglas entsteigt. Kurz überkam mich Wut, dann Panik, doch das legte sich schnell wieder. Bald dachte ich nicht mehr daran und war froh, dass wir das Thema nicht weiter vertieft hatten.

Das erste Buch, das ich mir eines Tages nach der Schule selbst gekauft habe, war ein dicker, schwarzer Wälzer mit goldgerahmtem Titel. Es kam mir irgendwie offiziell vor, respektabel. Auf dem Cover prangte das berühmte Profil mit dem markanten Kinn, Helm auf dem Kopf, den Blick gen Westen. Der Titel, kurz und bündig: *Mussolini.* Mir gefiel der Inhalt, aber auch die Form: Laut Klappentext ging es dem Autor, einem Historiker, darum, den Protagonisten nicht als historische Figur zu zeichnen, sondern als Mann, und davor auch als Junge, Kind und Sohn. Kein Wort über Kriege, Ränke und Gesetze also, sondern Träume, Arbeit und Liebe. Dass dieses Buch auch noch vom renommierten Mondadori-Verlag herausgegeben wurde, schien mir den Kauf abzusegnen, der sich zwar verboten anfühlte, aber nicht länger aufschieben ließ. Trotzdem hielt ich es daheim im Schulranzen versteckt, um die Fragen zu vermeiden, die sein Anblick unweigerlich ausgelöst hätte – die meiner Eltern, aber auch die, die ich mir selbst hätte stellen müssen. Das Buch war dick, knapp 500 Seiten, und ich habe es nicht bis zum Ende geschafft. Als es irgendwann doch um Politik ging und nicht mehr um die Taten des jungen Revolutionärs, schwand mein Interesse und ich griff nach einem anderen.

Dieses andere Buch hatte ich aus der Bibliothek der Federazione, die im Grunde nur aus zwei Wandregalen bestand. Es war auch wieder eine Biografie. Ich mochte das Genre, weil es mir ermöglichte, Leute kennenzulernen und Freunde zu finden, die mir in der wirklichen Welt fehlten. Auch hier war der Protagonist auf dem Cover abgebildet, diesmal allerdings auf der billigen Ausgabe eines Verlags, den ich nicht kannte. Ein junger, langhaariger Mann grinste von dem in Schwarz-Weiß gedruckten Foto. Sein Name war Bobby Sands. Genau wie bei Jan Palach ging es um Freiheit und Märtyrertum: Bobby Sands war freiwillig im Knast verhungert, aus Protest gegen die britische Besetzung von Irland. Allerdings fiel es mir diesmal schwerer zu verstehen, wer der Feind war und wohin er auf dem Spielbrett gehörte, das ich dabei war, mir zu bauen. Also fragte ich Giulio danach. »Der Feind ist das britische Empire«, erklärte er mir. »Die haben angeblich den Krieg gewonnen, um Europa zu befreien, aber ihn Wahrheit wollten sie nur ihre Kolonien in Indien und Afrika behalten und Irland besetzen.«

»Ah ja, klar«, sagte ich und machte mir die nächste geistige Notiz: Kolonien, Besatzung.

Es war Februar, doch der Frühling hatte bereits angefangen. Draußen war es warm, Regen fiel schon lange keiner mehr, und in der Federazione mussten wir die Fenster auflassen, weil die Heizungsluft nicht mehr zu atmen war. Ein paar Tage später meinte Giulio: »Super, dass du dich schon mal über Bobby Sands schlaumachst, du bist ein guter Schüler.« Ich grinste stolz, wusste aber nicht, was ich erwidern sollte. Im März gäbe es zu dem Thema einen Infostand, sagte Giulio, am Corso Buenos Aires. Solche Stände wurden oft organisiert, immer an Samstagen. Mir machten die eher keinen Spaß: Ich fand es öde, mir stundenlang im Straßenlärm die

Füße platt zu stehen und mich von den vorbeihetzenden Passanten ignorieren zu lassen. Außerdem standen wir da immer viel zu dicht beisammen; zwei Leute am Tisch, vier, fünf weitere daneben. Das war auch eine Frage der Sicherheit, aber jedenfalls blieben wir unter uns. Unsere Infostände hatten nie mit Tagespolitik zu tun, mit dem, was im Parlament ablief, mit Gesetzen, der Regierung oder so – von all dem hatte ich nach wie vor praktisch keine Ahnung. Nein, bei uns ging es um große Themen wie jetzt im März, zum St. Patrick's Day, den Freiheitskampf der Iren. Wir sammelten Unterschriften, Telefonnummern und E-Mail-Adressen, um Leute in die Federazione, zu Demos und anderen Events einzuladen. Wir stellten einen Plastiktisch an eine Straßenecke, breiteten eine Flagge darüber, hängten die Fahne der Federazione davor, und manchmal wurde ein kleiner Pavillon aufgestellt, von den Älteren, die schon an der Uni waren, oder von anderen Leuten, die ich noch nicht kannte. Zwei Mann saßen am Tisch und verkauften unsere Bücher, ein paar weitere standen daneben, und einer verteilte ein paar Schritt weiter vorn unsere Flugblätter. Die zeigten diesmal ein Bild von Bobby Sands und den Schriftzug: »Entscheidung aus Liebe.«

Winter und Frühling vergingen wie im Flug, im Takt diverser Infostände, die ich alle mitmachte, weil ich mir als Neuer meine Aufgaben nicht aussuchen konnte. Immerhin lernte ich viel dabei. Im Januar ging es los mit einem Gedenkstand zum Massaker auf der Via Acca Larenzia, einer Straße in Rom, wo die Genossen 1978 auf ein paar Kameraden geschossen hatten, als sie aus der Zentrale des Movimento Sociale kamen. Zwei Kameraden waren dabei ums Leben gekommen. Sie waren erst achtzehn Jahre alt gewesen, und als ich darüber las – nicht in Büchern, sondern im Internet –, sah ich vor mir, wie Giulio aus der grauen Tür der Federazione tritt und unter den

Salven eines unsichtbaren MGs zuckend zu Boden geht wie im Kino.

Auf der Suche nach Informationen zu dem Vorfall stieß ich auf ein Online-Forum. Eigentlich drehte sich dort das meiste um Computerspiele, wozu auch der Name passte, aber es gab daneben noch Hunderte andere virtuelle Räume, in denen endlos über alles Mögliche diskutiert wurde. Ich gab mir den Nickname »Steppenwolf« und lud ein Profilbild hoch: ein Schädel mit einer brennenden Zigarette, gemalt von van Gogh. Das Forum war ein grenzenloser Diskussionskosmos, und in jedem Raum gab es mehr oder weniger bekannte und aktive Teilnehmer. Ich selbst las vorerst nur viel mit und beteiligte mich kaum, denn die Debatten wurden oft schnell ziemlich hitzig, und ich fürchtete, das emotional nicht zu verkraften.

Im April folgte ein Stand zum Gedenken an den Brand von Primavalle – ebenfalls ein Vorfall in Rom, bei dem es um »unsere Toten« ging, wie ich inzwischen sagte. Auch darüber informierte ich mich im Forum, wo jemand die ganze Geschichte in einem Thread namens »Der Brand von Primavalle, 16. April 1973« zusammengefasst hatte. Den restlichen Tag und die folgende Nacht hielt mich quälende Angst im Griff; ich schlief unruhig und träumte wenig, blieb ständig in Alarmbereitschaft. In Primavalle hatten militante Linke damals die Wohnungstür von Mario Mattei angezündet, dem Ortsleiter des MSI. Ob sie das mit Benzin oder einer Brandbombe getan hatten, wurde nie restlos geklärt, aber jedenfalls griff das Feuer auf die Wohnung über. Fast alle konnten entkommen, doch Virgilio und Stefano, zwei der sechs Kinder von Mattei, blieben in den Flammen gefangen. Die Wohnung brannte vollständig aus, und auch die Kinder verkohlten bei lebendigem Leib.

Im Thread hatte jemand folgenden Post hinterlassen: »Die roten Bestien haben nicht mal mit Kindern Mitleid.«

Ein User mit dem Nickname atreju_san hatte ein Schwarz-Weiß-Foto von Mattei auf seinem Balkon gepostet, Kopf und Oberkörper rußgeschwärzt.

Ein Dritter hatte geschrieben: »Kleine Kinder lebendig verbrennen, das sind die Früchte des Antifaschismus.«

Unter diesen Post setzte ich einen erhobenen Daumen.

Meine Radikalisierung schritt in diesem Frühjahr über einen Trampelpfad der Syllogismen voran, als eine Art Spiel um Punkte: Mit jeder Idee, der ich zustimmte, konnte ich mich ein bisschen mehr als Faschist bezeichnen – fand ich genügend Geschichten und Gedanken gut und gerecht, war ich wohl wirklich einer. Die Punkte summierten sich rasch, denn ich hielt mich geflissentlich an die Themen, die mich am meisten fesselten und bei denen ich mir meiner Sache möglichst sicher war. Trotzdem offenbarte mir dieses Projekt eine ganze Welt, die man mir bislang offenbar verborgen hatte. Es gab mir Mut und das Gefühl, nicht mehr allein zu sein, endlich zu etwas zu gehören.

Dann stieß ich auf die Palästinenserfrage. Eins der Lieder auf der CD, die ich von Roberto hatte, hieß »Schwarzer September«: ein treibender Rhythmus und dazu ein Text, der vor passiver wie aktiver Gewalt nur so strotzte. Ich tippte »Text Schwarzer September« in die Suchmaschine, hörte mir mehrmals in Folge das Lied an und las den Text mit wie ein Gebet. Da gab es Verse wie: »Zu schwer wird uns der Hirtenstab / unsere Kinder greifen zum Gewehr« oder »Mit Gold kauften sie meine Heimat / doch meine Freiheit kostet Blut«. Um die Palästinenserfrage besser zu verstehen, brauchte ich mehrere Tage, denn das Thema war komplex und umfangreich; ich konnte mir die Details kaum merken und bekam vor allem die Ursprünge nicht recht klar. Ich erinnerte mich an Nachrichtenbilder von Kindern, die Steine nach Soldaten und Panzern warfen, und es fiel mir nicht schwer zu verstehen, wer da Goliath und wer David war. Allerdings gab es hier offenbar eine ideologische Überschneidung mit den Genossen: Ich sah deutlich die Palästina-Flaggen und Kufiya-Tücher bei den Demos der Linken vor mir, und mit denen hatten wir doch nichts gemeinsam, oder? Der Syllogismus klemmte. Andererseits schien mir nach allem, was ich las, vollkommen klar, dass die richtige Seite in diesem Kampf die des von den Kolonisatoren unterdrückten Volks war. Ebenso klar war zwar, dass dieser Kampf mit den Folgen dessen zu tun hatte, was man den Juden während des Zweiten Weltkriegs angetan hatte, aber darüber wusste ich erschreckend wenig. Geschichten über Kolonisierung und Unterdrückung kannte ich allerdings, und die ließen mich nicht ungerührt. Es fiel mir also leicht – und kam mir richtig vor –, mir die Formeln anzueignen, die sich gegen Menschen richteten, die anderen ihre Heimat wegkauften, und Mitgefühl für die aus ärmlichen Dörfern vertriebenen Bauern aufzubringen, für ihren Widerstand mit Steinen und Raketen. Bald lernte ich auch, das Wort »Zionismus« zu benutzen – ein Antisemit, da schwor ich Stein und Bein, war ich aber nicht. Ich brauchte noch eine ganze Weile, bis ich verstand, wieso wir in manchen Kämpfen Seite an Seite mit den Genossen standen, ohne dass es mich befremdete.

Dazu kam es eines Abends, an dem ich lang durch Websites, Online-Lexika und Foren gesurft war, auf der Suche nach Geschichten aus dem Italien der Siebziger, nach Biografien von Kameraden, die von der Polizei getötet worden waren oder im Knast saßen, nach den Morden und Lügen italienischer und ausländischer Geheimdienste: Man konnte, das sagte mir meine aus der Recherche gespeiste Intuition, zwar nicht in allen, aber doch in vielen Schlachten neben den Linken stehen, weil der Hauptfeind der bürgerliche Staat, der Kapitalismus und der Imperialismus waren. Von Letzterem hatte ich schon eine ziemlich solide Vorstellung, nur was den bürgerlichen Staat und den Kapitalismus genau ausmachte, kapierte ich noch nicht recht. Aber ich blieb gelassen: Das würde ich auch noch lernen. Jetzt, wo meine erste Irritation überwunden war, war mir jedenfalls wohler bei dem Gedanken, dass etwas, woran wir Kameraden glaubten, quer über die politischen Fronten verlief. Ich fühlte mich etwas weniger schuldig, etwas weniger im Konflikt mit der Welt, und die seltenen Male, wenn ich das klarsah, waren ausgesprochen erleichternd.

Außerdem gab es da eine bestimmte Person, die mich oft an Palästina und die diesbezüglichen Kurzschlüsse denken ließ: Roberto, der mir die CD geschenkt hatte und – zumindest zu mir – immer sehr nett war. Roberto war anders – allein schon äußerlich: Er war der Einzige von uns mit kahlrasiertem Schädel, wirkte älter als alle anderen. Vor allem aber war er nicht so richtig weiß. Ihn danach zu fragen, hatte ich mich nie getraut, sodass er mir die Geschichte erst erzählte, als Giulio ihn dazu drängte. »Hör mal«, sagte er, »Ettore ist zu schüchtern, dich zu fragen, aber er ist neugierig auf deinen Opa.« So erfuhr ich, dass Roberto mit Nachnamen Bekele hieß – er ließ ihn mich gleich noch mal buchstabieren, damit ich ihn mir richtig merkte. Seine Eltern waren Italiener, und sein Großvater auch, doch der war außerdem Äthiopier, geboren im ehemaligen Italienisch-Ostafrika. Von dort war er irgendwann nach Florenz gezogen und für immer in Italien geblieben. Die Geschichte fand ich toll. Roberto erschien mir jetzt wie das Überbleibsel eines großen historischen Projekts, wie ein wandelndes Zeugnis der Vergangenheit. Er bewies, wie vielfältig das italienische Reich hätte sein können, wenn es nur fortbestanden hätte. Mit Rassismus, stellte ich stolz fest, hatten wir nichts zu schaffen.

Ab und zu musste ich noch an Giacomo denken, der mir, wenn ich ihn morgens in der Schule sah, vorkam wie ein Relikt einer längst vergangenen Zeit. Wir hatten uns voneinander entfernt und nur noch subtile Verachtung füreinander übrig. Ich wollte mir das zwar nicht eingestehen, aber diese Ferne löste tiefes Unbehagen in mir aus. Ich beneidete ihn um seine explosive Pubertät, aber mich ärgerte auch, wie ordinär er sich benahm, wie er seinen Körper nicht im Zaum hielt, wie er mit viel zu hoher Stimme sprach und ständig im Mittelpunkt stehen wollte. Und er bemitleidete vielleicht mich, weil ich so einsam war, und wunderte sich, dass dabei nicht wenigstens bessere Noten herauskamen. Doch er hatte keinen Schimmer von der Welt, die ich dabei war zu entdecken, von der Identität, die ich mir aufbaute.

Die Wahrheit ist, dass ich mich dieses ganze erste Jahr abseits gehalten und abgewartet habe. Als hätte ich gewusst, dass ich einen Entwicklungsprozess durchlaufen musste, dem zuliebe ich mich nicht zu viel bewegen durfte – wie eine Raupe im Kokon, ein Embryo im Ei. Vorerst genügte mir das Wenige, das ich bereits gefunden hatte: die Nachmittage bei Alessandro oder in der Federazione und die, an denen ich zu Hause allein das Internet durchforstete.

Auch Olimpia blieb im Hintergrund, aber was sie betraf, lagen die Dinge anders. Sie hing vor allem mit den Leuten vom Kollektiv ab – und mit ihren anderen Freundinnen, die sogar noch fremder, noch kultivierter wirkten und nach der Schule in großen Gruppen Richtung Innenstadt schlenderten. Manchmal sahen wir uns aus der Ferne auf der Treppe, und wenn wir uns über den Weg liefen, grüßten wir uns. Mehr wollte ich aber lieber nicht von ihr wissen, denn mir war klar, dass jetzt der falsche Zeitpunkt dafür war, dass ich nicht die nötige Kraft und Konzentration aufgebracht hätte, um auch noch diese Tür offenzuhalten. Abends machte mich das manchmal traurig, wenn ich an den Sommer dachte, an Olimpia in der Sonne auf den Felsen, an ihre gebräunte Haut und all die Möglichkeiten, die jene Zeit geborgen hatte und die mit dem Schulanfang verpufft waren. Also schob ich diese Gedanken weg, obwohl es schwer war, die Wassertropfen auf ihren Schultern vollkommen aus dem Gedächtnis zu vertreiben, den dunkelroten Badeanzug und die Traurigkeit, die sich so flauschig weich angefühlt hatte, weil in ihr etwas ganz Neues mitschwang.

Dann war das Schuljahr vorbei, und Olimpia kam nicht ans Meer, ohne dass ich wusste, ob Samuele und sie noch zusammen waren.

SCHULJAHR 2002/2003

10

Bei der Mauerfall-Demo im folgenden Jahr war ich ein anderer Mensch. Die Vorbereitung lief genauso ab wie vor zwölf Monaten, effizient und mit gebührender Aufregung, aber ich hatte mittlerweile Erfahrung gesammelt und mir ein politisches Bewusstsein gebildet. Dem gab ich inzwischen einen neuen Namen: Militanz.

Äußerlich war ich noch praktisch derselbe, aber im Inneren spürte ich, dass ich einen Ort gefunden hatte, an dem ich mich zu Hause fühlte. Noch wusste ich nicht recht, welche Art Militanter ich werden sollte, aber dafür war ja noch Zeit. Manchmal hingen in der Federazione ein paar Gestalten herum, die mir Angst einflößten. Sie rissen dreckige Witze und stanken förmlich nach Gewalt, nach einer Wut, die jederzeit ausbrechen konnte. Auch die anderen kamen mit denen nur schwer zurecht – wichtige Aufgaben bekamen sie nie. Sie verteilten keine Flyer, bemannten keine Infostände, nahmen nie an Versammlungen teil, nur für die Demos wurden sie gebraucht. Dann gab es da den politischen Flügel, mit Giulio als wichtigstem Vertreter: Alles Leute, die schon einen Weg eingeschlagen hatten, der sie früher oder später in irgendwelche Ämter führen würde. Mit denen fühlte ich mich natürlich wohler, obwohl ich von Tagespolitik immer noch wenig bis gar keine Ahnung hatte. Ich steckte in einem eher diffusen, ideologischen Stadium, geprägt von Werten, die wie ferne

Lichter in der Finsternis aufblitzten, von lange toten Helden und ritterlichen Vorbildern, von angefeindeten Philosophen und Geschichten über triumphale Siege und tränenreiche Niederlagen. Trotzdem gab es auch mal einen Kurzschluss mit der Gegenwart, den 11. September, die Invasion in Afghanistan. In der Federazione bin ich in dieser Zeit mal über eine Kiste unbenutzter Flugblätter gestolpert: Ein Fadenkreuz über der Karte von Afghanistan, und daneben der Schriftzug: »USA, wrong target!« Bei unseren Veranstaltungen zur Geschichte dieses fernen Lands, das nun plötzlich alle – in der Schule, zu Hause und in der Federazione – so sehr besorgte, erfuhr ich von der sowjetischen Invasion sowie dem Widerstand der Mudschaheddin und lernte, dass der Kommunismus sich auch damals als Ideologie der Vernichtung, der Invasionen und der Übergriffe auf das Selbstbestimmungsrecht der Völker erwiesen hatte, die USA aber keinen Deut besser waren.

Vieles lief letztlich auf zwei Gegensätze heraus: zuerst der zum Kommunismus, dem wir, die tapfere, vor Leben strotzende Jugend, uns stolz, aufrecht und in Reih und Glied in den Weg stellten. Dieser Gegensatz ließ sich vielfältig durchdeklinieren: unsere Freiheit gegen ihre Unterdrückung, unser Anstand gegen ihre Sünden, unser Leuchten gegen ihr Dunkel, unsere Freude gegen ihren Jähzorn. Eine simple Rechnung, auf einer Seite das Leben, auf der anderen der Tod. Aber dann war da noch jener andere Widersacher, den man nicht so einfach zu fassen bekam. Er hatte viele, offenbar fast austauschbare Namen, deren verschwommene Ränder sich nur schwer scharf stellen ließen; nach seinen Inkarnationen als Kapitalismus und Imperialismus trat er heute im Gewand des Globalismus auf. Ich blieb aber geduldig, auch mit mir selbst. Mit der Zeit würde ich das alles schon verstehen, einen Schritt nach dem anderen.

Im Laufe des Jahres war ich im Ansehen der Kameraden so weit aufgestiegen, dass ich diesmal bei der Demo nicht nur mitlaufen sollte – mich nicht wie gewohnt abseits halten konnte –, sondern die aufregende, ehrenvolle Pflicht hatte, eine der drei Stangen zu halten, die das riesige, in den letzten Tagen vorbereitete Banner trugen.

Auf dem Stoff prangte in Lettern, wie einige Fußballfans sie im Stadion benutzen, der Schriftzug »Nation Europa«. Das Motto fand ich großartig. Ich hatte den Kameraden geholfen, das Banner zu malen, mit schwarzer Sprühfarbe und Klebeband für saubere Ränder der Buchstaben. Die blaue Flagge mit dem Kreis aus gelben Sternen gefiel mir auch, sie erinnerte mich an die Eurovision-Sendungen, die ich als Kind im Fernsehen geschaut hatte. Das ist unser Festungsring gegen die Globalisierung, schoss es mir durch den Kopf: Er stand für ein großes, uraltes Vaterland und ließ außerdem den süßen Geschmack der Kindheit in meinem Mund, hinter den Augen erstehen. Wieder etwas, für das es sich meiner Meinung nach zu kämpfen lohnte.

Am Tag der Demo regnete es, und die Feuchtigkeit machte die seit Wochen miefig-schwere Mailänder Luft noch dicker. Friedlich zogen wir durchs Zentrum. Die Bengalos in den ersten Reihen verströmten einen Schwefelduft, den ich noch nie zuvor gerochen hatte. Anfangs musste ich davon noch husten, dann sog ich ihn ganz tief ein und fühlte mich davon berauscht. Wieder etwas Neues, das mich erst störte und mir dann gefiel.

Im Chor skandierten wir: »Europa – Nation – Re-volu-tion!« Roberto ging mit einem Megafon hin und her, wiederholte die drei Wörter oder startete neue Sprechchöre. Wie ein Trainer mit seinen Spielern wirkte er, mal ernst und entschlossen, mal fröhlich, trotz der nassen, kalten Glatze. Auch Giulio war ständig auf Achse, ging neben dem Zug auf und ab, musterte die Banner, rief: »Höher!« oder redete kurz mit jemandem, machte einen Witz oder einen Kommentar, um die Euphorie oder Anspannung etwas zu dämpfen, ehe er weiterging. Die wortkargen Rambos, die mir immer Angst einjagten, die mit den Schlägervisagen und dem manchmal geradezu irren Blick, hielten sich am Rand und beäugten uns, als wären wir die Schafherde und sie die Hütehunde: Sie waren die Ordner, wie man mir erklärt hatte. Unsere Jacken waren triefend nass, und ich leckte mir die Tropfen von dem Flaum, der mir inzwischen auf der Oberlippe spross. Der Regen, fand ich, stärkte nur unseren Zusammenhalt. Giulio bot mir eine Zigarette an, aber ich musste das Banner halten, also steckte er sie mir in den Mund, schirmte sie mit der Hand vorm Wind ab und zündete sie mir an. Wir lachten.

In den Tagen vor der Demo hatte ich oft ein Lied über den Ungarischen Volksaufstand gehört, einen traurigen Marsch, den ich jetzt im Kopf sang, um im Gleichschritt zu bleiben und nicht an die Feuchtigkeit zu denken, die mir eisig über den Rücken kroch. Es hieß »Vorwärts, du Jugend von Buda«. Wenn ich mit meinem Discman auf dem Bett lag und dieses Lied aus meinen Kopfhörern kam, musste ich vor Rührung manchmal sogar weinen. Schon als Kind hatte ich wegen jeder Kleinigkeit geheult, jetzt tat ich es immer an der Stelle, wo ein ungarischer Student und Freiheitskämpfer eine Parteigenossin bittet: »Mädchen, sag's nicht meiner Mutter / dass ich mein Leben heut Abend verlier / sag ihr, ich geh in die Berge / und bin im Frühling wieder bei ihr.« Immer wieder skippte ich bei diesem Vers zurück, wollte noch mehr weinen, wollte zitternd und schluchzend noch die letzten Tränen und die letzte Traurigkeit aus mir herauskitzeln, auf der Suche nach einer Läuterung, einem Frieden, die weit über das kleine Lied hinausgingen.

Wenn ich es oft genug gehört hatte, wenn der Tränenstrom endlich versiegte und mein Atem ruhiger wurde, wiegte ich mich mit Gedanken an die Liebe in den Schlaf, dachte, manchmal mit einem Kleenex in der Hand, an Olimpia, an ihre haselnussbraunen Augen und kleinen Brüste, die ich seit Monaten nicht mehr gesehen hatte.

Vom Hochhalten des Banners taten mir schon nach ein paar Minuten die Arme weh. Den Jungen, der neben mir die mittlere Stange hielt, kannte ich zwar nicht, aber wir warfen einander immer wieder einverständige, solidarische Blicke zu. Ich war glücklich. Ich war – besser kann ich es nicht ausdrücken – so voll wie eine pralle, reife Frucht. Wieder und wieder skandierten wir denselben Slogan: Europa – Nation – Re-volu-tion.

Als ich mich einmal umdrehte, um den Zug hinter mir zu bestaunen, hätte ich fast das Gleichgewicht verloren und das Banner fallen lassen. Einer der Älteren versetzte mir im Vorbeigehen einen kräftigen Klaps auf die Schulter und mahnte: »Immer schön hoch, das Banner!« Er gehörte zur Hochschulgruppe – ich hatte ihn ab und zu in der Federazione gesehen, wusste aber nicht, wie er hieß.

Ich dachte: So habe ich mich noch nie gefühlt. Die anderen, die mit leeren Händen vor und hinter mir marschierten, warfen die Arme im Takt mit dem Sprechchor in die Höhe oder streckten sie zum römischen Gruß aus, was mich noch verlegen machte. Die Geste kam mir brutal vor, fast schon obszön. Auch Giulio mochte sie nicht. Allein oder mit Roberto eilte er zu allen, die sie zeigten, mahnte: »Jetzt lasst das doch mal«, und sagte, wir müssten uns zurückhalten, sonst würde die Presse nur wieder den üblichen Mist über uns schreiben. So leicht dürften wir es denen nicht machen.

Irgendwann aber fand ich einen anderen Griff für die Stange: Ich nahm die Linke ein Stück höher und ging einen Schritt vor meinen Mitträgern. So lag der Schaft fast schräg auf meiner Schulter, und ich hatte den rechten Arm frei. Es war ein spontaner Impuls: Nur einmal, ganz kurz, die flache Hand voraus, zack, hoch! Wie ein aufgeklappter Schirm stand sie für zwei Sekunden in der Luft. Ich spannte sämtliche Muskeln an, damit der Arm schön grade war, ohne Zögern, ohne Fehler. Die Macht des Verbotenen ließ mich erstrahlen. Einen Augenblick lang hatte ich die Schönheit dessen verspürt, was alle für falsch hielten, hatte begriffen, dass ich jede Zurückhaltung in den Wind schießen musste. Dann nahm ich wieder meinen Platz ein, und ein Schauder lief mir über den Rücken.

Erneut blickte ich zu dem Jungen neben mir, sah erneut dasselbe Einverständnis. Dann mussten wir beide lachen.

11

Gegen Abend hatte der Regen sich in feinen, kalten, in der Luft hängenden Dunst verwandelt, der einen, wenn man hindurchging, eher vollschlierte als durchnässte. Tiefhängende Wolken verdeckten das letzte bisschen Sonne. All das störte mich aber nicht, als ich auf meinem Moped in Richtung der westlichen Randbezirke in die Viale Legioni Romane einbog, aus der später die Landstraße 114 wurde, die durch die ersten Felder bis zu mir nach Hause führte. Die Hände am Lenker taten mir von der Kälte so weh, als würden sie jeden Moment abfallen. Meine Nase brannte wie Feuer, meine Zähne klapperten wie wild. Ich hatte weder Poncho noch Regenjacke dabei, ja nicht einmal einen Müllbeutel, vergeudete daran aber keinen Gedanken, während ich bei sechzig Sachen mit meinem Moped um die Wette zitterte. Ich dachte nur an die Demo.

Am liebsten hätte ich sofort noch einmal den rechten Arm ausgestreckt, aber auf dem nassen Asphalt war das zu riskant. Bis zu dem Kreisverkehr, an dem ich nach links musste, waren auch meine Knie schmerzhaft steif gefroren. Mein ganzer Körper zog sich bis zur Erstarrung zusammen, und zugleich zitterte ich so heftig, dass ich es gar nicht mehr unter Kontrolle bekam. Vermutlich lief die Linkskurve im Kreisel deshalb so schief: Auf einmal rutschte die Maschine unter mir weg, warf mich auf den nassen Asphalt und glitt wie auf Glatteis noch ein Stück weiter. Ich dagegen landete eher unsanft, voll auf der linken Schulter und dem Knie, die jetzt unisono pochten und meine Muskeln aus ihrer eisigen Stumpfheit weckten. Einen Moment lang blieb ich in dem Schwimmbad aus Asphalt liegen. Autos kamen zum Glück keine, zu hören war nur der Regen, der auf diesen verlassenen Winkel der Welt prasselte. Dann brach ein lang gezogenes Schluchzen aus mir heraus, das mich erschreckte.

Auch der Blick meiner Mutter schien zu zittern, als sie mich von Kopf bis Fuß und dann noch mal von Fuß bis Kopf beäugte. Ich selbst bibberte noch immer vor Kälte, Regen tropfte von mir herab auf den Fußboden. »Ab ins Bad«, sagte sie, »du machst ja alles nass.« Ich ging, und sie sah mir hinterher, konnte sich wohl nicht entscheiden, ob sie der aufsteigenden Wut – die ich ihr an den verkniffenen Lippen ansah – nachgeben oder erst mal besorgt sein sollte. Bei geschlossener Tür zog ich mich aus. Sie sagte: »Beeil dich, wir essen schon.«

Beim Abendessen herrschte angespannte Stimmung. »Was ist denn passiert?«, wollte mein Vater wissen.

»Ich bin gestürzt, mit dem Moped.«

»Ach ja?«, fragte meine Mutter. »Hast du dir wehgetan?«

Ein bisschen schon, dachte ich. Die warme Dusche hatte die Unterkühlung zwar besiegt, aber ich spürte bereits blaue Flecke auf der linken Seite sprießen. Und ich humpelte etwas, weil mir vor allem das Becken wehtat. »Hab bisschen was abgekriegt, ja«, sagte ich.

»Und das Moped?«, fragte Papa.

»Keine Ahnung, glaub nicht.«

Ich kaute einen Happen Pasta mit Brokkoli, lauwarm und lecker. Schweigend sahen wir einander beim Essen zu, kratzten mit unseren Gabeln über die Teller. Meine Mutter wirkte nachdenklich, schien zu wittern, dass da was nicht stimmte. Ihr Blick war traurig, aber ihre Lippen verrieten, dass ihr Ärger nicht verraucht war. »Und«, sagte sie schließlich, »was hast du den ganzen Tag getrieben?«

Ich war müde. Und sagte: »Ich war auf einer Demo, zum Fall der Berliner Mauer.« Schweigen. »Heute ist der Jahrestag.«

Meine Mutter sah mich ungläubig an. Papa blickte nicht von seinem Teller auf. »Und wer hat da demonstriert?«, fragte sie. Aber es war gar keine echte Frage.

»Ein paar Freunde aus der Schule«, sagte ich, bemüht, locker zu klingen, um die Luft aus der Frage und der Anspannung zu lassen. Ich hatte Schiss. Schmerzhaft war das, aber auch befreiend. Als hätte ich auf endgültige, erwachsene Weise erkannt, dass meine Familie nicht zu mir gehört und ich nicht zu ihr. Ich nabelte mich ab. Aber wohin war ich unterwegs?

»Das ist 'ne wichtige Sache«, fuhr ich fort. »Ich wusste vorher gar nicht so genau, was da passiert ist, dabei ist's echt interessant.«

Und meine Mutter: »Waren das die Freunde, von denen du auch diese Bücher hast?«

»Die hab ich mir selbst gekauft. Um mich zu informieren. Daran ist ja wohl nichts auszusetzen, oder?«

»Mach doch, was du willst«, entgegnete sie brüsk. Und fügte, vielleicht doch etwas weich geworden, hinzu: »Tut's noch weh?«

Der Schmerz pulsierte mir inzwischen bis in die Ellbogen und Knie. Müde war ich auch, und die warme Wohnungsluft, die mir nun endlich in die Haut drang, machte mich träge. Aber nicht angenehm träge, denn das Gespräch zwang mich, meine Aufmerksamkeit und meinen Adrenalinspiegel oben zu halten. Vielleicht war das auch eine erste Form von Beklemmung, die ich noch nicht erkannte. »Ja, ein bisschen«, sagte ich.

»Na, dann hoffen wir mal, dass dein Moped nicht in die Werkstatt muss.«

Kurz bevor mich ganz die Kraft verließ, kam meine Mutter noch mal in mein Zimmer. Ich saß am Schreibtisch, das Zimmer war fast dunkel, nur erhellt vom bläulichen Licht des Chats mit Olimpia. Ich hatte die Kopfhörer auf und erschrak, als ich plötzlich eine Hand auf der Schulter spürte. »Was ist?«, fragte ich.

Offenbar kam sie in friedlicher Absicht: In den vergangenen Monaten hatte sie mein Zimmer gar nicht betreten. Als wäre es mit negativer Energie geladen. Kurz wirkte sie beleidigt, klang dann aber versöhnlich: »Ich wollte nur fragen, ob du für die Schule alles fertig hast.«

In einer anderen Familie hätte aus diesem Abend eine Chance zur großen Aussöhnung werden können – dazu, gemeinsam und unter Tränen lange verborgene Wunden zu offenbaren und zu heilen. Alle Zutaten waren vorhanden: ein Regentag, ein traumatisches Ereignis, eine falsche Abzweigung, gewissermaßen, und eine über Monate aufgebaute Spannung, die sich endlich in eine schmerzhafte, aber glückliche Auflösung hätte entladen können.

Stattdessen entdeckte ich, dass diese Spannung sogar noch ansteigen, diese Blase des Grolls sich noch aufblähen konnte. Wie bei einer Bombe konnte die winzigste Unachtsamkeit, ein einziger falsch gekappter Draht oder unvorsichtig berührter Zünder den Unterschied zwischen Entschärfung oder Explosion ausmachen. Mit einem etwas zu lauten Seufzer sagte ich: »Mhm.« Sonst nichts. Ich wollte nur, dass sie verschwand, aber das tat sie nicht, und der Fehlschlag hatte ihr die Laune jetzt erst recht verdorben. »Dieses Jahr wird besser nicht so wie das letzte«, blaffte sie, und ich igelte mich in nervösem, stillem Warten ein. Was schwelte da nur im Leben meiner Mutter, von dem ich nichts wusste und nie erfahren würde? Offenbar konnte sie sich diese Bissigkeiten einfach nicht verkneifen, deren Ton jetzt rasant zu wütendem Schreien anschwoll. Wortsplitter platzten aus ihr heraus, schwirrten durch die Luft und trafen mich. Einer lautete: »In deinem Alter«, ein anderer: »Versager«, ein dritter: »einen Scheiß« und dann: »deine Freunde«. Im Grunde war ich das Geschrei gewöhnt. In diesem Haus mussten die Sofakissen immer schön aufgeschüttelt, die Klamotten aufgehängt und die Regale gründlich abgestaubt sein, und langes, hilfloses Schweigen wechselte sich mit tosenden Ausbrüchen ab. Wie bei Vulkanen.

An diesem Abend jedoch geschah etwas, das vorher nie passiert war. Ein finaler Plot-Twist, eine Gabelung im Weg.

Einer ihrer Wortsplitter war neu – ein neuer Laut, ein neuer Vorwurf. Auf ihn folgte ein Moment der Stille. Erschrocken drehte ich mich um, sie stand noch in der Tür. Das Echo ihrer Worte hallte mir wie Brandung in den Ohren. »Verfluchter Fascho«, hatte sie gesagt.

Zum ersten Mal hatte mir jemand dieses Wort als Vorwurf an den Kopf geworfen. Zum ersten Mal benutzte es jemand, um mich zu definieren und damit zu treffen. Kaum war der Widerhall verklungen, knurrte ich, ohne nachzudenken: »Für mich ist das keine Beleidigung.« Ganz spontan sagte ich das, doch es erschien mir als einziger Ausweg. Fast als Befreiung.

»Wie bitte?«, sagte sie.

Also sagte ich es noch mal, aber lauter. Dieselben Worte in derselben Reihenfolge. Sie trat ein paar Schritte auf mich zu.

»Du blöder Idiot«, zischte sie und schlug auf mich ein wie eine Windmühle. Ich hielt die Hände schützend vors Gesicht, bis sie plötzlich innehielt, sich umdrehte und anscheinend zu weinen anfing. Dann stürzte sie aus dem Zimmer und schlug die Tür hinter sich zu.

Ich schloss die Tür von innen ab und erfand einen Vorwand, um den Chat mit Olimpia zu beenden, an dem ich schlagartig jedes Interesse verloren hatte. Dann tippte ich die Adresse des Internetforums ein, in dem ich seit einigen Monaten mitlas, loggte mich ein und überflog die Liste der Threads mit den meisten Updates. Einer war in diesen Tagen besonders heiß, weil er sich um die Berliner Mauer und den Jahrestag drehte. Dank der fleißigen Arbeit der Moderatoren ging es dort recht gesittet zu, trotzdem waren die Stimmung angespannt, der Ton scharf und die Ermahnungen zahlreich. Mit der Maus scrollte ich mich zu den aktuellsten Posts und fand einen, der lautete: »Wann kapiert ihr endlich, dass ihr seit 50 Jahren tot und begraben seid?? Ab in die Kanalisation mit euch!!!« Obwohl der Kommentar massenweise Up- und Downvotes erhalten hatte, war er vollkommen unmoderiert geblieben. In der User-Signatur, die unter den Posts angezeigt wurde, stand bei diesem Typen ein Satz, den ich nicht kannte, der aber sicher bekannt oder zumindest ein Zitat war, den Anführungszeichen nach zu urteilen: »Ich hab einen Anti-Fascho-Reflex, seh ich einen Fascho, knall ich ihn weg.« Diese Wortwahl ärgerte mich nicht nur, sondern rührte an eine tiefere Wut, eine Abscheu, die ich vorher gar nicht zu besitzen geglaubt hatte. Hastig schrieb ich eine Antwort. Ich konnte schnell tippen, ohne mir auf die Finger zu schauen, sah stattdessen zu, wie die Sätze sich auf dem Bildschirm breitmachten. Ich schrieb: »Was du und deinesgleichen nicht kapieren: Vor fünfzig Jahren ist gar nichts gestorben! Aber seit dem 9. November 1989 ist eure Ideologie des Todes am Ende. Aus ihren Trümmern ist ein europäischer Traum geboren worden, von einer neuen Nation aus Männern und Soldaten, die erhobenen Hauptes in die Zukunft blicken. Ein Europa der Völker, einig auf den heiligen Pfaden der Tradition, gegen den Kapitalismus, gegen den Imperialismus, gegen den Kommunismus. Eine Armee, ein Staat, eine Macht. Ein Europa, eine Nation.« Ich klickte auf »Posten«, dann sofort auf »Bearbeiten«: Noch nie hatte ich einen so langen Post verfasst, mich so weit aus dem Fenster gelehnt, auch wenn in meiner Signatur stand: »Der Morgen gehört uns.« Ich las den Post mehrfach durch, fürchtete, er klänge albern. Aber im Grunde fand ich ihn gut, vor allem die Litanei am Ende. Dann fiel mir der Titel eines Buchs aus der Federazione ein, den ich in meinem Hausaufgabenheft notiert hatte, und ich ergänzte den Schluss um den Satz: »Europa, ein Reich von 400 Millionen Menschen.« Die ganze Aktion hatte in etwa eine Stunde gedauert. Niemand hatte mehr an meine Tür geklopft, und ich war jetzt komplett erledigt. Ich stand auf, zog die vor Müdigkeit schweren Sachen aus, streifte mir das Oberteil meines Schlafanzugs über. Aus der Ferne sah ich das Display meines Laptops leuchten, der mir jetzt vorkam wie ein lebendiges Wesen, imstande zu erschaffen oder zu zerstören. Noch einmal klickte ich auf »Aktualisieren«. Trotz der Uhrzeit hatte mein Post schon mehrere Upvotes erhalten. Einer hatte ihn sogar geteilt und darunter geschrieben: »Amen, Kamerad Steppenwolf.« Ein anderer hatte kommentiert: »Yeah, dem hast du's gezeigt! Der Morgen gehört uns!« Die Upvotes häuften sich. Ein paar Downvotes gab es auch, aber insgesamt schlug das Pendel klar zu meinen Gunsten aus. Zehn Minuten lang klickte ich zwanghaft auf »Aktualisieren«, wieder und wieder. »Du nimmst mir die Worte aus dem Mund«, schrieb ein anderer User. »Bravo, Kamerad, das trifft den Nagel auf den Kopf.« Sein Profilbild zeigte das Maul eines weißen Wolfs. Ich empfand vor allem Dankbarkeit. Und Macht. Stolz. Keine Freude, sondern Zorn, in dem ich mich geborgen fühlte.

Ich klappte den Laptop zu. Schlagartig vibrierte die Luft im Zimmer nicht mehr vom konstanten Brummen des Lüfters. Mir war, als wäre ich aus einem Hafen ausgelaufen, um eine einsame Reise anzutreten, auf der ich dennoch nicht alleine wäre. Ich klappte den Computer wieder auf. Drei Minuten später hatte das Modem unter dem üblichen Gefiepse die Verbindung wiederhergestellt. Ein letztes Mal klickte ich auf Aktualisieren. Die Upvotes hatten sich vervielfacht. Und ich dachte: Das da ist meine Familie. Erneut stieg die Wut in mir auf, und ich wäre am liebsten sofort mit dem Moped losgerast, hätte all die Kurven noch einmal genommen und wäre jedes Mal wieder auf den nassen Asphalt gestürzt. Es regnete immer noch in Strömen. Ich machte das Fenster auf, und als ich den Griff drehte, schoss mir der Schmerz aus der Schulter durch alle Nerven. Im Schlafanzug war mir zwar eisig kalt, aber ich lehnte mich trotzdem hinaus. Ich brauchte eine Zigarette und einen weiten Horizont. Atmete tief ein.

Am nächsten Morgen ging meine Zimmertür nicht auf. Kurz bekam ich Panik: Ich erinnerte mich nicht, dass ich am

Abend abgeschlossen hatte. Am Ende gab sie nach, war offenbar verklemmt gewesen. In der Küche zeigte meine Mutter mir die kalte Schulter. Ich nahm mir einen Schokoriegel aus dem Kühlschrank und ging duschen. Die Wohnung kam mir vor wie fremdes Territorium. Der Regen hatte aufgehört, und mir war, als bekäme ich wieder besser Luft.

12

Zwar war Olimpia im Sommer nicht ans Meer gekommen, aber im neuen Schuljahr waren unsere abendlichen Chats irgendwann so tief gegangen, dass wir den Mut gefasst hatten, sie im echten Leben fortzusetzen. »Tut mir leid, dass wir uns in den letzten Monaten nur so selten gesehen haben«, hatte sie gesagt, und ich dachte, dass es eher das letzte Jahr gewesen war, schob es aber auf die Nachwehen des Endes ihrer Beziehung mit Samuele.

Jetzt trafen wir uns manchmal auf einen Kaffee oder ein Bier, blieben danach noch eine Weile sitzen oder gingen ziellos spazieren, einfach nur, um uns zu unterhalten. Wir redeten, als wäre nicht ein Jahr ins Land gegangen, als wäre nichts gewesen.

Es waren konfuse, glückliche Wochen, auch für mich. Olimpia fing an, dünne Zigaretten zu rauchen, die ich noch nie gesehen hatte. Auch ich rauchte inzwischen regelmäßig, blaue Benson & Hedges, wie mein Vater. Eines Abends erzählte sie mir von ihren Problemen in der Schule, und ich war von den Socken: Ich hatte ihre sanfte Stimme, ihre grünen Augen und ihre Schüchternheit immer mit natürlichem Fleiß assoziiert, mit einer goldenen Zukunft aus Designerklamotten und beruflichem Erfolg. Auch mein erstes Jahr am Gymnasium war ja nicht gelaufen wie erhofft. Ich sagte ihr, ich könne sie gut verstehen.

An einem anderen Abend saßen wir dicht nebeneinander auf der Treppe vor ihrer Haustür. Hielten Händchen. Uns dämmerte, wie dünn die Grenze zwischen unserer Freundschaft und etwas anderem war, aber wir sprachen es nicht aus. Stattdessen unterhielten wir uns über Dinge, die uns neu und groß erschienen und die wir besser als alle anderen zu verstehen glaubten. Darüber, wie schwierig es war, erwachsen zu werden. Verstanden zu werden. Von der Welt, von allen. Darüber, dass wir die meisten Leute nicht leiden konnten. Als es Zeit wurde zu gehen, zogen wir den Abschied in die Länge, die Gesichter dicht an dicht, aber reglos, als hielte ein Zauber uns gefangen. Wir wiegten ein wenig die Köpfe, bis unsere Lippen sich streiften, dann zuckten wir hastig zurück, besorgt, der Schritt könnte zu groß gewesen sein, zu endgültig.

Kurz bevor wir auseinandergingen, sagte Olimpia: »Kann ich dich mal was fragen?«

Und fuhr fort, ohne meine Antwort abzuwarten: »Wieso hängst du eigentlich mit diesen Leuten rum?«

Die folgenden Tage zwang ich mich, nicht an diese Frage zu denken. Trotzdem ging ich eine Woche nicht ans Telefon, wenn Giulio anrief, und ließ mich auch nicht in der Federazione blicken. Giulio schrieb irritierte, ungeduldige SMSen. Nach der Schule ging ich zum Lernen zu Giacomo, der mich an keins der beiden Themen erinnerte. Auch Olimpia musste viel lernen und wollte darum lieber nicht ausgehen. Ich fühlte mich allen gegenüber schuldig, auch gegenüber mir selbst, und hatte keine Ahnung, wie ich da wieder herausfinden sollte. Ob ich mich wirklich entscheiden musste. Aber zwischen was überhaupt?

Seit zehn Tagen hatten wir uns nicht mehr gesehen, sodass ich überrascht, erschrocken und natürlich – vor allem! – aufgeregt war, als auf meinem Handydisplay der Name Olimpia aufschien. Es war spät, aber ich ließ es trotzdem lange klingeln, ehe ich abnahm und ihre weiche Stimme hörte. Ihre Eltern seien ein paar Tage weg, sagte sie. Sie hätten sich einen Welpen angeschafft, einen kleinen Deutschen Schäferhund, der bestimmt schon in wenigen Monaten riesengroß wäre. »Agata heißt sie, kann noch gar nicht richtig laufen, total lustig.« Sie kicherte. Wenn ich Lust hätte, könnten wir morgen mit dem Hund spazieren gehen. »Klar«, sagte ich, musste aber sofort an die beißende Kälte auf der Heimfahrt mit dem Moped denken.

Tags darauf versuchte der Herbst, die Stadt in eine lauwarme Umarmung zu nehmen, doch er lag bereits im Sterben und keiner konnte ihm helfen. Der kleine Hund hatte tatsächlich einige Schwierigkeiten, die für seinen kleinen Körper viel zu langen Beine zu koordinieren. Der Anblick war mindestens zum Grinsen, wenn nicht zum Lachen, doch auf mich wirkte er trotzdem nicht so. Stattdessen steckte ich in meinen Sorgen fest und ging selbst so tapsig wie er. Der kurze Spaziergang führte uns durch Olimpias Viertel, nicht weit von unserer Schule. Die Straßen waren still, wirkten in der Dunkelheit viel rauer, nicht mehr so vertraut wie sonst. Ich blickte hoch zum gelben, warm und glücklich wirkenden Licht hinter den Fenstern. Und dachte: Nicht einmal hier kann ich mir ein Zuhause vorstellen.

Zu allem Überfluss hatte Agata, obwohl sie noch so klein war, wohl schon einen gewissen Beschützerinstinkt entwickelt, denn sie fing bei meinem Anblick sofort an zu bellen und wollte gar nicht mehr damit aufhören. »Streichle sie doch mal«, forderte Olimpia mich auf, doch ich rührte mich nicht, hatte plötzlich Schiss, obwohl der Hund im Grunde nur eine übergroße, pelzige Ratte war. Die Straße, in der Olimpia wohnte, kam mir gar nicht so anders vor als meine: nur stumme Wohnblocks ohne Cafés oder Geschäfte, eine Straße, in der man der Stadt entkommen konnte. Das sagte ich laut, um die Anspannung zu lösen, und Olimpia nickte lächelnd. »Hast du eigentlich Angst vor Hunden?«, fragte sie.

Wir gingen nach oben, und die Wohnung war auf eine Weise warm und unaufgeräumt, um die ich Olimpia sofort beneidete. Als hätte ich in diesen satten Räumen unmittelbar eine Verwandtschaft entdeckt, die ich zu Hause, in meiner Familie, vergeblich suchte. Im Wohnzimmer türmten sich Bücherstapel wie zufällig aus dem Boden geschossene Felsformationen. Über einem Dreiersofa lag eine verknautschte rote Decke, genau wie auf den Sesseln gegenüber. Der müde Hund legte sich vor einem Bücherregal in ein Körbchen, das aussah, als könnten auch Menschen sich darin wohlfühlen. Mit gehörigem Abstand, je an ein Ende gezwängt, setzten wir uns aufs Sofa. Olimpia hatte ziemlich große Hände für die zarten Handgelenke. Ihre Finger waren länglich, ohne knochig auszusehen: Sie fingen etwas dicker an und liefen dann schmal in lange und lackierte Nägel aus, als hätte jemand sie hastig gezeichnet, ohne Zeit mit Einzelheiten zu verschwenden. Nur zu gern hätte ich irgendwas unternommen, mit einer Geste oder einem Satz die Spannung zwischen uns zerschnitten, war aber bloß schockstarr angesichts des Horizonts der Möglichkeiten. Ich dachte daran, wie Alessandro ein paar Tage zuvor eine komplette Schulstunde lang so theatralisch seinen Frust hatte heraushängen lassen, dass ich gar nicht anders konnte, als ihn zu fragen, was los war, worauf er voller stolzer

Traurigkeit erklärt hatte, er hätte schon seit einem ganzen Monat nicht gevögelt – eine so ordinäre Pseudobeichte, dass ich den ganzen Tag kein Wort mehr mit ihm sprach. An den folgenden Tagen musste ich daran aber immer wieder denken, als wäre dieser Quatsch wie ein Virus in meine Gedanken und Ängste eingedrungen, tiefer, als mir lieb war. Die Wahrheit ist: Ich war noch nie mit einem Mädchen, einer Frau im Bett gewesen, und absolut alles an dieser Aussicht, an diesem Schritt, diesem Mysterium machte mir Angst. Es war schön, sich mit Olimpia durch die langen Augenblicke des Schweigens am Telefon treiben zu lassen, durch die Gefühlsduselei unserer abendlichen Chats, aber live lagen die Dinge völlig anders.

Körper kommunizierten, zogen sich an. Blicke streiften über Haut. Über pfirsichfarbene Arme. Entlang der von ihren Jeans verhüllten Schenkel. Olimpia hatte dichte schwarze Härchen auf den Armen, und eine leichte Gänsehaut reichte ihr bis hinauf zu den Schultern.

Ich stand auf und ging eine Runde durchs Zimmer – um mein Hirn durchzulüften, wie man so sagt. Mit großen Schritten beschrieb ich einen Bogen, der eigentlich hinter Olimpia enden sollte, wo ich ihr die Hände auf die Schultern legen wollte, direkt neben den Nacken, und einfach mal sehen, was passiert. Doch ich brachte es nicht fertig: Meine Umlaufbahn fiel weiter aus; wie im Leerlauf zog ich zwischen Sofa und Wand an ihr vorbei. Ich besah mir die Wände: An einer hing ein Rahmen mit einem knittrigen, auf ausgebleichtes grünes Papier gedruckten Dokument, wie ein verwittertes Diplom. Die Textfelder waren mit schiefen, verblassten Lettern aus einer Schreibmaschine betippt. Ein männlicher Vorname und ein Nachname, der nicht der von Olimpia war. Dazu ein paar persönliche Daten, ein sogenannter »Kampfname« und ein

Feld für die »Einheit«. »Das ist die Partisanen-Urkunde von meinem Opa«, erklärte Olimpia vom Sofa aus.

Sie hatte sich nicht einmal umgedreht, kehrte mir vom Sofa aus den Rücken zu. Vielleicht hatte sie geahnt, was ich mir ansah, vielleicht war ich nicht der erste Junge, der vor diesem Ding stand. »Waren deine Großeltern auch Partisanen?«, fragte sie.

»Meine Großeltern waren überhaupt nichts«, sagte ich.

Ich dachte an Elsa, die gern Dinge sagte wie: »Mir war das letztlich wurst« oder »Für uns kam das im Grunde alles aufs Selbe raus«. Das hatte sie so oft gesagt, dass ich irgendwann gar nicht mehr nach dem Krieg gefragt hatte, und auch nicht nach davor und danach. Sie erinnerte sich nicht gern. Das kam ihr vor wie Zeitverschwendung, wo doch alles weiterging und neue Probleme sich aufdrängten: die Arbeit, die neue Stadt, die Kinder, dann die Enkel, die Preise und die Supermärkte. Unklar war mir, ob sie mit ihrem »uns« bloß sich selbst oder ihre ganze Generation meinte, ihre Geschwister, Cousins und Cousinen, ihre ganze ländliche Heimat. Für die eben letztlich alles auf dasselbe herauskam.

Schließlich dachte ich: Ich sollte einfach zu Olimpia gehen, mich über sie beugen, auf sie niedersinken lassen. Wie Flüssigkeiten würden wir ineinanderfließen. Aber über manche Dinge darf man nicht lang nachdenken, sondern muss sie einfach tun, und ich dachte mal wieder bloß nach und blieb wie angewurzelt stehen. Aus der dunkelsten Zimmerecke schaute mich ein Sammelsurium aus den politischen Devotionalien von Olimpias Eltern an, eine knallbunte Keramikfigur von Mao, ein Plakat, auf dem Lenin in bekannter Pose den Arm ausstreckte. Während ich mein neues Ich baute, hatte ich gelernt, diese Gesichter zu hassen, diese Symbole des Verfalls, der Vernichtung und des Todes. Millionen Erfrorene und

Erschossene im Schneematsch. Die Flugblätter, die ich nachmittags in Händen hielt, zeigten eine Asienkarte mit kleinen Konterfeis der kommunistischen Diktatoren und der Zahl der Toten, die sie auf dem Gewissen hatten. Und doch war ich – auf eine Weise, die ich selbst nicht recht verstand – neidisch auf dieses Pantheon: Darauf, wie mühelos Olimpia einen Weg nachzeichnen konnte, der von ihr in die Vergangenheit führte, schnurgerade durch die Jahre und Generationen. Einen Weg, den sie jederzeit gehen konnte, um ihre Wurzeln zu finden. Ich wünschte mir nichts sehnlicher, als mir all die Mühe zu ersparen, mich derart durch die Finsternis zu tasten, ohne irgendwas in meinem Blut, das mir den richtigen Weg zeigte. Diese endlose Mühe, den Ort zu finden, an den ich gehörte. Manchmal dachte ich noch an Giacomo und seinen belämmerten, faschistischen Opa, und sogar der erschien mir wie der Anfang eines Weges, eines Trampelpfads; schlecht freigestampft und vollgeschissen, aber immerhin erkennbar im Dickicht der Erinnerung, der Familie. Bei mir gab es so etwas nicht: Zwischen meinen Wurzeln lagen nur ausweichende Antworten, Achselzucken und verschlissene Ideale. Auch die Partisanen-Urkunde von Olimpias Opa hätte ich gern selbst gehabt, hätte zu gern diese Plakate und Skulpturen von Leuten geliebt, die ich hassen gelernt hatte, weil sie für einen Weg standen, den man nicht gehen sollte, für eine Sprache, die man besser vergaß. Und dann brachte ich nicht mal den Mut auf, Olimpia zu berühren.

Ich setzte mich wieder aufs Sofa, wieder dicht an die Lehne. In unseren Blicken lag diesmal allerdings mehr Interesse – mehr Spannung. Es kam mir vor, als hätte sie Mitleid mit mir. Dann streckte sie mir eine Hand hin. Ich folgte der Aufforderung, und sie hakte ihre Finger ein. Ich zog sie an mich. Bingo: Sie ließ sich ziehen. Lehnte sich an mich, ganz leicht, und roch ein wenig nach Schweiß. Gern hätte ich sie um ein Bier, einen Whisky oder so was gebeten, um die Verkrampfung zu lösen, die ihre Berührung in mir hervorrief. Ich konnte mich kaum noch bewegen, bekam aber schließlich meine eingezwängten Arme frei und legte ihr so selbstverständlich, dass es mich selbst überraschte, die Hände auf die weichen Kurven unter der Jeans. Olimpia protestierte nicht. Auch ihr Atem, fast neben meinen Ohren, blieb derselbe; möglich, dass ihre Augen zu waren, doch ich konnte sie nicht sehen, weil ihr Gesicht an meiner Schulter lag. Meine waren jedenfalls weit offen. Die Zimmerdecke lag im Halbdunkel, und ich bewegte langsam, kreisend, meine flachen Hände. Nach ein paar Minuten, vielleicht auch nur Sekunden, durchfuhr Olimpia ein kleines Beben, sonst regte sie sich gar nicht. Eine halbe Stunde, eine Stunde, vielleicht auch einen Tag hielt dieser Stillstand an, und er war tief und romantisch, ohne richtig sinnlich zu sein. Bis in der Ferne ein Flüstern erklang, das nach und nach lauter wurde und näher kam. Es schwoll zu Murmeln an, dann zu Zischen und schließlich zu Prasseln. Olimpia hob den Kopf. Sie hatte mir den Pulli etwas eingespeichelt, war wohl eingeschlafen. Sie blickte nach draußen, dann zu mir und stellte fest: »Es regnet.«

Irgendwas war zu Ende gegangen – ich stand auf und sie ebenfalls. Gleichzeitig standen wir auf, gingen zum Fenster und sahen dort nichts außer einer Wand aus Wasser, die vom Himmel auf die Straße fiel, angestrahlt vom weißen Licht der Laterne. Irgendwie wirkte das friedlich, nicht dramatisch wie ein Unwetter. Jetzt bat ich sie doch noch um etwas zu trinken. Schläfrig sagte sie: »Bedien dich«, und zeigte auf ein paar Flaschen auf einem antiken Möbel. Sie selbst wollte nichts. Stattdessen öffnete sie ein kleines Stück die Balkontür, sodass eine eisige Brise hereinwehte, und schaute weiterhin nach draußen. »Du, ähm«, sagte ich. Sie rührte sich nicht, drehte sich nicht um. Ich hatte mir einen Wodka eingeschenkt, dessen Marke mir nichts sagte. Leicht gequält fuhr ich fort: »Wenn ich bei diesem Wetter jetzt noch mit dem Moped heimfahre, erfrier' ich unterwegs.«

Sie seufzte. Ich legte ihr die Hände auf die Schenkel, schob ihr die Daumen in die Gürtelschlaufen. Ein letzter Versuch, der mir selber verzweifelt vorkam. Weil ich so linkisch war und nie recht wusste, wie ich mich verhalten sollte, wenn ich in ihrer Nähe war. Niemand sah so tief in mich hinein wie sie, doch das führte nicht dazu, dass ich mich bei ihr zu Hause fühlte. Im Gegenteil: Ich fühlte mich nackt, fröstelnd, gelähmt, und diesen Zustand konnte ich nicht leiden, weil ich mich so selbst nicht mochte. Olimpia reagierte noch immer nicht, schloss nur die Augen, und ich hätte fast einen weiteren Schritt gewagt, doch im letzten Augenblick bogen meine Lippen ab und landeten auf ihrer Wange. Sie drehte sich um und verschwand in einem dunklen Nebenzimmer. Ich verstand nicht, was ich falsch gemacht hatte: War ich zu schüchtern gewesen? Zu unbeholfen? Oder doch zu aufdringlich, ein Gast, der einfach nicht ging? Kurz darauf kam sie mit einer Wolldecke wieder. Sie legte sie auf das Sofa und sagte: »Okay.« Und dann: »Schlaf gut, das Gästebad ist da drüben rechts.«

Es folgten ein paar traurige Stunden, in denen ich die abstrakte Spiegelung eines fernen Lichts an der Decke anstarrte und mich fragte, woher es kam. Um fünf Uhr morgens wachte ich auf, zwei Stunden früher als sonst. Ich blieb liegen, wartete darauf, dass die Sonne aufging; mein Rücken tat weh und mir war kalt. Der Regen hatte aufgehört, und kaum drang das erste Licht ins Zimmer, wurde auch der Hund wach. Den hatte ich ganz vergessen. Er beschnüffelte mich, bellte aber nicht, winselte nur leise. Brav. Ich ging in Olimpias Zimmer.

Auch hier fiel bereits klares Winterlicht aufs Bett, in dem sie schlief, den Mund wie eine Knospe leicht geöffnet. Sie schlug halb ein Auge auf, wurde aber nicht richtig wach. »Schlaf weiter«, flüsterte ich.

Ich war todmüde. Auf die Nachricht an meine Mutter, dass ich woanders übernachten würde, war nie eine Antwort gekommen. Ich sah total übernächtigt aus, hatte gehofft, Olimpia und ich könnten wenigstens noch gemeinsam auf meinem Moped zur Schule fahren, ehe wir uns vor der Tür für immer verabschiedeten. Wir waren eben zu verschieden, dachte ich, und dann: Nein, in Wahrheit war nur ich verschieden – sie war so wie alle. Ich musste weg, diese ganze Welt hinter mir lassen, Olimpia wollte mich genauso wenig wie die anderen. In der Küche aß ich ein paar Scheiben Zwieback, aus dem Schornstein gegenüber stieg von der Sonne vergoldeter Rauch auf. Die Küche war blau gekachelt und unaufgeräumt, und ich hätte nur zu gern dort gewohnt.

13

In der Federazione nannten einige mich den Intellektuellen. Giulio nicht – beziehungsweise nur, wenn andere dabei waren und er mich wie ein großer Bruder auf den Arm nehmen wollte. Roberto tat es ab und zu, und dann auch Alessandro, Luca, Pierpaolo, Paola und andere, deren Namen ich inzwischen kannte. »He, Intellektueller«, feixten sie zum Beispiel, »pass auf, dass du nicht zu viel liest, sonst mutierst du noch zum Kommunisten.« Ich konnte darüber nur grinsen. Es machte mir eben Spaß, all diese Geschichten zu studieren und ihre Wurzeln bis in die Spitzen zu verfolgen, vielleicht, weil ich mich selbst so wurzellos fühlte. Ich war ganz besessen davon, den Dingen auf den Grund zu gehen und die brandneuen Wurzeln, die mir jetzt sprossen, sauber zu katalogisieren. Ich wollte die Geschichte enzyklopädisieren. Meine Geschichte, unsere Geschichte. Eine Welt kartografieren, die mir irgendwann gehören würde.

Viele in der Federazione waren scharf auf Karriere, ganz besonders Giulio, der daraus auch keinen Hehl machte: Manchmal führte er Gespräche mit Parteibossen, mit Stadt- oder Bezirksräten; er kannte Leute, die so alt wie unsere Eltern waren, und sorgte dafür, dass keinem entging, dass er diverse Parteigrößen duzte. Bei anderen lag es ähnlich: Der gut zehn Jahre ältere Luca engagierte sich an der Uni und hatte schon mal erfolglos für den Stadtrat kandidiert. Ich selbst hatte keine solchen Ambitionen, war ganz zufrieden damit, wie ich war. Überlegen fühlte ich mich deshalb nicht: Zwischen denen, die dachten, und denen, die machten, bestand in einer Gruppe wie unserer nun mal ein notwendiger Unterschied.

Eines Tages, im Januar, war ich in der Federazione allein mit Giulio, Roberto und Alessandro. Es gab zwar nichts zu besprechen oder vorzubereiten, aber ich nutzte die Bibliothek inzwischen gern als Studierzimmer und für die Hausaufgaben. Meine Noten waren zuletzt immer schlechter geworden, weshalb das Miteinander zu Hause sich in einem prekären Gleichgewicht über einem bodenlosen Loch aus mieser Laune hielt. Anfangs hatte meine Mutter noch nach jedem verhauenen Test fürsorglich gefragt, womit ich denn Schwierigkeiten hätte, und ich erwiderte, Altgriechisch wolle mir einfach nicht in den Kopf. Sie blieb beharrlich, sagte: »Dann musst du eben mehr lernen.« Als sich dann aber keine Verbesserung abzeichnete, fragte sie nicht mehr. Sie sagte, ich sei renitent, würde mich nicht konzentrieren und es nie zu was bringen, wenn ich so weitermachte. Im Januar tat sich die Aussicht, sitzenzubleiben, vor mir auf wie ein gähnender Abgrund.

Trotzdem hatte ich auch an diesem Tag nicht die geringste Lust zu lernen. Ich ging im leeren Versammlungsraum eine rauchen, betrachtete die rote Fahne mit dem Keltenkreuz. Seit einer Weile spielte ich mit dem Gedanken, mir den Arm tätowieren zu lassen, kannte aber niemanden, der das machen könnte, und hatte auch keine Ahnung, was so etwas kostete und wie viel Schmerz ich dabei ertragen müsste. Das Kreuz sah ich inzwischen voller Verbundenheit und Stolz. Ich hatte mich über seine Geschichte informiert und war zunehmend überzeugter, das Richtige zu tun, auch wenn irgendetwas in meinem Körper oder Geist mir noch immer das Gegenteil eingab. Ich bemühte mich zwar, den Zweifel zu ersticken, doch das war nicht leicht. Meine Strategie war, einfach nicht darauf zu hören – und auch nicht darüber nachzudenken, woher dieser innere Widerstand rührte und wozu er mich bewegen wollte.

Alles, was ich über das Keltenkreuz wusste, hatte ich wie üblich aus dem Internet erfahren. Das war eine meiner liebsten Recherchen gewesen, viele Tage hatte ich damit verbracht. Anders, als es mir beim ersten Mal erschienen war, war das Kreuz keineswegs ein Schreckenssymbol, im Gegenteil: Seit den Siebzigern war es das Symbol der Neuen Rechten in Frankreich, einer Bewegung, die nicht mehr bloß Ordnung und Disziplin wollte, sondern auf eine komplette Umwälzung der gesamten Gesellschaft abzielte. Das fand ich super. Im Lexikon suchte ich Einträge wie Kommunitarismus oder Vitalismus und dachte beim Lesen: Na klar! Und: Genau so fühle ich mich! Und auch: Genau so muss es sein! Obendrein hatte ich erfahren, dass von der Neuen Rechten dieses Motto stammte, das mir so gut gefiel, das von der »Nation

Europa«. Eben darum hatte das Movimento Sociale Italiano, die faschistische Partei, die schwarz-weiß-rote Fahne in den Siebzigern jedoch verboten: Sie war zu rebellisch, zu revolutionär, zu wenig traditionell faschistisch. Aber auch ich war ja eine andere Art Faschist, fand ich. Keiner vom alten Schlag, der mir ein wenig Angst einflößte, mit all der schwarzen Kleidung, dem römischem Gruß und den Rutenbündeln. Nein, mir gefiel die Vorsilbe: »Neo«. Und auch die Fotos all der jungen Leute aus den Siebzigern gefielen mir, denn die lachten, wirkten bestens gelaunt und zogen sich an wie ich, nicht wie zum Karneval. Einen modernen Faschismus, einen, der so jung war wie wir – das wollte ich. Auch diesmal fiel es mir zwar schwer, meine Gefühle exakt zu bestimmen, aber das war nicht so schlimm. Einmal diskutierten Giulio und Roberto bei einer Versammlung über ein paar Skinheads, mit denen es Scherereien gegeben hatte. Giulio nannte sie Witzfiguren. Recht hat er, dachte ich. Aber als ich mich dann fragte, was ich selbst eigentlich war, fand ich darauf keine Antwort. Ich bin ein Revolutionär, dachte ich manchmal. Und fragte mich dann: Aber was für eine Revolution will ich denn? Auch das konnte ich mir nicht beantworten. Deshalb las ich so viel, deshalb nannten sie mich »den Intellektuellen«. Das Wort »Faschist« kam mir – vor allem nach dem Streit mit meiner Mutter – irgendwie altbacken vor, gefiel mir nicht, es war ordinär und kriminell. Ich fühlte mich schmutzig und verkehrt damit, dabei wollte ich sauber sein und das Richtige tun. Vieles war mir immer noch schleierhaft – nur, dass ich auf der Seite des Guten stehen wollte, das wusste ich sicher. Mit ganzer Seele wollte ich das. Auf der des wahrhaft, vollkommen und strahlend Guten, der einzigen Alternative zum Bösen, das aus Nichts und Finsternis bestand.

An jenem Januartag in der Federazione meldete sich, als gerade niemand beschäftigt war, Giulio zu Wort: »Leute, ich muss euch was sagen, aber ihr müsst versprechen, dass ihr's nicht weitererzählt.«

Ich hielt den Mund, war verwirrt und gespannt, doch Roberto musste schon lachen. Demonstrativ stand er vom Sofa auf. »Was hast du jetzt wieder angestellt?«, fragte er.

Giulio blickte zu Boden. »Ihr dürft aber nicht sauer sein.«

»Okay, versprochen.«

»Wirklich!«, beharrte er. Und fügte hinzu: »Ich hab auch alles wieder sauber gemacht, ehrlich.« Dann hob er den Kopf, sah mich an, aber ich war verlegen, begriff nicht, worauf er hinauswollte. Er blickte zu Roberto, verzog das Gesicht, schaute erneut auf den Fußboden. »Ich hab auf dem Tisch im Versammlungsraum gevögelt.«

»Wäh, Giulio, igitt!«, rief Roberto, aber nicht richtig ernst, eher belustigt.

Ich war wie gelähmt: Zum ersten Mal weihten mich diese Jungs, die ich immer nur als stark, gütig und vorbildhaft angesehen hatte, in etwas so Intimes ein. Im Grunde war es fast erleichternd zu erleben, dass sie genauso bescheuert sein konnten wie alle anderen. Dann fragte Roberto: »Mit wem überhaupt?«

»Mit einer, die ich ab und zu treffe.«

»Und kennen wir die?«

Er sprach im Plural, aber ich zumindest kannte garantiert kein solches Mädchen, wusste nichts über diesen Teil von Giulios Leben.

»Nee. Sie heißt Benedetta.«

Dann, wieder mit leiserer Stimme: »Das ist aber nicht alles.«

»Ach nee? Was denn noch?«

»Sie ist 'ne Jüdin.«

Roberto riss die Augen auf, aber immer noch gespielt und amüsiert. »Unglaublich, Giulio«, sagte er. »Du bist echt unglaublich.« Dann lachte er, so richtig herzhaft. Jetzt, wo die Spannung endgültig verflogen war, lachte auch ich mit. »Aber sag mal, direkt unter der Fahne? Hast du die nicht mal abgenommen?«

Giulio schüttelte den Kopf.

»Und das hat sie gar nicht gestört?«

Giulio zuckte mit den Schultern. »Nee, war ihr egal, was soll ich euch sagen.«

Zwar kannte ich das Mädchen nicht, mit dem Giulio sich traf, aber ich meinte mich doch zu erinnern, ihn kürzlich in der Schule mit einem weiblichen Wesen auf der Treppe gesehen zu haben. Gut sah sie aus, die perfekte Schönheit für ein Gymnasium wie unseres: zarte Wangen, kleine Nase, schwarze Augen, dunkle Haut. Viel zu schön für Giulio, hatte ich damals gedacht. Nicht, weil er nicht gut ausgesehen hätte, ganz im Gegenteil, aber dieses Mädchen war so offensichtlich schön, so normal und zugänglich, dass sie mir einfach zu banal für ihn schien. Leute wie wir, fand ich, sollten von solchen, dem gängigen Schönheitsideal entsprechenden Mädchen ausgeschlossen sein. Das dachte ich inzwischen auch über Olimpia. Im Weg stand mir bei ihr, dass wir die Aussätzigen waren, die Verachteten, denen gewisse Dinge eben nicht zustanden. Noch nicht. Außerdem empfand ich Wut. Und Eifersucht, auch wenn ich das damals noch nicht verstand.

Es mag absurd klingen, aber mit der »Judenfrage« hatte ich mich bei meinem geduldigen Eintauchen in den Faschismus und Neofaschismus noch nie richtig befasst. Allerdings kannte ich keinen einzigen Juden persönlich und glaubte auch nicht, dass meine Eltern welche kannten. Hätte mich irgendjemand vor Zeugen nach meiner Meinung zu den Rassengesetzen gefragt, hätte ich nur eine billige Antwort parat gehabt, die ich aus der Federazione kannte: die, laut der es im Faschismus bis zum Bündnis mit den Deutschen ja nie um Rassismus gegangen sei. Erst dann sei sein wahres Wesen von diesen idiotischen nordischen Spinnereien verdorben worden, die mit dem ursprünglichen Projekt nichts zu tun hätten. Trotzdem hegte ich aus irgendeinem Grund schon gegen das Wort »Jude« einen gewissen Argwohn. Dabei wusste ich nicht mal genau, was es bezeichnete: Wie viele Juden mochte es in meiner Schule geben? Hätte ich es ihnen angesehen, wenn ich besser aufgepasst hätte? Einmal machte mein Vater mich mit einer Tirade über Israel ganz verrückt. Beim Abendessen schauten wir die Nachrichten, Bilder von Straßenkämpfen zwischen israelischen Soldaten und palästinensischen Zivilisten. Er schnaubte angesichts der fliegenden Steine, des Tränengases und der tobenden Menge und sagte: »Warum können diese Leute die nicht einfach in Ruhe lassen?« Mit »diese Leute« meinte er die Israelis. Ich schwieg, wollte mit ihm nicht über Politik diskutieren und kannte mich nicht gut genug aus. Dann sagte er: »Die Juden sind uns intelligenzmäßig weit überlegen.« Ohne von ihrem Teller aufzusehen, erwiderte meine Mutter: »Red keinen Quatsch, das ist doch blanker Rassismus.« Aber er ließ nicht locker. »Wenn's aber doch stimmt«, sagte er. »Schau dir nur mal die ganzen Erfinder und Forscher an.« Und, nach einer kurzen Pause: »Alles Juden.« Meine Mutter sagte noch mal: »Quatsch«, dann aßen wir schweigend weiter, begleitet von den anderen Nachrichten, dem Wetter und der Werbung. Als ich aufstand, trieb mich eine neue Irritation um: Diese Intelligenz, von der mein Vater sprach, wo kam die überhaupt her? Für wen hielten die sich eigentlich? Womit hatten sie diesen

Vorzug verdient? Und wer sagte überhaupt, dass sie wirklich so klug waren, dass dahinter kein Trick steckte?

Ein paar Wochen später zeigte der Winter erste Zeichen von Schwäche, und ich hatte sozusagen eine weitere Begegnung mit der jüdischen Welt. Der Schock sollte diesmal deutlich heftiger ausfallen und die von der Druckwelle aufgewirbelte Verwirrung der Dunstglocke gleichen, wegen der man nach einem Vulkanausbruch manchmal ganze Tage oder Monate kaum noch die Hand vor Augen sieht. Eines Vormittags wurden alle Klassen in die Aula bestellt. Wir wussten schon seit ein paar Tagen Bescheid: Zwei Stunden würden zugunsten einer für die ganze Schule unerlässlichen Veranstaltung entfallen, wichtiger als Latein, Mathe, Italienisch und alles andere.

Die Aula war aufgebaut wie ein richtiges Theater, samt Bühne und Balkon. Ich kam unten neben einem der Seitengänge zu sitzen, unter der strengen Aufsicht der Englischlehrerin Margherita Pomini. Zur Pomini hatte ich von all meinen Lehrern den besten Draht, oder besser gesagt: überhaupt einen. Ich hatte das Glück und Talent, in Englisch gut zu sein, ohne dafür viel tun zu müssen. Deshalb bat die Pomini mich im Unterricht oft, Textpassagen vorzulesen, und lobte mich dafür, wie natürlich ich Regeln befolgte, die wir noch gar nicht besprochen hatten. Manchmal nahm sie mich nach der Stunde zur Seite und sagte so was wie: »Du solltest später unbedingt Englisch studieren.« Trotz aller Politik, trotz meines Misstrauens gegenüber England und dem Empire, machten der Erfolg und ihre Anerkennung mich stolz. Manchmal sah sie mich jedoch mit Leidensmiene an, als wollte sie mich anklagen. Sie hatte auch Giulio in Englisch und gab mir deutlich zu verstehen, dass ich mich besser von ihm fernhalten sollte.

Sie war dürr, nervös und rauchte wie ein Schlot. An diesem Tag in der Aula packte sie mich am Handgelenk und sagte: »Du setzt dich hierhin, zu mir.« Weigern unmöglich. Ihr Griff war schwach und kalt.

Der Ehrengast an diesem Tag war eine alte jüdische Politikerin, die nach Auschwitz deportiert worden war und heute im italienischen Senat saß. Von uns Schülern kannte sie wahrscheinlich vorher niemand, höchstens die Lehrer und die paar Eltern, die extra gebeten hatten, teilnehmen zu dürfen. Entsprechend unterschiedlich fielen die Aufmerksamkeit und das gefühlte Level der Feierlichkeit im Saal aus. Die Lehrer ermahnten die plappernden, feixenden und auf den Stühlen zappelnden Jungen und Mädchen, die Eltern warteten schweigend, stolz darauf, ihren Nachwuchs in eine Schule gesteckt zu haben, die sich so ernsthaft mit der Geschichte auseinandersetzte. Als die alte Dame auf die Bühne trat, kompensierte der frenetische Applaus der Älteren die gelangweilte Gleichmut der Schülerschaft.

Die Frau sprach langsam, und ich hatte mir die halbe Nacht im Internet um die Ohren geschlagen. Außerdem beschlich mich so ein komisches Gefühl hinsichtlich all dieser Feierlichkeit sowie der demütigen Blicke unserer Lehrer, die angesichts des Schicksals der Senatorin persönliche Betroffenheit heuchelten. Vielleicht hatte ich ja auch noch die Worte meines Vaters im Ohr. Jedenfalls nickte ich schon weg, als die alte Dame noch ihre Kindheit in einer Wohnung am Corso Magenta schilderte, unweit von da, wo wir gerade saßen. »Aha, reiche Familie, war ja klar«, dachte ich noch, dann ergab ich mich meiner Müdigkeit. Offenbar störte das aber keinen, weder die Lehrer noch die Eltern, oder sie waren einfach zu vertieft in die tragischen Ereignisse zwischen Italien und Polen, um mich weiter zu beachten. Aber mein Schlaf war leicht und wurde eine halbe Stunde nach Beginn des Vortrags jäh von einer Wortsalve unterbrochen, die durch die stille Aula schallte wie ein Feuerstoß aus einem MG. Das war der Auftakt zum beschämendsten Ereignis des Jahres an dieser Schule. Es sollte nur wenige Augenblicke dauern, aber Schüler, Lehrer und Eltern würden noch Monate, womöglich Jahre darüber sprechen.

Edoardo Lancia war erst seit einem Jahr an unserer Schule und ging, obwohl er drei Jahre älter war als ich, in meine Parallelklasse. Er war zweimal sitzengeblieben, an Schulen, deren Namen mir nichts sagten, und hatte einmal so viele Fehlzeiten angehäuft, dass man ihm das Schuljahr nicht anrechnen konnte. Man tuschelte über ihn hinter vorgehaltener Hand. Manche behaupteten, er habe ein paar Monate im Beccaria gesessen – nicht in der Schule, sondern dem gleichnamigen Jugendknast. Irgendein Gewaltverbrechen, hieß es. Andere meinten, er sei von zu Hause weggelaufen und habe eine Weile auf der Straße gelebt. Wenn er den Flur entlangging, schauten alle zu Boden. Auch sein Äußeres war furchteinflößend. Er war lang aufgeschossen, aber muskulös, sein Kopf war kahlrasiert. Kein Bart, nicht einmal Stoppel. Die blanke, glänzend weiße Kopfhaut war ebenso beängstigend wie faszinierend. In seinen blauen Augen blitzten grausame Gedanken.

Vor der Begegnung mit der Senatorin hatten die Lehrer uns erzählt, dass die Nazis ihr, als sie ins Lager kam, mit einer dreckigen Nadel eine Nummer auf den Arm tätowiert hatten. Instinktiv griff ich mir an den linken Arm, als könnte ich den Nachhall dieser Schmerzen spüren, oder deren künftige Möglichkeit. Wie brutal, dachte ich. Auch die Vorstellung, Menschen wie Tiere zu markieren, erschreckte mich. Ich musste an die Kühe auf dem Bauernhof in Crema denken, den ich mit Giacomo und seiner Oma einmal besucht hatte. Man hatte ihnen allen bunte Plastikmarken in die Ohren getackert.

Die Senatorin trug an diesem Tag einen langärmligen, perlmuttfarbenen Pullover, das war mir kurz vor dem Einnicken noch aufgefallen. Bevor ich davon aufwachte, dass Edoardo Lancia brüllte: »Das ist alles Bullshit, und das wisst ihr genau!«

Gemurmel und ein Ruck der Verstörung gingen durch das Publikum, Köpfe drehten sich nach dem Schreihals um. Lancia war aufgestanden, ein paar Reihen vor mir, er trug ein dunkelrotes Shirt und sein Schädel glänzte im Neonlicht. Mit dem Finger zeigte er auf die Bühne, wo die Senatorin erstarrt war. »Zionistische Propaganda«, schrie er. »Alles Schwindel!« Und: »Lügnerin!« Dann wandte er sich ans Publikum: »Informiert euch, lasst euch nicht knechten!«

Neben mir stammelte Professoressa Pomini: »Also das ... Unerhört!« Das Gemurmel wurde lauter, hier und da standen Leute von ihren Stühlen auf wie am Ende eines Kinofilms. Die Senatorin blieb jedoch sitzen, wirkte einfach nur enttäuscht. Oder gleichgültig. Vom Podium sah sie auf uns herunter. Wartete ab. Endlich rief eine Männerstimme, die eines Vaters vielleicht: »Schäm dich!« Aber Lancia war schon fort.

Mit langen Schritten stolzierte er den Seitengang hinab, an mir vorbei, und verschwand durch den Notausgang. Der Rektor, ein alter, aalglatter Typ, saß ein Stück entfernt von der alten Dame auf der Bühne. Über sein Mikro gebeugt sagte er: »Das, äh, tut uns sehr leid.«

Ein Lehrer aus der C sprang ein paar fatale Sekunden zu spät auf, gefolgt von einer Lehrerin, die ich nicht kannte, und die beiden machten sich schwerfällig und etwas lächerlich an die Verfolgung des Übeltäters. Keinem war es gelungen, auf den Affront angemessen zu reagieren, und vielleicht brannte diese Einsicht, die nun langsam vom Boden stieg wie Feuchtigkeit nach einem kurzen Sommerregen, sogar stärker als die Schmähung selbst. Mit Ach und Krach wurde der Vortrag fortgesetzt.

Danach ging ich durchs Foyer direkt ins Klassenzimmer, ich hatte nicht einmal Lust, mich auf dem Klo im Erdgeschoss einzuschließen, wo die Jungs immer heimlich rauchten. In den Gängen herrschte Schweigen. Auch die, die vor zwei Stunden nicht mal gewusst hatten, wer heute zu Gast sein würde, fühlten sich auf unbestimmte Weise getroffen von Lancias Geschrei. Unsere Lehrer waren stinksauer, suchten sich Zielscheiben, an denen sie ihre Schmach abreagieren konnten. Aufs Geratewohl drohten sie Schülern: »Seht ja zu, dass ihr pünktlich im Unterricht seid!«, als wäre aus der ganzen Sache ein Instrument im Krieg zwischen Kindern und Lehrkräften geworden.

Und doch konzentrierte die Aufmerksamkeit aller sich weder auf den tragischen Bericht der Senatorin noch auf die Drohungen der Lehrer, sondern auf Lancias obszöne Tat. Als wäre diese Provokation – wenigstens für einen Tag – noch schlimmer als die jahrzehntealte, mittlerweile überwundene Geschichte. Auch ich stand neben mir, dachte nicht einmal daran, nach Giulio zu suchen. Empört war ich nicht, auch wenn das Ganze mich durchaus erschreckt hatte: diese Gewalt, der Nachhall der Lästerung, die ich sehr wohl wahrnahm, obwohl ich sie nicht ganz verstand. Irgendwas daran übte auf mich jedoch auch einen perversen Reiz aus. Was genau, war mir damals unmöglich zu verstehen. Es sollte für immer unmöglich bleiben.

14

Die folgenden Tage vergingen langsam, ein Gefühl der Beklemmung machte sich breit. In der Schule hieß es, Lancia sei für zwei Wochen suspendiert worden. Und man habe ihm nahegelegt – oder ihn sogar angewiesen –, die Schule zu wechseln, unter Androhung einer Strafanzeige. Viele fragten sich, wo seine Eltern waren, wieso sie das kriminelle Verhalten ihres Sohns nicht verhindern, zügeln, korrigieren konnten. Einige meinten, sein Vater sei ein renommierter Anwalt, ringe seit Jahren mit dem Sohn, der ihn und alles und jeden hasste. Ich selbst hatte wenig Lust, über den Vorfall zu sprechen, weder in noch außerhalb der Schule. Nicht aus Scham oder Sprachlosigkeit allerdings. Obwohl, etwas sprachlos war ich schon, aber das war eher die Unfähigkeit, mir ein klares Urteil über das zu bilden, was sich da abgespielt hatte. Es war, als wäre das Ganze noch gar nicht vorbei, spiele sich noch immer in mir ab. In der Pause hörte ich Mitschülerinnen, die immer nur gute Noten bekamen und sich anständig kleideten, Dinge sagen wie: »Stellt euch die armen Eltern vor!« Aber ich konnte sie mir nicht vorstellen, war zu so viel Abstraktion nicht fähig. Ich fühlte mich gehemmt. Ich atmete tief durch, hörte noch etwas zu und ging dann aufs Klo, lehnte mich an die vollgeschmierte Wand und rauchte eine Zigarette.

Giulio schrieb mir eine SMS: »Lass treffen«, dann noch eine, um zu fragen, wo ich abgeblieben war. »Sorry«, schrieb ich zurück, »muss total viel lernen.« Den Rest des Tages kam nichts mehr, dann, nach dem Abendessen, noch eine Nachricht: »Lass bald treffen, ist wichtig.« Das mit dem Lernen war gelogen, aber Giulio schrieb ich trotzdem nicht und ging auch nicht zur Federazione. Nicht mal mit meiner Mutter stritt ich in diesen Tagen und versuchte auch nicht, mit Olimpia über den Vorfall zu reden. Stattdessen verkroch ich mich in meinem Zimmer, lag auf dem Bett und starrte an die Decke – oder auf meinen Laptop, bei Internetrecherchen, die jedoch eher ziellose Streifzüge waren. Irgendwann tippte ich ins Suchfeld: »Holocaust wirklich passiert«, und klickte eins der ersten Ergebnisse an: »Paul Rassinier«, stand da, »Kommunist und Holocaustleugner«. Es war ein Blog, von AlterVista gehostet. Ganz oben stand in roten Lettern der Name, darunter prangte das Foto eines alten Manns mit schwarzer Brille und zurückgekämmten Haaren. Rassinier, so las ich, war in der Résistance gewesen und ins KZ Buchenwald deportiert worden. Nach dem Krieg hatte er, so der Text, die Lügen der liberalkapitalistischen Propaganda angeprangert. Dass er selbst gegen die Nazis gekämpft hatte, machte ihn glaubwürdig, und seine lange Haft in Buchenwald erst recht. Rassinier behauptete, man könne weder beweisen, dass es die Gaskammern gegeben, noch dass man sie systematisch eingesetzt habe. Zwischen zwei Absätzen war ein zweites kleinformatiges Foto: Es zeigte einen Haufen nackter und halbnackter Leichen in einem KZ. Ihre zahnlosen Münder standen offen, die Augenhöhlen waren groß und leer. Am meisten erschütterten mich ihre fragilen, vorstehenden Beckenknochen. Ich fühlte mich miserabel und schuldig. Ich schloss den Browser und ließ es vorerst dabei bewenden.

Die Nachmittage hinterließen mittlerweile bis zum Abend lange, leuchtende Spuren auf den Wänden, und es war schön, bei offenem Fenster den Geräuschen von draußen zu lauschen. Beim Mittagessen nach der Schule fragte ich Elsa nur noch selten nach der Vergangenheit. Ein warmer, trockener Wind wehte aus dem Norden in die Stadt, man schwitzte wie im Hochsommer, und auch das trug dazu bei, mein ganzes Leben zu entschleunigen, Gedanken, Gefühle und Taten. Oft ging ich in ein winziges Antiquariat in einem Sträßchen hinter der Piazza Sant'Ambrogio, geführt von einem jungen, schlecht gekleideten Typen, der nie etwas sagte. Er saß immer nur in einer Ecke vor einem großen, grauen Computer und spielte Schach – ob gegen einen Menschen oder den Computer, habe ich nie herausgefunden. Dort fand ich ein Buch, von dem ich gehört hatte und das ich schon seit einer Weile suchte. Es hieß *Anmerkungen zum Verständnis des Jahrhunderts* und hatte ein stilvolles, blaues Cover. Der Titel war in kleinen, goldenen Buchstaben gehalten, genauso wie der Name des Autors: Pierre Drieu La Rochelle.

Auch die nächsten Tage brachten keine Abkühlung, der April ging in den Mai über, und das Schulleben kam wieder auf sein gewohntes Gleis. Von Edoardo Lancia hatte niemand mehr gehört, und in der Schule sah man ihn nie wieder: Vermutlich war er doch noch rausgeflogen – oder hatte sich überzeugen lassen, freiwillig zu gehen, zu seinem Besten und dem aller anderen. Dem Schulfrieden zuliebe. In die Federazione ging ich selten und ungern, verschlang lieber zu Hause in schneller, chaotischer Folge eine Menge im Netz gefundener, auf dem Desktop gespeicherter Texte. Die Leugnung des Holocausts setzte mir zu, verursachte mir körperliches Unbehagen, denn ich erkannte darin ein Böses, mit dem ich nichts zu schaffen haben wollte. Außerstande, mich irgendeinem Konflikt wirklich zu stellen, ignorierte ich lieber die Leute, die mir in den letzten zwei Jahren eine Familie gewesen waren. Das wiederum führte zu noch mehr Schuldgefühlen, die mich noch tiefer in mein Schneckenhaus drängten. All diese Widersprüche machten mich unruhig wie einen Hund im Zwinger. Schließlich passte Giulio mich nach der

Schule ab und sagte: »Hey, wir gehen ins Stadion, ich hab Tickets.«

»Wann?«, fragte ich.

»Sonntag um drei, Milan-Roma, hab ich geschenkt gekriegt.«

»Okay, aber –«

»Was, aber?«

»Wieso ins Stadion?«

»Was ist denn das für 'ne Frage?«

»Gut, bin dabei.«

Ich war überrumpelt von der netten Geste, die mir vorkam wie die unerwartete Vergebung dafür, wie ich mich zurückgezogen hatte. Unverdient kam sie mir vor, und zugleich wie eine Falle, denn wo sollte ich jetzt hin mit dem ganzen Zorn, den ich seit Tagen in mir aufbaute? Einfach runterschlucken? Bloß verpuffen lassen, als wäre nichts gewesen? Ich war verwirrt, wie üblich.

Am Sonntag saßen wir im zweiten Rang der Gegengeraden, ein ruhiges und zentrales Plätzchen. Im Stadion war ich bisher noch fast nie gewesen, und trotz meiner Bedenken packte mich jetzt doch der Anblick des leuchtend grünen Rasens und der Zehntausenden Leute, die gemeinsam jubelten und sangen. Giulio war für Rom, ich ein klein bisschen mehr für Milan, aber im Grunde unparteiisch. Bisher hatten wir nie darüber gesprochen, was ihn nach Mailand verschlagen hatte, ob er wirklich in Rom geboren war. Kurz nach dem Anpfiff fragte ich jetzt: »Wann bist du eigentlich nach Mailand gezogen?«

Er sah mich verdutzt an, als wäre die Frage völlig absurd, und antwortete dann knapp, beiläufig, in Gedanken voll bei dem Spiel. Rom spielte in weißen Trikots mit gelben und orangenen Streifen auf den Ärmeln. »Als ich fünf war.«

»Und wieso?«

Ohne den Blick vom Spielfeld abzuwenden, sagte er: »Wegen dem Job von meinem Vater.«

Lächelnd folgte Giulio dem Spiel, und ich fand, dass Unschuld in diesem Lächeln lag. Dann dachte ich, ein wenig melodramatisch: Ob ich wohl je werde so lächeln können? Aber ich war noch immer verstört von dem Vorfall in der Aula, von meinem Gedankenstrudel, von einer viele Tage und Nächte anhaltenden Sturmflut, die noch längst nicht abgeebbt war.

In echt bewegten sich die Spieler viel langsamer, als es mir im Fernsehen vorkam. Interessanter fand ich, was sich auf den Tribünen abspielte: Rechts war die Gästekurve, links die von Milan, und beide waren proppenvoll, aber aus der römischen Kurve kamen die lauteren Gesänge, und hin und wieder flogen rote Bengalos wie umgekehrtes Feuerwerk auf den unteren Rang und lösten Panik aus. Ich war gleichzeitig gespannt, wie weit das eskalieren würde, und besorgt um die Zuschauer. Auf meinem Beobachterposten in einem ruhigeren Abschnitt fühlte ich mich sicher und hoffte auf wenigstens ein bisschen Chaos. Doch es passierte nichts. Beleidigungen wurden gebrüllt, Leute flohen vor den Leuchtfackeln, aber die brannten nur harmlos aus, und der Abstand zwischen den beiden Gruppen blieb unüberwindlich. Dann explodierten ein paar Cherrybombs, ein irre lauter Knall. Ich erschrak, alle erschraken – so was kannte man hier nicht. Neben uns sprangen ein paar Leute, die bislang ganz friedlich gewirkt hatten, auf und gestikulierten wild in Richtung der römischen Fans. Als sie »Scheiß Rom!« riefen, tat mir das leid für Giulio, doch der schien sich ohnehin mehr auf das Spiel zu konzentrieren, das extrem schnell vorbei war und mit einem Sieg für Milan endete. Auch das tat mir für ihn leid. Dann explodierten weitere

Cherrybombs, immer in einem Winkel der Gästekurve, in dem der Knall noch verstärkt wurde, und als wir das Stadion verließen, lag beim Anblick der noch in ihren Stadionzwinger eingesperrten Gegner ein Mix aus Spannung und Siegestaumel in der Luft.

Wir waren schon fast auf der Höhe der Tram, unterwegs zu Giulios Moped, das er ein Stück abseits des Stadionverkehrs geparkt hatte, als wir Geräusche hörten, die hier nicht hergehörten. Wir begriffen sofort, was da abging. Scheppern, als gingen Dinge zu Bruch, Krachen wie von Gegenständen, die auf dem Asphalt zerschellen. Es kam von hinter uns, von der Piazzale Axum. Ich sah Giulio an, hoffte, seiner Miene abzulesen, was zu tun war. Dann ging alles ganz schnell. Instinktiv peilten wir einen der bunten Wagen an, die Sandwichs mit Zwiebeln, Paprika und Wurst verkauften, hofften, dort Zuflucht vor dem zu finden, was auch immer dieses Geschrei und das Scheppern bedeuten mochten: eine Schlägerei, ein Überfall, eine Attacke. Wir kamen näher, waren fast da. Dann zerbarst direkt vor unseren Füßen eine Bierflasche. Schlechter Plan: Der Wagen war mit einem Mal das Epizentrum der Schlägerei geworden. Die römischen Fans, ganz ohne Roma-Schals, schlugen sich mit den mailändischen, ihrerseits ohne Schals von Milan. Schwer, da noch den Überblick zu behalten: Ein paar Leute schubsten uns zur Seite, als wollten sie bloß schnell vorbei, sammelten sich dann aber vor dem Imbisswagen und nahmen quasi Formation an. Die Schlägerei lief fast ab wie ein Rollenspiel, so etwas hatte ich noch nie erlebt. Die Leute prügelten mit Stöcken, mit den Plastikstangen ihrer Banner, mit herausgezogenen Gürteln, aber immer schön eins nach dem anderen, nicht alles auf einmal. Mal ging es alle gegen einen, mal einer gegen zwei, man teilte aus und steckte ein. Giulio und ich fanden uns auf der Seite der

Milan-Fans wieder, und er schrie: »Scheiße, ich hab hiermit nix zu tun!« Ich war starr vor Angst, konnte nicht mal mehr die Arme rühren, als hätte jemand mich hier, wo jetzt auch vom Sandwich-Stand geklaute Bierflaschen flogen, wie einen Zaunpfahl aufgepflanzt. Ein Knall riss mich wach: Ein Typ direkt neben mir hatte einen Gürtel voll ins Gesicht bekommen. Ich bekam die Bilder nicht richtig scharf, sollte mich später kaum an was erinnern. Trotzdem sah ich aus dem Augenwinkel Giulio, seine grüne Lonsdale-Jacke und die helle Jeans inmitten all der schwarzen Shirts. Kann sein, dass ich mich eingenässt habe. Dann traf mich ein Schlag. Ich sah die Hand auf mich zurasen, einen Arm, duckte mich weg, und die Hand landete halb in der Luft, halb auf meinem Nacken. Instinktiv schlug ich mit der Faust zurück. Nicht mein erster Faustschlag, aber der erste, der auf etwas zielte. Genau wie der Typ, der mir eine hatte verpassen wollen, schlug ich daneben, erwischte ihn bloß am Kragen, streifte sein Kinn. Plötzlich wurde alles schärfer: Der Typ beugte sich unnatürlich vor, hatte bei seinem Schlag vielleicht das Gleichgewicht verloren. Da holte ich aus und trat ihm wie bei einem Weitschuss in den Magen oder Bauch, einfach irgendwo zwischen Brust und Eiern. Voll mit der Pieke. Der Tritt saß und fühlte sich irgendwie seltsam an. Irgendwie aufregend. Der Typ taumelte rückwärts, fasste sich, sah mich an. Ein paar lange Sekunden schien er mich zu studieren, zu überlegen, wann er wieder angreifen sollte. Seltsam, wie er mich ansah, wie wir uns fast hätten unterhalten können. Stattdessen versuchte ich – vielleicht nur wegen des Adrenalins –, ihm gleich noch eine mitzugeben, wieder mit der Rechten. Diesmal zielte ich unter ein Auge, vergaß aber, beim Schlag die Füße mitzubewegen. Meine Faust ging ins Leere: Er wich einen Schritt zurück, und ich schlug ein Loch in die Luft. Doch während ich vornüberkippte, trat Giulio auf den Plan. Mit beiden Händen schubste er den Kerl weg, und der stolperte drei, vier Meter rückwärts. Ich sah zu Giulio, neben dem jetzt ein anderer Typ auftauchte: ein fetter Glatzkopf, der immer die Fäuste oben hielt, zur Deckung. Er trug die gleiche Jacke wie Giulio, nur schwarz. Giulio nahm den Kopf runter und holte mit der Rechten zu einem Schwinger aus, den der Typ halb parierte, halb abbekam: ein schneller, fester, effektiver Schlag. Der Typ trat den Rückzug an, suchte sich ein neues Opfer. Giulio stand jetzt einen Schritt außerhalb des Getümmels; ich hastete auf ihn zu, und im Handumdrehen waren wir raus. Erst jetzt hörte ich die anderen schreien, was merkwürdig war, denn während der Minute – höchstens! – im Getümmel war mir alles stumm vorgekommen.

Nach ein paar Metern packte Giulio mich an der Schulter, drehte mich zu sich, als wollte er mir in die Augen sehen. »Geht's dir gut?«, fragte er.

»Ja, ja«, antwortete ich, denn es ging mir tatsächlich gut, bestens sogar. Von dem Schlag pochte mir noch ein wenig der Hals, doch es war ein angenehmes Pochen, ein schöner Schmerz, den ich voll auskosten wollte: Dank ihm fühlte ich mich lebendig, noch immer vollgepumpt mit Adrenalin, mit Energie, wie auf Drogen. Einer neuen Art Droge, die ich zum allerersten Mal ausprobiert hatte und mit der ich unbedingt bald weiter experimentieren wollte. Wir erreichten Giulios Motorrad, nahmen die Helme ab, die wir am Sattel befestigt hatten. Giulio nahm mein Gesicht zwischen die Hände. Ich glaube, ich habe gegrinst bis über beide Ohren, musste mich sogar zusammenreißen, um nicht laut loszulachen: Dank dieses Schlags, dieses Tritts, hatte ich eine Freiheit erlebt wie nie zuvor. Eine Machtdemonstration: das Wissen, dass ich anderen wehtun und selbst Schmerzen wegstecken konnte. All das dachte ich, als er vorschlug: »Komm, wir gehen ein Bier trinken.«

Ich grinste immer noch, bemerkte jetzt aber den irritierten Blick in seinen blauen Augen und sagte: »Ja, los.«

Ich stieg hinter ihm auf, und wir fuhren ab. Noch einmal drehte ich mich nach der Schlägerei um. Inzwischen sammelte man dort nur noch Scherben und Gestürzte auf.

Giulio fuhr sanft, harmonisch – sogar das näselnde Knattern des kleinen Motors klang sonderbar stimmig. Meine Aufregung wich ruhiger Seligkeit, und vielleicht lag es daran, vielleicht aber auch am reifen, melancholischen Frühling, an unserem sachten Gleiten durch die Straßen der abendlich ruhenden Stadt, dass ich an meinen Vater denken musste.

Daran, wie wir in meiner fernen Kindheit wochenends auf seiner fabrikneuen 125er Vespa unterwegs gewesen waren, seinem ganzen Stolz. Samstags oder sonntags fuhr er nach dem Mittagessen zwei Stunden damit herum, vielleicht, um eine Freiheit auszukosten, nach der er sich verzweifelt sehnte. Mich dagegen machte es einfach nur glücklich, mir den kleinen weißen Helm aufzusetzen und auf den Sozius zu klettern. Behutsam Papas Bauch zu umfassen. Stumm in die Landschaft zu schauen, die mit achtzig Sachen links und rechts an uns vorbeizog. Nichts zu hören als das blecherne Knattern der lindgrünen Vespa, nichts zu sehen als der weite Himmel, der sich in Reisfeldern spiegelte. Enge, goldgelbe Korridore aus Weizen. Auf halber Strecke machten wir Pause in einem alten Café mit Münztelefon in der Ecke; er bestellte einen Kaffee, ich bekam ein Eis. Das war der Wendepunkt unserer Ausflüge, die letzten Happen Eis schmeckten immer nach Wehmut. Gesprochen haben wir auf diesen Rollertouren nie: weil ich zu klein war, zu weit weg von seinen Ohren, mit dem Kopf an seinem Rücken; weil unsere Stimmen gegen den Fahrtwind nicht ankamen. Auf den Landstraßen, die hier und da in faserige Ansätze von Stadt mündeten, begegneten wir kaum Autos, noch weniger Fahrrädern und nur ab und zu einer Kolonne Biker auf der Suche nach den schönsten Kurven.

Giulio stellte das Moped an der Einfahrt zur Piazza Vetra ab und wir gingen zu Fuß in den Park hinter der Basilika San Lorenzo. Die Tage waren lang in dieser Jahreszeit, und die Wärme versüßte erst recht die letzten Sonnenstunden. Pärchen räkelten sich auf dem Rasen, Jugendliche lungerten um Bänke herum. Wir gingen zur Via Vetere, um uns zwei Bier zu holen, und spazierten dann durch den Park. Keiner von uns beiden sprach ein Wort, und mir war das nur recht. Dann brach Giulio das Schweigen: »Ganz schöne Keilerei war das. Den einen hast du ja sauber erwischt.«

Bei diesem Satz schwoll mir die Brust vor Stolz; ich war von den Ereignissen noch immer leicht benommen, wie betrunken, und lachte gezwungen, um meinen peinlichen Stolz zu überspielen: »Ja, oder? Voll in die Plauze.«

Während wir spazierten, blickte ich den anderen im Park ins Gesicht und dachte: Mit dir könnte ich das genauso machen.

Klirrend stießen wir auf die Schlägerei an, und das Bier entspannte mich bis in die Beine, machte mich so angenehm stumpf wie nach einer großen Anstrengung. Um mit dem Nacherleben nicht aufzuhören, sagte ich: »Wie sind wir da überhaupt reingeraten? Und auch noch Roma-Fans, zum Glück haben die dich nicht erkannt.«

Giulio grinste nur stumm, blickte vor sich auf den Weg. An einer Parkbank blieb er stehen, stellte einen Fuß darauf und sagte mit plötzlich veränderter Stimme: »Du, hör mal.«

Er klang zwar eher fürsorglich als drohend, doch ich schaltete augenblicklich auf Alarm. Dann fuhr er fort: »Ist eigentlich alles okay? Irgendwie scheinst du uns aus dem Weg zu gehen.«

Uns. Mir war nicht klar, ob er damit uns beide, unsere Freundschaft, meinte oder die Federazione. Ich spürte, wie mein Rücken steifer wurde, versuchte vergeblich, mich zu entspannen.

»Quatsch«, sagte ich, »wie kommst du denn darauf? Klar ist alles okay!« Doch ich merkte selbst, dass ich verkrampft geklungen hatte, dass ich in Wahrheit keine Ahnung hatte, was ich sagen sollte, weil es ja stimmte. Also nahm ich alle Kraft zusammen und ergänzte: »Na ja, hast schon recht, ist ’ne komische Zeit, grade. Ist aber nichts Schlimmes, ich will bloß ’n bisschen allein sein.« Und um ihn bezüglich der Politik zu beruhigen, fügte ich hinzu: »Ich lese viel, lerne viel. Wart’s ab, bald halt ich euch ’nen Vortrag.« Das sagte ich mit einem Lachen.

»Ja also, apropos Vortrag«, erwiderte er. »Komm mal bloß nicht auf dumme Gedanken.«

»Was denn für dumme Gedanken?«

»Ich weiß schon, dass das mit der Aktion von Lancia zu tun hat, ich bin ja nicht blöd. Keine Ahnung, was du darüber denkst, aber das ist jedenfalls genau die Sorte Sachen, die uns das Leben unnötig schwer machen. Solcher Mist schadet vor allem uns. Uns geht’s um Politik. Krawallmacher können wir nicht brauchen.«

Was ich darüber dachte? Das wusste ich ja selbst nicht. Aber nach knapp zwei Jahren Theorie, Entdeckungen und Vorantasten in dieser neuen Welt hatte ich endlich echte Taten gesehen, echte Leidenschaft, und das hatte mich beeindruckt.

»Ich will kein Krawallmacher sein«, setzte ich an. »Aber ...«

»Ja?«, drängte Giulio.

»Ich finde schon, wir sollten mehr handeln, mehr Konkretes tun. Warum sagen wir nichts dazu, dass die Lancia von der Schule geworfen haben?«

»Ach, du willst Partei für ihn ergreifen?«, fragte Giulio, aber es klang eher wie eine Aussage als wie eine Frage. Offenbar wurde er nun doch sauer.

»Findest du echt«, fuhr er fort, »dass wir uns mit Nazis und Juden rumärgern sollten? Im Jahr 2003?«

Und: »Hältst du das wirklich für den Kampf, für den wir unsere Energie aufwenden sollten?«

Dann schwieg er endlich. Und ich erwiderte etwas, das ich im Internet gelesen und mir aufgeschrieben hatte, etwas, das mir seither durch den Kopf ging: »Wenn wir eine bestimmte Vorstellung davon haben, wie die Welt sein sollte, müssen wir nicht immer alles teilen und verstehen. Manchmal geht es einfach nur ums Glauben.«

Er setzte eine beeindruckte Miene auf, aber vielleicht war das auch nur Sarkasmus. »Kuck an, kuck an«, sagte er. »Du willst uns wohl alle rechts überholen.«

Ich schwieg, und er fuhr selbst fort: »Dann sag doch mal, was du machen würdest, Ettore. Erklär's mir, erklär's uns allen.«

Die Pärchen auf dem Rasen und die Leute bei den anderen Bänken rührten sich nicht, schauten uns nicht mal an. Niemand hier interessierte sich für uns.

»Immerhin tut er was. Und wir? Was tun wir denn?«

»Wir verbreiten unsere Ideen. Bringen sie unter die Leute.«

»Quatsch«, erwiderte ich trocken. »Wir verbreiten überhaupt nichts, wenn wir immer nur unter uns bleiben.«

»So läuft das nun mal, Politik ist kein Spiel. Dafür braucht man einen langen Atem. Letzten Monat hatten wir eine Flugblattaktion, und wer war nicht da? Du! Wir demonstrieren, veranstalten Vorträge und Diskussionen. Was willst du denn machen, hm? Revolution? Leute auf der Straße verkloppen? Mit sechzehn?«

Ich musste an etwas denken, das im November bei der Demo zum Mauerfall passiert war, als der Protestzug sich mit abgebrannten Bengalos und eingefalteten Bannern auf den Platz zuschlängelte, wo Parteiführer, Fotografen und das Fernsehen warteten und irgendwer Wichtiges eine kurze Ansprache auf einem eigens dafür aufgebauten Podium halten sollte. Giulio und Roberto hatten damals alle ermahnt, die roten Fahnen mit dem Keltenkreuz wegzupacken. »Wieso müssen wir die Fahnen verstecken?«, fragte ich ihn jetzt.

Giulios blaue Augen wurden groß. Wut blitzte in ihnen auf. »Bitte?«

Ich erzählte ihm, woran ich gedacht hatte. Er schüttelte den Kopf und sagte: »Was hat das denn damit zu tun?«

»Keine Ahnung, musste nur grad dran denken. Und ich glaube, es hat schon etwas damit zu tun.« Zum ersten Mal stellte ich Giulios Autorität infrage, und auch das verwirrte mich. Ich dachte an Lancia und an die Tätowierung auf dem Arm der Senatorin, die heute nur noch ein verschwommener schwarzer Fleck war. Ich war hin- und hergerissen. Einerseits war da mein Schuldgefühl, andererseits dieser Impuls, diese Versuchung, mich noch stärker zu besudeln. »Ich finde«, sagte ich, »wir sollten uns nicht immer so verstecken.«

Die blauen Augen verengten sich zu Schlitzen. »Was soll das denn schon wieder heißen? Wer versteckt sich? Was laberst du da?«

Mir schwankte der Kopf, auf und ab wie eine Boje auf unruhiger See. Und ich fühlte mich seltsam berauscht.

»Immerhin war Lancia mutig«, sagte ich. »Ich weiß auch nicht, ob ich einverstanden bin mit dem, was er gesagt hat.

Aber Mut hat er. Er hat sie provoziert. Hat Flagge gezeigt, allein gegen alle.«

»Und was hat er erreicht?«

Auf einmal klang er geduldig, beinah väterlich. Er legte mir eine Hand auf die Schulter. Sein Zorn schien verraucht, und er fügte hinzu: »Die Welt ist nun mal nicht so einfach, Ettore.«

Ich wollte am liebsten heulend weglaufen – oder aber auf ihn einprügeln, bis mich die Kraft verließ. Doch das hätte ich sowieso nicht gekonnt. Also tat ich gar nichts, sagte nur: »Sorry, vergiss es. Ist ja letztlich auch egal.« Dann stand ich auf und ging, ließ mein Bier auf der Parkbank zurück.

15

Im August streifte ich auf dem Moped ziellos durchs verlassene, knochentrockene Mailand, vorbei an dürren Beeten und Bäumen. Ich wollte niemals anhalten, denn nur mit über dreißig Sachen spürte ich die wohltuende Brise auf der Brust, die jedoch nie lange vorhielt: die erste rote Ampel, das erste Stoppschild, schon umwölkte mich erneut der dampfende Asphalt.

Das Schuljahr hatte ich gepackt, musste allerdings in drei Fächern in die Nachprüfung, ein Ergebnis, das meine Mutter seltsam kühl und gleichgültig aufgenommen hatte. Kein Vergleich mit den gewohnten Wutausbrüchen, die ich doch immer wieder fürchtete wie beim ersten Mal: »Gut«, hatte sie gesagt, »Papa und ich fahren ans Meer, du bleibst hier und lernst.«

»Okay, mach ich«, hatte ich erwidert und das auch wirklich vorgehabt. Ich freute mich auf die Aussicht eines Sommers allein in einer verlassenen Stadt, ohne Eltern weit und breit. In den letzten Jahren hatte ich eine Vorliebe für das Alleinsein entdeckt und wollte sie gern pflegen. Die grenzenlose Leere am Horizont fand ich zwar etwas unheimlich, aber in dieser Angst lag auch das Kribbeln der Herausforderung: Ich würde das Fernweh riskieren, um eine ganz neue Freiheit zu erleben.

Der Juli verging ohne besondere Ereignisse und eher reich an monotonen Tagen als an Unabhängigkeit: Meine Eltern hatten beide noch keinen Urlaub, sodass die Abende von den gewohnten Essen, Filmen und Fernsehsendungen bestimmt waren; vormittags musste ich büffeln, als wäre noch Schule, bloß dadurch erschwert, dass ich mir alle Fristen selbst setzen musste. Entsprechend konnte ich das erste Augustwochenende und den Aufbruch meiner Eltern kaum erwarten und feierte es dann allein mit einer geliehenen DVD und einer Pizza auf dem Sofa. Gleich an den ersten Tagen gewöhnte ich mir an, mit dem Moped durch die Stadt zu vagabundieren. Anfangs fuhr ich auch raus aufs Land, nach Westen, in Richtung Ticino, auf denselben Straßen, auf denen ich damals mit meinem Vater und seiner Vespa unterwegs gewesen war. Ich fand mich leicht zurecht, erkannte die Straßen zwischen den Feldern zu meiner Überraschung sofort wieder. Die Zeit schien stillzustehen, es war neu und es war schön, und ich war oft der Einzige in diesen Kurven, die gesäumt waren von Gräben und mich überragendem Mais, aus dem schöne alte Häuser lugten, hässliche neue Häuser und schlichte Kirchtürme. Doch diese Streifzüge machten mich auch auf eine Art traurig und nostalgisch, die ich nicht mal abends loswurde und nicht verstand. Außerdem nervten mich die vielen Mücken in Augen und Mund. Aus all diesen mehr oder weniger greifbaren Gründen mied ich mit der Zeit das Land und fuhr lieber zum Basketballplatz im nahen Park, wo ich manchmal meine ehemaligen Teamkollegen traf, die einzigen bekannten Gesichter in jenen Tagen. Ende Juni hatte ich entschieden, nicht mehr zum Training zu gehen. Mein Vater fand das blöd, fragte mich: »Bist du sicher? Wieso denn nicht?« Ich zuckte nur die Achseln, weil ich keine wirkliche Antwort darauf hatte – ich wollte eben nicht mehr, Punkt, und war ja sowieso nie richtig gut gewesen. Gewinnen hatte mich nie interessiert. Nach meinem letzten Training hatten die Jungs eine kleine Party für mich in der Umkleide geschmissen und für ein – heimliches – Geschenk vom Team zusammengelegt: ein kleines Springmesser, genau wie die, mit denen sie beim Jahrmarkt geprahlt hatten. »Aber nicht wehtun, Spinnenjunge!«, hatten sie gescherzt. Ich versteckte es in meinem Schreibtisch, ganz hinten in einer Schublade, eingewickelt in zwei Streifen Küchenpapier. Es war schön, diese Jungs jetzt fernab vom Trainingsalltag auf dem Betonplatz zu treffen. Ohne den Wettkampfaspekt fühlte ich mich freier, weniger schüchtern, und spielte sogar besser. Ich vergaß die Zeit und auch die Hitze.

In unseren kurzen täglichen Telefonaten machte meine Mutter irgendwann eine Tür für die Möglichkeit auf, den beiden doch noch ans Meer nachzureisen und meine einsame Strafe zu beenden. Ich sagte: »Okay«, war mir aber nicht wirklich sicher. Die Einsamkeit war eine neue Welt für mich, in der es noch viel zu entdecken gab.

Und Giulio? Der war im Urlaub an der Côte d'Azur. Das hatte er mir in einer SMS mitgeteilt, aus der ich auch erfahren hatte, dass ein Teil seiner Familie aus Frankreich stammte. Alessandro war auf dem Land bei Piacenza, auch mit der Familie. Von Olimpia wusste ich gar nichts. Am Meer war sie bestimmt nicht, jetzt, wo mit Samuele Schluss war, doch in der Funkstille, die zwischen uns nun schon seit Wochen herrschte, erahnte ich eine ganz neue Kluft, die endgültige Erkenntnis einer unüberwindbaren Distanz. Auch darum hatte ich es nicht sehr eilig, nach Bogliasco zu fahren, sondern blieb lieber in der Stadt und lauschte auf die verschiedenen, sich widersprechenden Stimmen in mir wie auf von einem Dauerlauf schmerzende Muskeln.

Am Montag der zweiten Woche war ich schon früh in der Stadt gewesen und hatte die Regale der Buchhandlung Feltrinelli an der Piazza del Duomo vergeblich nach einem Roman von Céline abgesucht. Danach hatte ich die ganze Belletristik in alphabetischer Reihenfolge durchgesehen, war an Büchern hängengeblieben, die Olimpia in jenem ersten Sommer erwähnt hatte und die ich noch irgendwann lesen wollte, die mir aber vage ketzerisch vorkamen, Bücher von Hesse, Kundera und Mann, vor denen ich mich jetzt scheute, sodass ich schließlich mit leeren Händen gegangen war. Dann hatte ich den halben Nachmittag verpennt und ein paar öde Stunden ferngesehen. Die Sonne wollte einfach nicht untergehen, und ich ging noch mal raus, ein Stück spazieren und mir eine Pizza zum Abendessen besorgen. Ich las nicht viel in diesen Tagen und platzte auch nicht mehr von dem Zorn und dem Elan, die mich die letzten Monate so auf Trab gehalten hatten. Vermutlich gehörte es eben zu diesem Mönchsleben, dass ich den Kontakt mit allen Welten außer meiner inneren auf ein Minimum reduzierte. Vielleicht, dachte ich später, war das ja genau der Plan hinter meiner Strafe gewesen. So oder so, es funktionierte. Mein Glaube verlor seine Kraft, wurde von Müßiggang und Fernsehen geschluckt, und nicht mal die üblichen Sommerszenen von mit Flüchtlingen beladenen Schiffen an Italiens Küsten lösten irgendwas in mir aus. Der Anruf kam beim ersten Stück Pizza, ich saß auf dem Sofa und schaute *Star Wars*. Auf dem Display erschien der Name Giulio. Irgendetwas musste da passiert sein, denn er rief mich sonst nur selten an. Ich stellte die DVD auf Pause.

»Hi Giulio«, meldete ich mich.

»Wie geht's, was machst du?«, fragte er gelassen, schien sich aber mit irgendwas Zeit zu nehmen. »Ich bin noch in Frankreich«, fuhr er fort, »mit meinen Eltern, aber demnächst fahr ich nach Rom und bleibe dort dann bis Ende August.«

»Ich bin zu Hause in Trezzano«, erwiderte ich. »Vielleicht bleib ich auch einfach hier, mal sehen.«

Da setzte er eine erstaunte Stimme auf: »Wie, in Trezzano? Den ganzen August?«

Ich fing an, ihm alles zu erzählen: von meinem Zeugnis, von dem Vorschlag meiner Mutter, beziehungsweise ihrer Verurteilung, und auch von meinem Wunsch – dem Nervenkitzel, gradezu –, zum ersten Mal so ganz allein zu bleiben. Aber dann verlor ich doch die Lust, so viel zu reden, wollte vor allem dringend hören, weshalb er angerufen hatte, denn ein bisschen Small Talk war ganz sicher nicht der Grund. Bei der ersten Chance, meinen Bericht zu unterbrechen, ohne dass es zu schroff rüberkam, fragte ich also: »Aber wolltest du eigentlich was Bestimmtes? Ist was passiert?«

Giulio änderte den Tonfall. »Ja«, sagte er. »Deshalb ruf ich dich an.«

Ich hielt die Luft an, schwieg, und er fuhr fort: »Lancia ist verhaftet worden. Genaues weiß ich nicht, aber scheinbar geht's um eine Messerstecherei. Also: *Er* hat einen abgestochen.«

Ich sagte: »Okay«, wartete auf Einzelheiten, auf eine andere Seite der Geschichte, auf die ausführliche Erklärung, die den Nebel lichten würde, der sich mit diesen paar Worten hinter meiner Stirn zusammengebraut hatte.

»Keine Ahnung. Ich hab's von meinen Quellen. Von unseren, du weißt schon. Wie's aussieht, hat er aber irgendwen erstochen. Aus dem Hinterhalt.« Diesen Satz ließ er einfach so in der Luft hängen.

»Aber was war denn da los?«, hakte ich nach. »Weißt du darüber sonst gar nichts? Weiß überhaupt jemand was?«

»Nein«, sagte er.

»Und jetzt?«

»Keine Ahnung. Echt nicht. Ich frag mich nur, was die ihm vorwerfen. Versuchten Mord? Wahrscheinlich schon.«

Verhaftet. Ein großes Wort – eins, das bisher niemals meine Lebensbahn gekreuzt hatte, ja nicht mal knapp daran vorbeigeflogen war.

»Was für eine Scheiße«, sagte ich.

»Kannst du laut sagen«, entgegnete Giulio. Und dann, mit der wohlbekannten, väterlichen Stimme: »Aber wir, wir haben damit nix zu tun, das wollt' ich dir nur sagen. Nicht, dass da jemand auf dumme Gedanken kommt.«

»Auf was für dumme Gedanken sollte dieser Jemand denn kommen?«, fragte ich ein wenig angesäuert, weil mir die Mahnung reichlich unnötig erschien.

Da wurde Giulio lauter: »Was weiß ich! Gedanken halt. Mir geht's bloß darum, dass wir nicht dieselben Fehler machen. Das ist alles. Wir sind nicht so wie der. Hab ich dir ja schon mal gesagt.«

Aber ich witterte, dass ihm noch was unter den Nägeln brannte, das er bisher nicht ausgesprochen hatte, also fragte ich: »Okay, aber wieso rufst du deswegen jetzt mich an?«

»Weil ...«, kam es vom anderen Ende der Leitung – von wo genau war mir nicht klar, sicher nicht vom Strand, denn es war Abend, und im Hintergrund herrschte fast völlige Stille. »Weil ich wollte, dass du es von mir hörst. So was ist nicht einfach zu verdauen, und da ist es wichtig, dass wir untereinander klar kommunizieren. Ohne Lügen, ohne Kurzschlussreaktionen.«

»Okay«, sagte ich.

Einen Augenblick lang kam nur Schweigen aus dem Hörer. Dann: »Alles in Ordnung?«

Und ich: »Ja sicher, keine Sorge.«

Da fand er seine väterliche Stimme wieder, liebevoll und beruhigend: »Eigentlich ist ja überhaupt nichts passiert. Unser Weg ist derselbe wie immer. Lassen wir uns von so was nicht irritieren.«

Ich wollte nur noch auflegen. »Logo«, sagte ich, »aber jetzt mach's mal gut, meine Pizza wird kalt.« Das stimmte, sie war höchstens noch handwarm: Der Mozzarella hatte sich gelblich verklumpt, der Abend war im Eimer. Ich trank mein Bier aus und ließ die halbe Pizza liegen. Dann ging ich zum Schnapsschrank und nahm die Flasche Żubrówka, die da schon ewig stand. Schenkte mir ein erstes Gläschen ein. Vieles hätte ich Giulio gern noch gefragt, hatte es jedoch nicht getan. Aber es hätte nichts gebracht, noch mal anzurufen, denn ich hätte es auch diesmal nicht geschafft. Vor allem hätte er ja selbst keine Antworten auf meine Fragen gewusst, die lauteten: Warum ging Edoardo Lancias Verhaftung mir so nahe? Und nicht nur mir, sondern Giulio eindeutig auch, sonst hätte er kaum extra angerufen und so lang um den heißen Brei herumgeredet. Und: Was hatte sie wirklich mit uns zu tun, diese Verhaftung? Was sagte sie über uns aus?

Ich trank einen zweiten, einen dritten Wodka, saß – oder lag fast – auf dem Wohnzimmerteppich, den Pizzakarton vor mir, die Balkontüren geöffnet auf den Park. Von unten drang kein Laut herauf, nicht mal das leiseste Mopedknattern: Als wäre ich der einzige Überlebende im Viertel, an diesem Sommerabend. In die Verwirrung aus dem Telefongespräch mischte sich langsam bittere Traurigkeit.

Was war da wirklich passiert? Wie war das gelaufen? Sollte ich glauben, was Giulio erzählt hatte? Ich schenkte mir erst mal einen vierten Wodka ein. Was machte Giulio solche Angst, fragte ich mich und gab mir selbst die Antwort: Lancia war ein Freigeist, dachte ich, den Blick auf die hart werdende Pizza gerichtet. »Nazi« hatte Giulio ihn genannt. Mir dagegen kam er mutig vor. In seiner Tat sah ich eine mir bisher unbekannte Kraft, las darin die Zeichen eines Kriegs, an dem ich auch teilnehmen wollte. Genau so sollten wir auch sein! Stattdessen beugten wir uns täglich den Regeln, die wir angeblich brechen wollten. In Lancias Aura hörte ich ein Feuer knistern, das etwas Mystisches, Geweihtes an sich hatte.

Mücken schwirrten mir um die Ohren, landeten auf Stellen meines Körpers, die ich nicht mehr spürte. Ich war mit Giulio nicht einverstanden: Lancia war genau, was wir sein wollten, nein, was wir sein *sollten*, wozu wir aber nicht den Mut hatten. Zärtlich spielte ich mit dem Gedanken und nickte dazu. Hätte mich einer gesehen – von draußen, aus dem Park, oder aus dem Nebenzimmer –, er hätte mich wohl für verrückt, für halb gestört gehalten. Ich schenkte mir Wodka nach. Trank ihn auf ex. Er war warm. Ich betrachtete die beinah leere Flasche und fürchtete plötzlich, ich hätte zu viel getrunken und meine Eltern würden es merken. Was soll's, dachte ich. Alles war jetzt klar, und gleichzeitig war alles nebulös. In Zeitlupe und messerscharf sah ich im Voraus all meine Bewegungen. Ich stellte den Wodka zurück. Steckte mein Handy ein. Griff mir den Discman. Ging vor die Tür, schloss hinter mir ab. Die Lichter ließ ich absichtlich brennen.

Als ich zwischen sommernächtlich feuchten, dunklen Feldern den Gasgriff meines Mopeds aufdrehte, durchfuhren mich kühle Schauer, die mir vorkamen wie nachsichtiges Streicheln. Ich stellte die Musik lauter, die Ohrhörer saßen fest unterm Helm. Die Lieder von Robertos CD kannte ich mittlerweile alle auswendig und schmetterte sie laut in den

Wind: gegen das Gold, gegen die Rasse der Kaufleute. Ein veilchenblauer Himmel. Nur das Licht des kleinen Scheinwerfers auf der schmalen Straße und dem Mais ringsum. Ich fuhr knapp sechzig, brauchte nur die Linke für den Lenker. Ein mir noch fremdes Gefühl, vielleicht eine Form von Zorn, vielleicht auch etwas ganz Neues, zog mir die Muskeln vom Kiefer bis in den Rücken zusammen. Und wie ich so durch die Dunkelheit brauste, streckte ich ein, zwei, drei, zwanzig, fünfzig Mal den rechten Arm in den Himmel. Wie ein Irrer wiederholte ich den Gruß. Vielleicht war ich ja wirklich wahnsinnig geworden – die Musik schwoll an, ich lachte, sonst war kein Laut zu hören in der Nacht. Ich war völlig außer mir. Weinte auch, aber nur leise. Zurück zu Hause überkam mich tiefe Traurigkeit. Vor allem war ich müde, fühlte mich wie ausgeleert. Ohne nachzudenken trank ich einen letzten Wodka, dann verteilte ich meine Kleider in ein paar wirren Sekunden auf dem Fußboden und legte mich nackt schlafen.

Der nächste Tag verging in nur einer Handvoll lichter Minuten – zu wenige, um ihn als wirklich gelebt anzusehen. Eher ging es an ihm um Genesung: von der Neuigkeit und von mir selbst. Am übernächsten war ich jedoch so hellwach wie nach einer Wiedergeburt.

Einen Anruf meiner Eltern brachte ich mit Feingefühl und guter Laune zügig hinter mich. Keine SMSen auf dem Handy, keine entgangenen Anrufe. In gewisser Hinsicht fand ich das beruhigend: Ich hatte weder Lust noch die Absicht, in den nächsten Tagen noch mal mit Giulio zu sprechen, wollte Streit und Vorträge vermeiden. Im Lauf des Vormittages sprach ich stundenlang kein Wort, und diese Stummheit faszinierte mich. Um mich zu vergewissern, dass ich die Stimme nicht verloren hatte, trällerte ich irgendwann eine kleine

Melodie mit ausgedachtem Text und schämte mich sofort dafür.

Später überkam mich tiefe Ruhe. Gegen Mittag strich ich den Sofabezug glatt, schüttelte die Kissen auf, machte mein Bett, sammelte den Abfall ein und spülte die Kaffeetassen ab, aus einem Ordnungsbedürfnis heraus, das ich vorher nie verspürt hatte. Ich dachte: Ich tue alles, was sonst meine Mutter täte. Für meinen kleinen Hunger reichten ein paar Kekse. Dann fuhr ich gemächlich, nie schneller als fünfzig, über die Bundesstraße Richtung Mailand, hielt selbst auf leer gefegten Straßen an jedem Stoppschild und störte mich nicht weiter an der Hitze. Der Planet erschien mir noch ausgestorbener als zuvor. Vor dem großen Supermarkt an der Via Lorenteggio bog ich ab in eine menschenleere Straße zwischen Multimarken-Autohäusern und verlassenen Baustellen, fuhr weiter bis Bisceglie, der Endstation der roten Linie. Wenn ich nicht mit dem Moped zur Schule fuhr, stieg ich dort nach der langen Busfahrt immer Punkt sieben in die Metro, vorangeschoben von einer wahren Menschenflut. Die erinnerte mich stets an die Naturdokus, die ich als Kind im Fernsehen gesehen hatte, an die Wanderung der Gnus auf der Suche nach Trinkwasser. In der Erinnerung verband ich diese Fahrten fest mit winterlicher Kälte. Diese U-Bahn-Station jetzt an einem Sommernachmittag zu sehen, ohne das Getümmel von Bussen und Pendlern, war seltsam. Ich hasste sie trotzdem.

Noch mal links, dann tauchte er in der Ferne auf: Ich näherte mich dem Jugendknast beinah im Schritttempo; in der Stille war mein Auspuff lauter als ein Düsenjet. Ein gutes Stück vor dem Tor hielt ich an, als wollte ich einen Sicherheitsabstand zu dem Gebäude wahren. Etwas mulmig war mir tatsächlich, dabei war von hier aus nur der Trakt mit den Büros zu sehen: große Fenster mit geschlossenen Jalousien, schief und fleckig wie alte Jalousien es eben sind, dazu eine Ahnung von grauem Mobiliar und stickiger, verrauchter Luft. Vom Gefängnis selbst sah man dahinter nur ein Stück, einen roten Kasten mit, soweit ich erkennen konnte, dunklen Gitterstäben vor den kleinen Fenstern. Autos parkten hier keine. Ich suchte mir einen Laternenpfahl, lehnte mich dagegen, zündete mir eine Zigarette an. Was ich hier tun wollte, hatte ich mir nicht überlegt. Inzwischen war es heißer, oder die Hitze fiel mir einfach nur stärker auf. Dunkle Schweißflecke bildeten sich auf meinem T-Shirt, an der Brust und den Achseln. Seit einigen Monaten stank ich deutlich mehr als früher, fand ich.

Hinter den Knastfenstern rührte sich offenbar gar nichts. Ich fragte mich, ob Lancia mich wohl erkennen würde. Hoffte, er würde begreifen, dass der Typ an der Laterne seinetwegen da war. Wir hatten uns nie auch nur gegrüßt, waren uns höchstens zwei-, dreimal auf dem Gang begegnet. Dann ging mir auf, dass auch andere Häftlinge mich sehen könnten, nicht nur er, und ich fühlte mich wie ein Outlaw, der den Insassen eine Botschaft der Hoffnung bringt, der Solidarität. Fast wünschte ich, ein Wärter käme heraus, um mich zu fragen, was ich hier verloren hatte.

Eine gute halbe Stunde blieb ich so stehen, ohne dass ein Wärter oder Vollzugsbeamter irgendetwas von mir wollte. Ich fragte mich, ob die womöglich alle schliefen, geschützt vor der Sonne, von der mein Kopf und der Asphalt inzwischen höllisch brannten. Warum ich gekommen war, wusste ich selbst nicht so genau, war nur dem dringenden Gefühl gefolgt, dass ich es tun musste. Wie eine Wallfahrt, ein Besuch im Tempel, in der Kirche. Ich zog ein letztes Mal an meiner Zigarette und schnippte sie dann auf die Straße, auf der niemand vorbeikam.

Am Abend sollte ich Alessia besuchen, die Klassenkameradin aus der Mittelschule, mit der ich in den dunklen Doku-Stunden erste Zärtlichkeiten ausgetauscht hatte. Sie war eine der Wenigen, bei denen ich mich gemeldet hatte, um diese leeren Augusttage nicht ganz allein zu verbringen, und sie hatte erstaunlich erfreut reagiert. Während der letzten Jahre hatten wir uns nicht gesehen, nur ab und zu geschrieben, was es Neues gab, uns aber immer kurzgehalten und rasch wieder verabschiedet, stets mit dem Versprechen, uns bald mal zu treffen. Alessia war an ein neusprachliches Gymnasium gegangen, nicht weit von zu Hause. Sie sagte, sie wolle später in Deutschland arbeiten und spreche auch schon gut Deutsch und Französisch. Ich beneidete sie um diesen Stolz. Sie wohnte in derselben Gegend wie Giulio, unweit vom Stadion San Siro, einem Wohngebiet mit breiten Straßen, die an Sommerabenden still und leer waren. Zum Trinken hatte ich vier Dosen Bier mitgebracht; mit zwei anderen hatte ich mir daheim bereits Mut angesoffen. Alessia hatte zugenommen, seit ich sie das letzte Mal gesehen hatte, und sie war noch schöner. Sie trug ein enges, schwarzes Shirt mit kurzen Ärmeln, und es war schwer, nicht zu glotzen. Die Wohnung war groß und ordentlich. Gleich an der Tür fiel Alessia mir um den Hals, drückte mich an das schwarze Shirt.

In der Küche schauten wir in die Prospekte mehrerer Pizzaservices, überlegten, was wir essen wollten. Am Ende bestellten wir nichts, setzten uns nur aufs Sofa und tranken ein Bier. Ich trank meins viel zu schnell. Sie stand auf, ich fürchtete, sie wolle gehen. Sie war immer noch so, wie ich sie in Erinnerung hatte. Beim Reden spielten wir einander an den Fingern, wie früher. Kurz musste ich an Olimpia denken, aber wirklich nur kurz. Dann setzte Alessia sich wieder, ein Stückchen näher diesmal, und beugte ihren erfahreneren Körper über mich.

Sex machte mir Angst: Ich hielt mich für einen Spätzünder. Doch als ich etwas sagen wollte, legte Alessia nur den Finger auf die Lippen.

Ich war hektisch, sie bremste meine ruckhaften Bewegungen. Es war weniger schnell vorbei, als ich befürchtet hatte, und Alessia war hübsch und sexy. Sehr lustvoll war das Ganze für mich nicht gewesen, aber ich war dennoch glücklich, wenn auch eher erleichtert als befriedigt. Auch Alessia lächelte. Sie schwitzte, und ich ebenfalls. Sie leckte mir ein paar Tropfen von der Haut und sagte: »Danke.«

An den folgenden Tagen besuchte ich Alessia öfter. Sie öffnete mir nackt die Tür, in einem offenen Bademantel oder nur mit einem Hemd am Leib. Es war heiß, und wir vögelten sofort, ein paarmal innerhalb von zwei, drei Stunden. Mit ihr fühlte ich mich sicher. Sie erzählte mir von der Schule und ihren Sprachen, davon, wie das Deutsche funktionierte, das so anders war als das Französische. Einmal war sie nach Berlin gereist und hatte sich dort verliebt. Sie traf sich öfter mit einem Jungen von ihrer Schule, war aber nicht mit ihm zusammen. Für mich war das in Ordnung, denn dieser Sommer zählte nicht zum echten Leben. Ich hörte ihr einfach zu, weil mir nichts einfiel, was ich hätte sagen können; sie fragte mich kaum nach mir, und wenn sie es tat, wich ich aus. Über Giulio, die Federazione und mein neues Leben erzählte ich überhaupt nichts. Ich lernte, dass es mich erregte, wenn ich ihr den Mund so zuhielt, dass sie nicht mal mehr stöhnen konnte, und dann urplötzlich losließ und sie keuchen hörte, als wäre sie fast erstickt. Mitte August meinte sie schließlich, sie müsse zu ihren Eltern nach Sardinien. Wir verabschiedeten uns bis September, ohne irgendwelche Versprechungen.

An einem Abend ging ich zu den Colonne di San Lorenzo, ein Bier trinken. Auf dem großen Platz war sonst meistens viel los: Gymnasiasten und Studenten hingen gern bei den Säulen rum, weil man dort billig und ungestört trinken konnte, denn es gab kaum Regeln und nur wenig Polizeipräsenz. Im August war es hier jedoch so leer wie in der Wüste. Alessia fehlte mir, aber ich wusste auch, dass sich da eine Klammer geöffnet und geschlossen hatte, die anders als der Rest gewesen war. Anders, und deshalb unmöglich. Ich hatte Angelo, einen Ex-Teamkollegen, mit dem ich hin und wieder was unternahm, überredet, in der Stadt ein Bier zu trinken. Auch er hatte ein Moped, und in Trezzano war alles wegen der Sommerferien geschlossen. Wir setzten uns auf die Treppe vor der Basilika, und vor uns stand reglos die große Statue von Konstantin, drehte uns den Rücken zu und hob den rechten Arm. Bloß hatte er kein Schwert mehr, sodass es aussah, als reckte er nur die Faust in den Himmel. Wir tranken Gin Tonic, der schmeckte wie vergällt. Die Eiswürfel waren im Nu geschmolzen. Von Angelo wusste ich nicht viel – nur, dass er in Corsico zur Schule ging und nicht so bedrohlich wirkte wie manche anderen aus dem Team. Er war weder besonders interessant noch besonders intelligent, aber ich hatte keine Lust, allein zu Hause zu sitzen. Am liebsten sprach er über Autos und Motorräder, was mir beides nichts bedeutete, mich aber immerhin nicht nervte. Allerdings wollte ich unbedingt über Lancia sprechen, zur Not auch mit mir selbst oder einem praktisch Fremden. Ich hoffte, die ganze Sache dadurch aus anderen Blickwinkeln zu sehen. Zu verstehen, was daran – und an Lancia selbst – mich derart umtrieb.

»Hast du eigentlich mitgekriegt, dass ein Freund von mir verhaftet wurde?«, fragte ich in einem stillen Augenblick.

Angelo wirkte unbeeindruckt. »Wow«, sagte er gelangweilt. »Was hat er angestellt? Mit Gras erwischt worden?«

»Weiß nicht genau«, erwiderte ich, unsicher, ob ich die Story noch größer machen sollte, »aber angeblich geht's um versuchten Mord. Hat mir ein anderer Freund geschrieben.«

Angelo sprang fast auf die Füße. »Ernsthaft? Wen hat er denn abgemurkst?«

»Gar keinen. Glaub ich zumindest. Sonst wär's ja Mord. Ich glaub, es gab 'ne Schlägerei, er hatte ein Messer, und mit dem hat er einen verletzt.«

»Crazy«, zischte er. Er klang skeptisch.

Eine leichte Brise kam auf, erfrischte uns und eine Handvoll Obdachloser, die zwischen zwei der großen Säulen lagen, dem Rest eines alten römischen Klosters. Schon als Kind fand ich es toll, antike Denkmäler, Mauerreste oder Gebäude anzufassen: Ich stellte mir vor, wie ich so Unbekannten von vor Tausenden von Jahren die Hand gab und in eine Gemeinschaft eintrat, die die Zeit überdauerte. Wenn Angelo weiter nach Edoardo Lancia gefragt hätte, dachte ich plötzlich, hätte ich nichts mehr gewusst, denn in Wahrheit waren wir ja keine Freunde. Meine Lüge machte mir auf einmal Angst. Ich zündete mir eine Zigarette an.

Angelo fragte: »Und wieso die Schlägerei?«

»Was Politisches, soviel ich weiß«, erwiderte ich knapp.

»Wie, politisch?«

»Na ja, mein Freund hatte Ärger mit so linken Gruppen, mit dem Schülerkollektiv, zum Beispiel, und mit ein paar Leuten aus den Centri Sociali. Mit Kommunisten halt. Ich glaub, um so was ging's da. Aber wie gesagt, genau weiß ich's auch nicht.«

Ich wandte mich zu Angelo um, der mir womöglich gar nicht mehr zugehört hatte, weil er gerade einen Joint baute. »Was machst du denn da?«, fragte ich.

»Ich baue.«

Ich wurde unruhig. »Hast du mir zugehört?«

»Was?«

»Hast du gehört, was ich gesagt hab?«

»Worüber?«

»Du hast mich doch was gefragt! Hast du mir zugehört?«

»Klar hab ich dir zugehört.«

Da bereute ich es, Angelo hierhergeschleift zu haben, denn er war nun mal ein einfaches Gemüt und völlig unpolitisch. Vor allem nervte mich, dass ich nicht einfach verschwinden konnte, wie es mir passte, weil wir ja dummerweise denselben langen Heimweg hatten. Aber wenn ich plötzlich allein sein wollte, gingen manchmal die Gäule mit mir durch, und mir war kein Grund zu barsch, um den anderen loszuwerden. So sagte ich auch jetzt: »Du, ich hau ab, ich glaub, ich dreh noch allein 'ne Runde und fahr dann nach Hause.«

Mir war selbst klar, dass das keinen Sinn ergab. Ich rechnete fest damit, dass Angelo was erwidern, wenigstens versuchen würde, sich nicht einfach so abservieren zu lassen. Da schoben sich plötzlich zwei lange Schatten über uns. Verharrten. Ich blickte auf, an ihnen entlang und sah an ihrem Ende zwei Paar schwarze Sneaker. Darüber: weite Klamotten, ganz anders als meine. Zwei große, schlanke Jungs aus meiner Schule. Ich wusste weder, wie sie hießen, noch in welche Klasse sie im letzten Jahr gegangen waren, aber ich wusste, dass sie zum linken Kollektiv gehörten. Und dass sie älter waren als ich. Sie schauten mich an – vielleicht herausfordernd, vielleicht auch nicht.

Der eine der beiden, der direkt vor mir, fragte: »Hast du mal 'ne Kippe?«

Der Zweite hatte sich rechts neben ihm aufgebaut, aber nicht vor Angelo, so als wäre der unsichtbar. Irrelevant.

»Nö«, sagte ich und sah zu dem Ersten auf, genau in seine Augen. Der andere schwieg, glotzte aber auch nur mich an.

Der Erste nickte zu der Zigarette zwischen meinen Fingern. »Und was ist mit der?«, fragte er.

Wegen Leuten wie denen saß Lancia im Knast: Das war das Einzige, woran ich dachte. Ich hasste sie – ein kristallklarer Hass, wie ich ihn noch nie für jemanden aus Fleisch und Blut verspürt hatte.

»Ist meine«, sagte ich.

Dann nahm ich einen Zug, senkte den Blick auf ihre Schuhe. Sie rührten sich keinen Zentimeter. Die Kippe war fast aufgeraucht, aber nicht ganz. Ich schnippte sie weit weg.

»Da«, sagte ich. »Hol sie dir doch, wenn du willst.«

»Du dummes Arschloch«, erwiderte der Typ, fauchte beinahe.

»Komm jetzt, lass gehen«, beschwichtigte der andere, nahm seinen Freund sachte am Arm.

Doch der blieb stehen. Er kochte innerlich, das sah ich sofort. Und freute mich. Ich hatte die Lage unter Kontrolle. »Willst du heute Abend noch aufs Maul?«, fragte er. Seine Stimme klang jetzt höher.

Ich sah ihn bloß an. Im Kopf war ich vollkommen ruhig, spürte aber meine Körperwärme in die Hände wandern, bis sie brannten. Es kam mir vor, als zitterte ich am ganzen Leib, doch ich bewegte mich nicht, hielt seinen Blick.

»Nee, du?«, fragte ich.

»Komm jetzt«, wiederholte der andere, wollte ihn wegziehen.

»Na los, hör auf deinen Freund«, riet ich.

»Dummes Arschloch«, sagte er und spuckte vor mir auf den Boden. Getroffen hat er mich nicht, hatte das bestimmt auch nicht gewollt. Sie zogen ab, und ich sah ihnen nach.

Zwei, drei Minuten herrschte Stille. Dann stand ich auf, sagte: »Nach Hause?«, und ging, ohne eine Antwort abzuwarten, zu meinem Moped. Angelo trottete stumm hinterher. Erst beim Aufsteigen fragte er: »Alles okay?«

»Bestens«, sagte ich. Ich war euphorisch. Auf der leeren Bundesstraße hatte ich grüne Welle, und das kam mir vor wie ein billigender Segen. Das Moped kreischte im Höchsttempo von fünfundsechzig Sachen, und ich dachte: Das ist genau das Gefühl, das ich will. Das mich definiert. Ich war glücklich, wo ich hingehörte, erkennbar und erkannt. Man hasste mich, und dieser Hass machte mich aus.

SCHULJAHR 2003/2004

16

Wir stiegen direkt auf dem Rollfeld aus dem Flieger. Auf der Treppe pfiff uns ein unerwartet kalter Wind um die Ohren – wie ein Hinterhalt des Winters mitten im Oktober. Die Luft auf dem Weg zu den Schiebetüren des Terminals roch trotz dieses Winds noch nach dem Kerosin der eben abgestellten Triebwerke. Neben Alessandro stand ich am Gepäckband, das sich jetzt in Bewegung setzte und ein paarmal leer im Kreis drehte. Um mich, um uns, standen noch etwa hundert andere Leute aus unserer Schule. Drei Klassen auf einer einwöchigen Studienfahrt in die Gegend von Dublin: unsere Elfte, die Dreizehnte, in die auch Giulio ging, und die Elfte von Olimpia.

Am ersten Abend in Dún Laoghaire (das man »Dunn Liri« aussprach, wie man uns erklärte) war ich so müde, dass ich gleich nach dem Essen auf mein Zimmer verschwand. Ich war zu Gast bei einem jungen Paar, das keine Kinder hatte, obwohl das Zimmer, in dem ich meinen Koffer abstellte, sicher mal für irgendwen gedacht gewesen war. Beim Abendessen hatten wir kaum gesprochen, und fast nur über Fußball. Ein gutes Thema, um das Eis zu brechen: Ich kannte mich wenigstens ein bisschen aus, und die beiden waren Fans von Chelsea, einem Team aus England. So wie alle hier, erklärten sie. Die irische Liga sei nicht besonders spannend, ergänzten sie, ließen die Köpfe hängen und verzogen frustriert und entschuldigend das Gesicht. Auch das Essen war unerfreulich, aber ich habe nichts gesagt.

Das Bettzeug war so dick und kühl, dass ich ein paar Minuten ganz still in dem kleinen, sargartigen Bett lag und seine Last genoss, bevor ich das Licht ausknipste. Das Zimmer lag im zweiten Stock, und die Treppe war mit Teppich ausgelegt, der das Knarzen der hölzernen Stufen jedoch nicht dämpfen konnte. Ich ließ die Fensterläden offen und hörte draußen den Wind pfeifen. Die Türen und Fenster waren alt; auf der Fensterbank lag eine Stoffwurst, die alle Nachtgeräusche durchließ. Das ganze Haus knarrte.

Ich war mit großen Erwartungen nach Irland gekommen. Beim Aufwachen war ich glücklich, denn mir gefiel, was ich sah, als ich aus dem Fenster schaute. Eine Studienfahrt im Oktober war unüblich, aber in Irland fing das Schuljahr im August an, weshalb man den von unserer Schule und dem Dubliner College organisierten Austausch vorverlegt hatte. Treffpunkt war acht Uhr am Bahnhof Dart, die Zugfahrt würde eine knappe halbe Stunde dauern. Wir verteilten uns auf die Wagen, und die Pomini, unsere Lehrerin, lief hektisch umher und passte auf, dass niemand zurückblieb. Dann sah sie mich an, dachte offenbar über irgendwas nach, das mit mir zu tun hatte, und sagte schließlich: »Na los, steig ein.« Im Wagen waren alle Plätze belegt, also betrachtete ich im Stehen das warme Morgenlicht, das durchs Fenster auf den Plastiktisch zwischen den Sitzen fiel, und die sich draußen erstreckende Bucht, das tiefdunkle Meer. Weniger gefallen hatten mir das herzhafte Frühstück mit Tee und diese Hütte meiner Gasteltern, in der kitschiger Nippes, ein ausgebleichtes Sofa und schmutzstarrende Vorhänge den Eindruck von traurigen, leeren Leben vermittelten. Am Bahnhof angekommen, gingen wir zwei und zwei weiter, und die Leute schauten uns nach, belustigt und erstaunt: Siebzig italienische Schüler mitsamt ihren Begleitlehrern, die sie umschwirrten wie die Schäferhunde ihre Herde.

Im College wurden wir nach einem mir schleierhaften System auf drei verschiedene Klassen verteilt. Ich fand mich in einer Gruppe mit einem Haufen Leute wieder, die ich bloß oberflächlich oder gar nicht kannte. Allerdings war auch Olimpia dabei. Giulio war in einer anderen Gruppe. Das Thema Lancia hatten wir nicht mehr angesprochen. Ich hätte gern mehr gewusst, konnte aber allein nichts herausfinden und auch keinen fragen, schon gar nicht Giulio, der sich nur geärgert hätte. »Lassen wir uns nicht ablenken«, hatte er gesagt.

Auch Alessandro war in meiner Gruppe, was bewies, dass wir nicht aufgrund unserer Sprachkenntnisse aufgeteilt worden waren, denn er sprach so gut wie kein Wort Englisch, war der Schlechteste der Klasse. Außerdem hatte man unser Englisch-Niveau erst nach der Verteilung abgeprüft.

Die Bänke in der Klasse waren wie ein Hufeisen aufgestellt – eine nette Abwechslung, wie ich fand. Die Tests teilte uns eine Irin aus, die nicht viel älter als wir aussah: Sie war um die dreißig, nett und hässlich. Für den Test hatten wir zehn Minuten, dann wurde er vor allen korrigiert, und die Ergebnisse wurden verkündet. Mein Test kam als einer der letzten an die Reihe. Die Irin meinte, er sei »nearly perfect«. Ich bedankte mich, und sie sagte, ich hätte einen perfekten Dubliner Akzent. Ich grinste, und sie grinste auch.

»Während der nächsten fünf Tage«, sagte sie, »werden wir ein Theaterstück einstudieren: *Romeo und Julia* von Shakespeare.«

Alle riefen: »Wow!«

Oder machten: »Mhm.«

Sie sagte: »Ettore, du hast im Test am besten abgeschnitten, magst du vielleicht den Romeo spielen?«

Damit hatte ich nicht gerechnet. Ich hatte noch nie in irgendwas die Hauptrolle gespielt, im ganzen Leben nicht. Aber ablehnen kam nicht infrage, also sagte ich: »Yes, all right, thank you.«

Die Rolle der Julia ging an Giulia, eine aus meiner Klasse, mit der ich nie richtig warm geworden war. Sie hatte dunkle Haut und sprach mit starkem Akzent – Italienisch, meine ich, nicht Englisch. Sie kam aus Mittel- oder Süditalien, mehr wusste ich auch nicht. Die Irin fand die Namensgleichheit mit Shakespeares Heldin kurios. Wir nicht.

Soweit ich mitbekam, wurden die übrigen Rollen auf den Rest der Klasse verteilt – aber ja wohl kaum auf alle, oder? Während die Kopien des ersten Akts herumgereicht wurden, hob ich deshalb die Hand und äußerte ein dummes Bedenken: »Gibt es denn für alle genug Rollen?«

Wieder grinste die Lehrerin, diesmal aber spöttisch. »Nein«, sagte sie, »ihr teilt euch die Szenen. Dieselbe Rolle wird jeweils von mehreren übernommen. Oder willst du etwa der einzige Romeo sein, Ettore?«

Einige lachten. Ich steckte es weg.

Ich linste auf den Text des neben mir sitzenden Alessandro. Welche Rolle er spielte, konnte ich nicht erkennen, denn der Kopierer hatte die Buchstaben so verzerrt, dass sie von Weitem nicht mehr zu entziffern waren, aber zumindest sah ich, dass seine Stellen anders formatiert waren als meine. Dann suchte ich den Blick von Olimpia, die mir auf der anderen Seite des Hufeisens fast genau gegenübersaß, doch die war in ihren Text vertieft und blickte nicht auf. »Gut«, sagte die Lehrerin, »dann wollen wir mal.«

Ich ließ Olimpia nicht aus den Augen. Wenn ich mich nur

fest genug auf sie konzentrierte, würde sie das garantiert bemerken und müsste den Blick erwidern.

»Die Geschichte kennt ihr ja alle, oder? Ettore?«

Olimpia blickte wirklich auf und sah mich an, aber irgendwie ausdruckslos. Obwohl, nein: eher abwartend.

»Ettore?«, wiederholte die Lehrerin. »Kennst du die Geschichte von Romeo und Julia?«

Stumm blickte ich auf meinen Text. »Romeo«, stand dort. Und dann: »I take thee at thy word.«

Das verstand ich nicht. Ich sah die Lehrerin an und sagte: »No, sorry.« Dann sah ich Olimpia an – oder eigentlich nur ihre Bank, die grau war und genauso aussah wie unsere Bänke in Mailand; so viele Kilometer im Flugzeug, nur um an praktisch derselben Bank zu sitzen. Ich fühlte mich dumm. In der Falle. Ich las weiter: »Call me but love, and I'll be new baptized.« Auch das verstand ich nicht. »Das geht ja gut los mit unserem Romeo«, feixte die Irin, und wieder lachten alle.

Nach der Stunde saßen oder standen wir verstreut auf dem großen, grünen Rasen vor dem College herum, holten die durchgeweichten Sandwichs aus den Taschen, die unsere Gasteltern uns mitgegeben hatten, und ich ging endlich auf Olimpia zu. Ich sagte ihr, dass ich die Geschichte von Romeo und Julia echt tragisch fand. Und unfair.

»Kanntest du die wirklich noch nicht?«, fragte sie.

Doch, dass sie von Liebe und anderen Traurigkeiten handelte, hatte ich natürlich gewusst, aber nicht, dass sie dermaßen brutal war. Wie ich inzwischen wusste, fiel mir die berühmte Balkonszene zu, in der Romeo im Austausch für Julias Liebe allem entsagt, sogar seinem Namen. Olimpia hingegen sollte Julias Todesszene spielen. »Ich muss mich erdolchen«, sagte sie, zog ihren Text aus der Tasche, faltete ihn auf und rezitierte mit Theaterstimme: »O happy dagger!«

Gefühlvoll schloss sie mit: »And let me die«, ließ danach den Mund halb offenstehen, als wollte sie noch irgendwas hinzufügen, tat es aber nicht.

Auch daran dachte ich abends vor dem Einschlafen, unter der Decke, die auf mir lastete wie Stahl. Auf dem kalten, rauen Betttuch.

Wir hatten Unterricht bis vier, und was vom Nachmittag noch blieb, verbummelten wir faul und planlos, spazierten immer wieder durch dieselben Straßen, durch dieselben Parks. Manchmal regnete es kurz, und gleich darauf schien wieder die Sonne. Ab und zu hing ich mit Giulio rum, meistens aber mit Alessandro, Giacomo und ein paar anderen aus unserer Klasse. Wenn aus dem Nachmittag dann Abend wurde, hängten wir uns an die Älteren, folgten ihnen wie die Seemöwen den Fischern, denn sie waren volljährig und konnten uns Bier beschaffen. Einmal spazierten wir nach der Schule gerade durch Temple Bar, als es überraschend zu regnen anfing. Wir flüchteten uns in einen Fußballladen, in dem Alessandro und Giacomo sofort ein Trikot nach dem anderen probierten. Ich hatte das schnell satt und ließ sie allein, ging ein Stück weiter bis zu einem Souvenirgeschäft. Ich dachte mir, es wäre nett, meinen Eltern irgendwas mitzubringen, und schritt die Regale voller T-Shirts, Schürzen und Mützen ab, voller Tassen, Teller und Schlüsselanhänger mit hässlichen Motiven. So was tut ein gutes Kind, dachte ich, die werden sich sicher freuen.

In einer Plexiglasvitrine, auf einem Tuch aus schwarzem Samt, waren verschiedene Anhänger ausgelegt: Kleeblätter, Harfen, Kobolde und kleine Irlands. Außerdem gab es ein paar größere und kleine Keltenkreuze, allerdings in dem grazileren, traditionell irischen Design wie auf den hiesigen Friedhöfen. Ich bat, sie mir ansehen zu dürfen, und nahm ein eher dezentes in die Hand. Der untere Balken war etwas länger und alle vier Balken waren verziert, genau wie der Kreis, der sie verband. Der Verkäufer, ein Lulatsch mit hässlichem, grauem Kinnbart, sagte: »Das ist aus Gold.«

»Go on«, forderte er mich auf, »häng's dir mal um.« Er fädelte es auf ein Kettchen, auch aus Gold, und legte es mir vor dem Spiegel um den Hals. Eine Welle der Erregung überkam mich angesichts des verbotenen, nun plötzlich so verfügbaren Symbols. Ich dachte keine Sekunde nach. Sogar mit dem Rabatt, den der Kinnbärtige mir gab, kosteten Kreuz und Kette mich das Budget für zwei volle Tage. Als ich aus dem Laden trat, steckte ich es – zu meinem oder seinem Schutz – unter mein Shirt. Für meine Eltern hatte ich nichts gekauft.

Gegen Abend ballten sich Gewitterwolken wie violette, geladene Eiterbeulen. Starker Wind verwandelte die Regentropfen in lauter kleine Nadeln. Es wurde schneller dunkel als erwartet. Ich ließ meine Gasteltern David und Margaret wissen, dass ich auswärts essen würde, und sie sagten: »Okay, no problem«, jedoch mit derart resignierter Stimme, dass ich mir undankbar vorkam und mich fragte, woran sie sich nach dieser langen Woche wohl erinnern würden, wie viele Ettores aus wie vielen Ländern sie wohl jedes Jahr beherbergten und weshalb sie das überhaupt taten. Ob sie sich vielleicht nur als ganze Menschen fühlten, wenn sie nicht mit sich allein blieben.

Um sechs war ich mit Giulio und Alessandro verabredet. Als ich ankam, saßen sie auf dem Mäuerchen vor einem Lidl und einem gerade schließenden Costa Coffee. Sie quatschten erst über Fußball, dann über Mädchen. Bei denen in der Schule kam Alessandro gut an – bestimmt wegen der blonden, bis über die Ohren hängenden Haare und seiner wie gemeißelten Fußballerfigur. Er jammerte über die Anhänglichkeit eines Mädchens, mit der er schon gevögelt hatte, noch vögeln würde oder ab und zu vögelte. Mir war das ziemlich schnuppe – ich dachte nur an Olimpia. Ich nahm mir ein Bier aus der Lidl-Tüte, es schmeckte so süßlich-metallisch wie alle Billigmarken. Um mich abzulenken und das Thema zu wechseln, sagte ich: »Schaut mal, was ich mir gekauft hab.« Ich holte das Kreuz unterm Shirt hervor, präsentierte es ihnen. Chips mampfend schaute Alessandro rüber, trank einen Schluck Bier und sagte: »Geil.« Giulio klopfte mir auf die Schulter: »Guter Mann, unser Kamerad.« Ich grinste, verschämt und stolz. Dann setzten die zwei das Gespräch exakt da fort, wo ich es unterbrochen hatte.

Ein paar Dosen Bier waren noch in der Tüte, die ich jetzt trug, als wir in Richtung Strand gingen. Wir spazierten langsam, bogen um Ecken und durchquerten menschenleere Parks, stemmten uns gegen den vom Meer heraufblasenden Wind. Das Meer selbst musste man sich dazudenken: zu sehen war es nicht. Anders als zu Hause war hier nicht alles zum Wasser ausgerichtet, es schien eher, als verschanzte man sich davor wie vor einer Belagerungsmacht. Angesichts meines miesen Orientierungssinns vertraute ich auf Giulio und Alessandro. Außerdem hatte das Bier mich duselig gemacht wie Fieber; ich hatte keine Ahnung, wie viel Uhr es war, aber es kam mir spät vor. Die Straßen waren still und leer. Bilder meiner Gasteltern legten sich über die meiner echten Eltern in Italien wie doppelbelichtete Fotos, und mir kam der Gedanke, es wäre vielleicht doch besser, zu ihnen zurückzugehen und zu sagen: »Ich hab's mir überlegt, ich will doch mit euch zu Abend essen, eure zermatschten Kartoffeln und euer verkochtes Gemüse, draußen ist keine Menschenseele, und ich bin durchgefroren bis ins Mark. Erzählt mir von Chelsea und von all euren Lieblingsspielern, ich weiß darüber nicht viel, aber immerhin ein bisschen mehr als nichts, Beckham mag ich nicht, aber die Iren schon, weil ich ein Buch über ihr Leid gelesen habe.« Mit der Hand strich ich über ein nasses Auto und rieb mir das schmutzige Wasser ins Gesicht, um die klebrige Müdigkeit loszuwerden.

Da änderte sich plötzlich der Boden, und ich wäre um ein Haar gestürzt, hielt mich gerade noch an einem Geländer fest und realisierte dadurch, dass wir bereits auf der Treppe waren, die hinab zum Strand führte, zum offenen, tosenden Meer und einem noch weiteren Himmel, ob er nun dunkel war oder hell.

Der Weg bestand jetzt aus großen Steinen, die glitschigen Glatzen glichen, und es war schwer, darauf das Gleichgewicht zu halten. Giulio drehte sich nach mir um, fragte: »Bist du noch da?«

Ich holte mit zwei großen Schritten auf und fühlte mich sofort wacher, präsenter. »Ja klar«, sagte ich.

Zu unserer Linken, im Norden, bog die Küste sich in eine Bucht, und ein Stück weiter oben, auf einer steilen, jäh zum Meer abfallenden Anhöhe, funkelten Dutzende gelbe Lichter aus Fenstern, Laternen, Pubs und anderen Formen des Lebens.

»Da oben ist Dublin, oder?«, fragte ich.

Alessandro sagte: »Mh-mh.«

Giulio klang überzeugter: »Nee, das ist Blackrock, Dublin liegt weiter hinten, das sieht man von hier nicht.« Wir blieben eine Weile stehen und blickten aufs Meer hinaus, so richtig romantisch. Die über die Steine rauschende Brandung schuf einen Klangteppich, gegen den man anschreien musste, um sich Gehör zu verschaffen. Kalte, salzige Gischt wehte mir ins

Gesicht und gab mir ein Gefühl von Einsamkeit und Freiheit, das bitter auf Zunge und Gaumen lag, ohne dass ich wusste, ob das von diesem tristen Land herrührte, von diesen Tagen aus Schule und Spaziergängen, bei denen ich nie Olimpia begegnete, oder von der Wut, die ich in mir trug, ohne zu wissen, wohin damit.

Ich fragte: »Kann man bei gutem Wetter von hier aus England sehen?«

»Quatsch«, sagte Giulio. Und dann, als dächte er laut: »Ich würd ja echt gern mal rauf in den Norden, nach Belfast und Derry. Da haben sie richtig gegen die scheiß Engländer gekämpft.«

Alessandro und ich nickten stumm, umtost von Meer und Wind.

In den letzten Tagen war mir kaum Zeit geblieben, an Bobby Sands, Michael Collins und all die anderen Helden und Geschichten zu denken, von denen ich vor der Reise geglaubt hatte, dass ich hier über sie sinnieren würde. Stattdessen hatte ich mich vormittags vor allem mit Shakespeare beschäftigt, in den ich mich immer mehr verliebte und mit dem ich zum ersten Mal seit Jahren erfolgreich was Neues versuchte. Außerdem hatte ich stundenlang in Sehnsucht nach Olimpia geschmort, die viel mit den Leuten aus ihrer Klasse und einer kleinen Clique abhing, aus der ich mich – natürlich – ausgeschlossen fühlte, ohne je angeklopft zu haben. Einmal hatte ich auch Fußball gespielt, als Innenverteidiger in einem Match gegen ein paar Iren in unserem Alter, und vielleicht hatte ich mich dabei in der ganzen, jetzt auf ihr Ende zugehenden Woche am lebendigsten gefühlt.

Ein gutes Stück entfernt von uns war ein Licht zu sehen, ein kleines, dem Wind trotzendes Lagerfeuer. Rings um die Funkenregen sprühenden Flammen zählte ich ein halbes Dutzend Köpfe, manche mit zerzaustem Haar, andere mit Mützen. Hände reichten Bierdosen herum, dieselbe Marke, die Giulio bei Lidl gekauft hatte. Ein Mädchen mit Jungsfrisur spielte Gitarre. Sie hieß Anna, ging in Giulios Klasse. Ich wusste, dass die zwei sich nicht riechen konnten, und doch fand ich sie schön, diese Anna mit den blauen Augen und dem markanten Kinn. Sie sang ein Lied der Cranberries, das ich kannte, weil ich alles von den Cranberries kannte, und unter einer der Kapuzen erkannte ich Olimpia, die nicht mitsang.

»Uff, auf die hab ich echt keinen Bock«, sagte Giulio. »Schon gar nicht, wenn die bescheuerte Anna dabei ist.«

Er drehte sich um, brummte: »Ich bin weg«, und Alessandro trottete ihm wortlos hinterher, die Tüte mit dem Bier in der Hand. Ich hätte mich liebend gern zu den anderen ans Feuer gesetzt, denn mir war kalt, und ich stellte mir vor, wie ich neben Olimpia saß und Songs von den Cranberries sang. Wie ich sie endlich berührte. Also blieb ich stehen. Ich hatte den Eindruck, Olimpia schaue zu mir herüber. Giulio fragte: »Was ist denn, kommst du?«, aber ich gab keine Antwort. Am Steineknirschen hörte ich, dass er davonging. Anna drehte sich nach mir um, ohne mit dem Singen aufzuhören. Ganz alleine stand ich da, die Hände in den Jackentaschen, zog die Schultern hoch gegen den Wind. Ich trat ein paar Schritte auf den Kreis zu und blieb stehen, wartete auf ein Zeichen, dass ich mich dazusetzen durfte. Aber Anna drehte sich sofort wieder um und schlug noch lauter in die Saiten. Ich nahm eine Hand aus der Tasche, um Olimpia zuzuwinken, doch die grüßte mich nicht zurück. Stattdessen sah sie Giulio voller Abscheu hinterher. Ich machte kehrt, ging zurück auf die nasse Straße. Allein.

In meinem warmen, knarrenden Zimmer stand ich lang vor dem Spiegel am Kleiderschrank und betrachtete das Keltenkreuz auf meiner flachen Brust. Ich drehte es zwischen den

Fingern und betete, dass es mir irgendwie die Kraft verleihen würde, die mir fehlte.

In Mailand landeten wir an einem bewölkten Nachmittag. Ein Bus brachte uns zum Treffpunkt an der Piazza Giulio Cesare, wo ich zu meinem Vater ins Auto stieg. Die Fahrt nach Hause zog sich, und wir unterhielten uns vor allem über das irische Wetter, über den Wind, den Regen und das ständig aufgewühlte Meer. Wir kamen erst zur Abendessenszeit an, aber draußen war es noch hell. Meine Mutter half mir beim Auspacken, warf alles in einen Wäschekorb. »Ist von deinem Geld noch was übrig?«, fragte sie.

Und ich sagte: »Glaub nicht.«

Sie kniff die Lippen zusammen, wie immer, wenn sie ihre Wut zugleich unter- und doch irgendwie ausdrücken wollte. Also fügte ich erklärend hinzu: »Bei denen ist alles viel teurer als bei uns.«

Wenig später setzten wir uns zum Essen; das letzte Tageslicht war fast verschwunden und künstliches brannte noch nicht, sodass wir in tristem Halbdunkel aßen. Meine Mutter fragte: »Und mit dem Englisch lief's gut?«, wirkte aber gar nicht richtig interessiert, wollte offenbar nur das Schweigen brechen.

»Ja«, sagte ich, »wie immer.«

Sie machte ein Geräusch in der Art von »Hm«, dann blieb ihr Blick an meinem Hals hängen und sie fragte: »Ist das eine Kette?«

Ich zog das Kreuz hervor, ließ es auf die Brust hängen. »Hab ich mir in Dublin gekauft«, sagte ich. »Ist so ein irisches Symbol.«

Und sie: »Ich weiß schon, was das ist.«

»Da drüben sieht man das auf jedem Friedhof«, fügte ich hinzu.

Sie aß weiter, den Blick starr auf dem Teller. Und sagte: »Für dieses Ding hast du also dein ganzes Geld rausgeworfen.«

Ich schwieg. Es stimmte: Vierzig Euro hatte ich für Anhänger und Kette hingelegt.

Dann blickte sie auf. »Wenn du das unbedingt tragen musst«, befahl sie, »steck's dir gefälligst unters T-Shirt. Ich will das in meinem Haus nicht sehen.«

Ich ließ ihre Worte einen Augenblick sacken. Mit der Gabel spießte ich ein Stück Hackbraten auf – eher, um ruhig zu wirken, als aus Trotz. Ich kaute, legte die Gabel ab, trank etwas Wasser nach und schluckte alles runter. Dann schob ich das Kreuz wieder unter mein Shirt. Über Irland sprachen wir den ganzen Abend kein Wort mehr. Ich habe ihr nicht erzählt, wie ich bei der Generalprobe meine Rolle in der Absicht gespielt hatte, die beste Wertung zu erhalten – trotz des einschläfernden Vortrags von Giulio, der seinen Text nicht mal auswendig konnte, sondern ablas, bei jedem kleinen Fehler »Sorry« sagte und vor Verlegenheit ins Stottern kam. Ich habe nicht erzählt, dass ich gefühlt zum ersten Mal im Leben etwas wirklich gut machen wollte. »Mit Namen weiß ich dir nicht zu sagen, wer ich bin. Mein eigner Name, teure Heil'ge, wird, weil er dein Feind ist, von mir selbst gehasst. Hätt' ich ihn schriftlich, so zerriss' ich ihn.« Ich habe nicht erzählt, dass unser Paar den ersten Preis gewonnen hat.

17

Beim Aufwachen fühlte ich mich so erholt wie seit Jahren nicht mehr, wie zu einer Zeit, in der mir die Tage noch leicht erschienen, nicht wie zu bewältigende Etappen auf dem Weg zum Ziel. Beim Zähneputzen sagte ich mir: Vielleicht liegt das an Irland, daran, dass ich allein an einem ganz anderen Ort gewesen bin. Vielleicht bin ich daran gewachsen. Vielleicht bin ich jetzt stärker.

Zu dieser Jahreszeit war es frühmorgens endlich kalt, und ich zog zum ersten Mal das Hemd an, das mein Vater mir vor ein paar Monaten abgetreten hatte, dunkelgrün und ein bisschen weit.

Ausnahmsweise nahm ich einen Bus früher als sonst: Auf die Art wäre ich früher an der Schule und konnte das letzte Stück gemütlich spazieren, ohne ins Schwitzen zu geraten. So einen Morgen gab es höchstens einmal alle paar Monate. Die Luft prickelte angenehm, und ich freute mich über das neue Hemd, das mich so glücklich machte, wie neue Klamotten das manchmal tun. Als ich an der Via Pallavicino aus der Metro stieg, kam ich an der Kaserne vorbei, vor der um dieses Datum herum immer eine lange Schlange junger Männer stand, die ihren Wehrdienst verschieben wollten. Die Hunde im Park, geführt von Senioren und philippinischen Hausmädchen, freuten sich über ihr Wiedersehen. Und ich ahnte nicht, dass meine Leichtigkeit schon in wenigen Minuten dahin wäre.

Auf dem Parkplatz vor dem Schultor saß Alessandro auf einem Roller, der ihm nicht gehörte. Pünktlich war er immer schon gewesen, was gar nicht zu seiner sonst so wilden, unsteten Natur passte. Vielleicht war diese Rebellion gegen die Trödelei selbst ein Teil seiner Unberechenbarkeit. Die erste Zigarette des Tages im Mund ging ich auf ihn zu. Er wirkte belustigt, hatte ein nur halb verhohlenes Grinsen aufs Gesicht getackert. Je näher ich kam, desto argwöhnischer wurde ich. Statt meinen Gruß zu erwidern, nickte er zum Schulgebäude. Ich schaute kurz hin, dann wieder zu ihm.

»Was?«, fragte ich.

»Siehst du's nicht?«, erwiderte er, immer noch mit diesem verschmitzten Grinsen.

Ich schaute noch einmal zur Treppe vor dem Eingang. Jetzt sah ich, dass ein Haufen Jungs – ein paar, die ich kannte, und andere, die ich noch nie gesehen hatte – davor eine Kette bildete. Auf halber Treppe standen sie und filterten aus, wer hineindurfte und wer nicht. Vor ihnen standen andere Schüler, die Kleinen, blickten zu ihnen auf oder sahen sich ratlos um. Ich fragte Alessandro: »Besetzung?«

»Bingo.«

»Aber wieso?« Ich war verblüfft: Von geplanten Besetzungen erfuhr man gewöhnlich Tage vorher aus dem Flurfunk, und sie fanden immer eher in der kalten Jahreszeit statt, nicht Anfang Herbst. Diese hier kam völlig unerwartet.

»Ist Giulio schon da?«, fragte ich.

»Kommt gleich. Aber wir können eh nicht viel machen.«

Bald darauf kam Giulio an – zu Fuß, ohne seine Aprilia – und hatte einen der Älteren dabei, die ich vom Sehen aus der Federazione kannte, einen von der Uni. Dass auch der so früh am Morgen hier an unserer Schule war, verblüffte mich noch mehr. Langsam machte ich mir Sorgen. »Wir wissen Bescheid«, sagte er, ein wenig außer Atem. »Die besetzen, weil sie von Lancias Verhaftung erfahren haben. Jetzt wollen sie uns da unbedingt mit reinziehen.«

»Wie, Lancias Verhaftung?«, sagte ich. »Was soll der Scheiß, das ist doch zwei Monate her?«

»Immer mit der Ruhe, das ist jetzt das Wichtigste, okay?«, sagte Giulio, tatsächlich ganz ruhig. »Wir müssen klarmachen, dass wir mit diesem Mist nichts zu tun haben.«

In der Federazione war das Thema seit dem Sommer nur ein einziges Mal angeschnitten worden – von Giulio, als Einschub bei einer Besprechung zu anderen Dingen. »Übrigens«, hatte er gesagt, »es gibt Neuigkeiten über Lancia. Ich erzähl's euch, weil es immer gut ist, informiert zu sein, aber damit ist die Sache für uns erledigt. Also: Mit Politik hatte das gar nichts zu tun, es gab bloß Stress mit ein paar Typen im Navigli-Viertel. Mehr wissen wir nicht, und wenn einer uns das anhängen will, sagt ihr, dass ihr keinen der Beteiligten kennt.«

»Wir machen Folgendes«, sagte der Ältere jetzt. Er trug eine enge, schwarze Lonsdale-Jacke, dasselbe Modell wie Lancia. Und wie Giulio. »Wir gehen da rein, mit der Blockade helfen wir euch. Dann sucht ihr euch ein Klassenzimmer für eine Gegenbesetzung. Nur so symbolisch. Dann sehen wir weiter, ganz in Ruhe.«

Das Wort Ruhe fiel ziemlich oft, fand ich, aber mit der Ruhe sollte es schon bald vorbei sein.

»Vielleicht dein Klassenzimmer, Giulio«, fuhr der Ältere fort.

Giulio nickte. »Alles klar.«

Die beiden hatten das eindeutig vorher abgesprochen, und es gab keinen Raum für Diskussionen. Ich hätte durchaus Fragen gehabt, behielt sie aber vorerst für mich. Bewahrte die Ruhe.

Eine neue Schülergruppe kam aus dem Gebäude: Gemeinsam trugen sie ein weißes Laken, marschierten damit zum Außentor. Dort hängten sie es über das Gitter, enthüllten nach und nach ihr drei, vier Meter langes Banner. Sie waren viele und eifrig bei der Sache, denn das Banner musste nicht bloß an den Enden fixiert werden, sondern auch in der Mitte. »Zieh, zieh, zieh!«, schrien sie, rissen Löcher zum Aufhängen in den Stoff und reichten Schnur und Paketband herum. Es dauerte ein paar Minuten, bis das Banner richtig hing. Wir lasen: »Faschos raus aus den Schulen!« »Wie süß«, sagte Giulio grinsend, doch die Wut stand ihm ins Gesicht geschrieben.

Hinter den strengen Mienen der Blockierer strahlten die freudigen Gesichter anderer Schüler. Sie waren sicher und frei, sie rauchten, schwatzten und freuten sich wie Schneekönige über die Besetzung. Wäre ich da gern dabei gewesen?, fragte ich mich und gab mir sofort selbst die Antwort: Wahrscheinlich schon. Hätte ich dabei sein können? Wohl kaum, antwortete ich mir ebenso schnell, wie um den Gedanken zu verdrängen. Ich hatte einen anderen Weg eingeschlagen, manche Gabelungen kommen nicht wieder, also sagte ich mir jetzt, dass die sowieso alle Idioten waren, pöbelig und dumm. Die Schule konnte ich nicht leiden – insofern konnte es mir nur ganz recht sein, wenn sie ausfiel. Sehr wohl gefiel mir aber die Idee des fleißigen Gelehrten, der diszipliniert seine Selbstvervollkommnung durch intellektuelle Übungen vorantreibt.

Der Himmel drohte mit Regen, und der Wind säte trockenes Laub, das uns um die Köpfe segelte. Ein paar Lehrerinnen gluckten in einer Ecke des Schulhofs zusammen, nahe ihrer geparkten Autos, und beratschlagten, was zu tun sei. Besonders aufgeregt wirkten sie nicht. Es war schon acht Uhr durch, als wir darangingen, die Blockade zu durchbrechen. Wir verteilten uns entlang der Treppe, um uns nicht komplett auf einen leicht zu verteidigenden Punkt zu konzentrieren. Der Plan war, friedlich durch den Kordon zu sickern, ohne größeren Ärger anzuzetteln, wie es inzwischen einige andere taten, die ohne die Schule offenbar nicht wussten, wohin mit sich.

Aber einen Fascho durchlassen? Auf gar keinen Fall. Weitere Genossen verstärkten den Kordon, und während wir vorsichtig Druck ausübten, während wir sagten: »Wir wollen doch nur rein«, riefen sie: »Ihr geht nirgendwohin!«, und andere sprangen ihnen bei, indem sie skandierten: »Lasst sie nicht rein! Lasst sie nicht rein!« Giulio und der Ältere, Luca, hatten uns genaue Anweisungen gegeben: nur drücken, ganz vorsichtig, mit Händen und Armen, und keinesfalls provozieren lassen, schön friedlich bleiben. »Wie Gandhi«, hatten sie gesagt. Doch angesichts des Gegendrucks, durch den man Gefahr lief, rücklings auf die Stufen zu stürzen, und angesichts all der Beschimpfungen war es nicht leicht, wie Gandhi zu sein, sodass am Ende ausgerechnet Giulio als Erster stärker drückte und die Stimme hob. Die anderen höhnten: »Habt euch wohl Verstärkung mitgebracht, was?«

Aber auch sie hatten eindeutig Verstärkung mitgebracht, denn da war mindestens ein Dutzend Gesichter, die ich noch nie an der Schule gesehen hatte. Sie schauten gelassen, wenn nicht sogar gleichgültig, waren solche Situationen offenbar gewohnt, standen über der Anspannung, die uns im Griff hielt. Ganz vorne aber stand und schubste ein Typ namens Alberto, den wir wegen seiner von Natur aus strohgelben Haare Pisskopf nannten. Die Blockade hielt wie eine echte Kette, Arm in Arm, eingehakt. Die Spannung stieg, und wir gaben ohne Absprache die Strategie des friedlichen Durchsickerns auf, konzentrierten unsere ganze Kraft auf einen Punkt. Wir mussten stärker drücken, denn wir standen tiefer, wären andernfalls gestürzt. Außerdem schlugen wir jetzt auf die eingehakten Arme ein, drängten die Menschenkette nicht zurück, sondern seitwärts, bis sie schließlich unter »Oooh!«-Rufen alle gemeinsam ins Taumeln kamen. Alessandro schlüpfte durch die Bresche, hinter ihm schloss die Kette sich wieder. Luca warf sich in eine strenge Pose, blaffte: »Jetzt lasst uns halt rein, Mann, was soll das denn?«, und als hätte sich in diesen Worten eine mütterliche Macht manifestiert, tat sich der Kordon vor uns auf wie von Zauberhand und wir gingen durch, begleitet von jetzt frustrierter klingenden Beschimpfungen: »Dann geht halt, ihr Sackgesichter« und Ähnliches.

Das Klassenzimmer der 13c lag mühelos erreichbar im Erdgeschoss, nur ein paar Meter vom Foyer entfernt. Die Schule war halb leer, der offizielle Unterrichtsbeginn war schon ein paar Minuten her und wir hatten keine Ahnung, ob irgendwelche Lehrer es ins Haus geschafft hatten. Quer durchs Foyer rannten wir in das leere Zimmer. Jetzt musste es schnell gehen.

»Tür zu, schnell, verbarrikadieren!«, befahl Giulio. Luca und Alessandro gingen neben dem Pult in Stellung, schoben es vor die Tür. Giulio öffnete ein Fenster. Niemand auf dem Hof schaute in unsere Richtung. Giulio setzte sich auf eine Bank. »Okay«, sagte er, »dann schmieden wir mal einen Plan.«

Zu viert saßen wir nun in dem Klassenzimmer. Hätte uns jemand von außen zugesehen, hätte er sich wohl gefragt, was wir da trieben. Aus der Innenperspektive war mir klar, dass wir das selbst nicht wussten. Aus einem Schrank kramte Giulio ein weißes A4-Blatt. Dann stöberte er in den Schubladen des Pults und fand einen Filzstift. In Blockschrift schrieb er: KLASSENZIMMER GEGENBESETZT. Im Schrank gab es auch Klebeband. Giulio schob das Pult zur Seite und machte die Tür einen Spalt auf, nur weit genug, um den Zettel anzubringen. Dann schloss er sie schnell wieder. Wir anderen saßen in der ersten Reihe auf den Bänken und schauten zu. Schließlich schob er eine Bank an die Stelle, an der das Pult gestanden hatte. Stellte sich darauf. Stumm sahen wir einander an, dachten wohl alle, er wisse schon, was er tut.

»Also«, hob Giulio in seiner routinierten Vortragsstimme an. »Ausgehend von der Annahme, dass diese Besetzung bloß ein Scheißvorwand ist, vielleicht sogar – falls das überhaupt geht – ein noch viel beschissenerer als die, die wir sonst dauernd ertragen müssen.« Kurz hielt er inne, sah uns einem nach dem anderen in die Augen – mir ein wenig länger, glaubte ich. »Okay? Gehen wir davon also mal aus. Das alles passiert nur, weil Edoardo Lancia komplett unabhängig von uns versucht hat, einen abzustechen. Und weil er es davor auch noch für eine schlaue Idee gehalten hat, sich bei dem Vortrag in der Aula vor der ganzen Schule zum Affen zu machen. Jetzt müssen wir klarstellen, dass wir mit dieser Scheiße nicht das Geringste zu tun haben.«

»Ich hab das Gefühl, das wird langsam zu einer fixen Idee«, sagte da jemand. Giulio sah mich an. Ja, ich war das gewesen. Meine Stimme hatte diesen Satz gesagt. Giulio kniff die blauen Augen zusammen. Die Tafel hinter ihm war sauber, die Wand darüber grau von jahrelanger Vernachlässigung. Oben hing ein Kruzifix, an dem seit fast sechs Monaten ein Olivenzweig vom letzten Ostern klemmte.

»Das ist keine fixe Idee, weil uns das alle aussehen lässt wie Gestörte. Du meinst, du bist wie der? Dann steht's dir jederzeit frei, auch den Verrückten zu spielen. Na los, geh und stich einen ab!«

Ich sah die anderen an. Luca stand mit verschränkten Armen vor dem Fenster. Alessandro trug sein übliches halbes Grinsen im Gesicht. Er bezog nie zu irgendwas Stellung.

»Ist das denn wirklich so schlimm, wenn die uns Faschisten nennen?«, sagte ich. »Mir kommt's nämlich langsam so vor, als ob der ganze Mist sich nur darum dreht.«

»Schlimm ist, wenn wir dastehen wie Vollpfosten und man uns Dinge in die Schuhe schiebt, für die wir nichts können.«

»Jungs«, unterbrach Luca. »Das reicht jetzt.«

Ich seufzte, wollte es aber dabei bewenden lassen.

Da schallte ein Knall durchs Klassenzimmer, schreckte uns

auf. Weitere Schläge, schnell hintereinander, als klopfte jemand an, aber mit Gewalt. Es war die Tür. Die Bank ruckte. Alessandro sprang hin, stieß sie zurück, und die Tür fiel krachend wieder zu.

»Kommt da raus!«, schrie jemand auf dem Flur. Dann blieb es eine Weile still und niemand versuchte mehr einzudringen. Wir saßen fest, in einer selbst gebauten Falle, und während uns das langsam dämmerte, nahm auch die tragische Ironie dieser Metapher in mir Gestalt an, legte sich wie Nebel über die letzten Jahre Leben, Liebe und Militanz. In diesem Augenblick wollte ich am liebsten weit weg, denn mir war plötzlich sonnenklar, wie bescheuert es war, hier zu sein. Ich bedauerte zutiefst, dass ich nicht einfach umkehren und noch mal von vorn anfangen konnte. Ein neuerlicher Knall riss mich aus diesen Gedanken. Diesmal ruckte die Bank schneller von der Tür weg, und Alessandro und ich hielten beide dagegen. »Bänke!«, rief ich, und Giulio und Luca drehten eine um, stellten sie auf die andere. Aber die Tür ging trotzdem immer weiter auf, ganz langsam, Zentimeter für Zentimeter. »Kommt raus! Kommt raus!«, skandierten die Leute auf dem Gang. Giulio ging hinter dem Schrank in Stellung und schob. »Bänke weg!«, befahl er. Schnell zogen wir sie zur Seite, und schon stand der metallene Schrank vor der Tür, krachte mit endgültig klingendem Rumms in Position. »So«, sagte Giulio, »jetzt ruf ich Pagani an, diesen Flachwichser.« Er drückte zwei Tasten und tigerte, das Handy am Ohr, hinten im Klassenzimmer vor einer politischen Karte Europas auf und ab. Die Karte war vergilbt, die Grenzen der in Pastelltönen gefärbten Länder allerdings noch aktuell. Italien war lindgrün, Österreich rosa. Deutschland war orange, Russland ein gewaltiger, hellbrauner Ozean. Die Farben wiederholten sich, sodass auch Belgien und Island ebenso lindgrün wie Italien waren. Deprimierende Farbgenossen, fand ich. »Ja, hi, pass auf«, hörte ich Giulio sagen und trat näher. Nie im Leben hätte ich erwartet, dass Giulio die Nummer von Alberto Pagani haben könnte, von Pisskopf, dem Chef des Kollektivs. Noch erstaunter war ich aber, dass er ihn anrief, um mit ihm zu reden – um zu verhandeln! »Nein!«, rief er jetzt. Dann hörte er wieder zu. »Klar wusstest du das, das ist doch blanke Heuchelei«, jammerte er. Und hörte wieder zu. Dann: »Bloß eine Verlautbarung.« Und: »Gut, klär das ab. Ich warte.«

Natürlich hatte auch ich mit Leuten zu tun, die unseren Kampf nicht teilten, war sogar mit welchen befreundet: mit Giacomo, zum Beispiel, und vor allem mit Olimpia. Dennoch kam ich mir jetzt verraten vor: Ich war ja schließlich nur ich, aber Pisskopf war der Feind und Giulio ein Anführer, und als solcher sollte er makellos sein. Ein leuchtendes Vorbild dafür, dass all die Mühe zu irgendwas nutze war, dass unsere Hartnäckigkeit sich lohnte, dass wir am Ende siegen würden. Wieso jetzt also diese Absprache?

Wieder Schläge an die Tür, die jetzt durch den Schrank hallten, als könnten sie das ganze Schulgebäude einreißen. Dazu Sprechchöre: »Faschos raus aus dem Beccaria!« Giulio brüllte ins Handy: »Stell das ab!«, und ein paar Sekunden später hörten die Schläge auf. Die Sprechchöre waren jedoch immer noch zu hören, wenn auch leiser. Giulio steckte das Telefon weg. »Gut«, sagte er, »dann mal los. Nichts wie raus hier.«

Wir räumten unsere Barrikade zur Seite, und Alberto Pagani öffnete die Tür. Er grinste wie ein Honigkuchenpferd, war sichtlich stolz auf den diplomatischen Sieg. Hinter ihm standen die Genossen auf dem Flur Spalier bis zum Ausgang. Giulio ging voraus, gefolgt von Luca, dann kam ich, zuletzt Alessandro. »Verpisst euch nach Hause«, höhnte einer. »Ihr blöden Affen«, rief ein anderer. Schnell erhob sich ein neuer Sprechchor: »Spack-en, Spack-en«, riefen sie. Begleitet von diesem Chor, in den nun immer mehr Leute einstimmten, traten wir auf den Hof, zwangen uns, die Köpfe erhoben zu halten und den Blick geradeaus. Sie geleiteten uns über den Parkplatz bis zum Tor, an dem das Banner hing. Ich dachte nur ganz kurz nach – lang genug, fand ich jedoch, um alle Pros und Kontras abzuwägen –, dann spürte ich auch schon, wie mühelos der Stoff nachgab. Wie er riss, was seltsam zart klang. Das zerfetzte Banner in Händen stand ich da. Dann geriet ein paar lange, aufregende Minuten alles außer Kontrolle.

Der erste Stoß traf mich mitten auf die Brust, kam sicher von einem aus der Eskorte. Ich hatte nicht damit gerechnet, fiel rückwärts auf die Reihe der geparkten Roller. Ich ließ das Banner los, rappelte mich hoch und stürmte mit gesenktem Kopf auf die vier Typen zu, die mir entgegenkamen, vor allem, damit sie mich nicht zu Boden drückten – oder noch schlimmer: unter die Roller. Giulio hielt die anderen mit erhobenen Ellbogen zurück wie ein Footballspieler. Inzwischen hatten wir locker zehn Leute am Hals, hielten sie aber auf Abstand. Ein mikroskopisch kleiner Moment, ein rettender Aufschub: wieder wir vier, ausweglos auf engstem Raum gefangen. Hinter uns die Roller. Ein, zwei Quadratmeter, um uns gegen eine Umzingelung zu verteidigen, aus der wir sicher nicht mit heiler Haut herauskämen.

»Ich hab doch gesagt, ihr sollt keinen Scheiß bauen«, stellte Pisskopf gelassen fest, hielt sich jedoch im Hintergrund.

»Jetzt lasst uns halt endlich hier raus«, erwiderte ich trotzig.

»Wie bitte?«, blaffte einer, den ich nicht sehen konnte.

»Nehmt euer Scheißbanner und lasst uns raus«, wiederholte ich, diesmal lauter.

»Das Banner könnt ihr ruhig behalten«, sagte Pisskopf, immer noch gelassen. Ich hörte ihn zwar, doch die gelbe Rübe sah ich nicht.

Einer trat auf uns zu, und Alessandro reagierte instinktiv. Er wirbelte herum und knallte dem Typen die rechte Faust voll auf die Nase. Mit einem Geräusch wie ein knacksender Ast ging der Kerl zu Boden. Es kam unerwartet, es war unnötig, doch es war auch berauschend. Nur ein Augenrollen später stürmten alle auf uns los.

Wir stürzten auf die Roller, und die fielen auf uns, drückten uns nieder, beschützten uns aber zugleich. Die anderen räumten sie nicht weg, standen nur daneben, höhnten, schlugen auf uns ein, so gut sie konnten, während wir unter den Rollern liegend nach ihnen traten und zugleich versuchten, auf der anderen Seite rauszukriechen, uns auf den Bürgersteig zu retten und entlang des Parks zu entkommen. Meine Tritte erwischten hier und da ein Bein, ein paar Weichteile, vielleicht auch einen Magen. Luca, der Große von der Uni, streckte mir die Hand hin: Er war schon auf den Füßen, riss mich heftig hoch. Auch dann ließ er nicht los, zog mich am Arm im Laufschritt Richtung Park. Ein Helm segelte uns hinterher, schlug scheppernd auf dem Boden auf. »Komm!«, schrie Luca. Er ließ nicht los, war größer, stärker. Trotzdem blieb ich stehen, schnappte den Helm am Kinnriemen. Luca zog weiter, schrie: »Los jetzt!« Ich holte aus, schleuderte den Helm mit aller Kraft nach Pisskopf, doch im letzten Moment riss Luca mich weiter, und der Helm flog in hohem Bogen durch die Luft und landete harmlos ein paar Meter entfernt auf der Straße. Niemand machte Anstalten, uns zu verfolgen.

Aus der Ferne riefen sie: »Verpisst euch!« und: »Kanalratten!«

Zügig gingen wir noch ein Stück weiter, dann ließen wir uns erschöpft und zerschunden auf eine Parkbank sinken.

Ich hoffte, es sei alles überstanden, doch Giulio stand auf und sagte: »Das ist noch nicht vorbei.« Und: »Los, Treffen in der Federazione, bloß keine Zeit verlieren jetzt.« Er lud mich nicht ein, auf seiner Aprilia mitzufahren – leider, weil ich so wütend auf ihn war, dass ich gern abgelehnt hätte. Stattdessen nahm er Luca mit. Alessandro und ich gingen zur Tram. Wir sprachen auf der ganzen Fahrt kein Wort, betasteten bloß die blauen Flecke, die schon unter der Haut pochten und bald erblühen würden.

18

Der Abend war kühl, das Auto schwarz, und auf den blank polierten Kotflügeln spiegelten sich verzerrt die Beine der Leute auf dem Gehsteig. Silberne Nikes mit Reflektoren, dunkler Asphalt. Der Wagen war extra für heute Abend aufgemöbelt wurden. Der Besitzer der Beine, die sich in der Fahrertür spiegelten, sagte: »Hab ihn heute erst waschen lassen.« Ich wartete auf eine Pointe, aber die kam nicht. Außerdem waren da drei Paar Mädchenbeine, die alle in schwarzen, spitzen, mehr oder weniger hohen Schuhen steckten. Das Laub der Kastanien über dem Auto war bereits gelb und wiegte sich in einer Brise, die hier unten nicht zu spüren war. Meine Beine waren aus meiner Warte nicht in der Spiegelung zu sehen, die von Giacomo auch nicht. Sanfter House drang aus den offenen Seitenfenstern.

Es war zehn Uhr am Samstagabend, und wir standen schon seit über einer halben Stunde vor der Schule herum, rauchten und quatschten über Leute, die nicht da waren. So drückten wir uns um die Entscheidung, wo wir die folgenden drei Stunden verbringen sollten, an einem Plastiktisch mit fruchtigen

Cocktails vor der Nase oder in einer Schlange mit vielen anderen Beinen, um in irgendeinen Club zu kommen, in dem aus den drei Stunden sicher vier oder fünf würden. So lange, wie es eben dauerte, bis der Morgen anbrach.

Seit einigen Tagen – seit der Besetzung – hatte ich weder mit Giulio noch mit Roberto oder sonst irgendwem aus der Federazione gesprochen. Als wir den Versammlungsraum betreten hatten, war Giulio sofort laut geworden. »Cool!«, hatte er gerufen. Ich verstand nicht. »Wir müssen cool bleiben!« Eindringlich sah er mich an, dann fuhr er etwas leiser fort: »Das war so was von unnötig, Ettore. Dieses Banner abzureißen, die ganze Keilerei.« Ich hielt den Mund, brodelte aber vor Zorn. »Meinst du nicht?«, beharrte Giulio. »Musste das wirklich sein?« Schließlich sagte ich: »Nein, das musste nicht wirklich sein«, und noch während ich das sagte, ging ich zum Klo, wusch mir mit Wasser und Seife das Gesicht, trocknete mich ab, wusch mir die Hände, strich mir mit feuchten Händen das Haar zurecht. Dann ging ich zurück in den Saal, sagte: »Macht's gut« und verschwand, ohne irgendwelche Türen hinter mir zuzuschlagen. Alessandro ging ich an den folgenden Tagen aus dem Weg. Nach dem, was da passiert war, auch nach Irland, fühlte ich mich furchtbar einsam und – wie so oft – falsch und schuldig. Vielleicht, dachte ich, hat Olimpia ja doch recht, und ich sollte das alles vergessen. Ich dachte: Welchen Preis zahle ich, immer wieder, für diesen Ort, an dem ich mich zu Hause fühlen kann? Meine Antwort: Den, dass es mir trotzdem beschissen geht. Nur deshalb ging Olimpia mir aus dem Weg, sprach höchstens noch genervt und beiläufig mit mir. Mein neuer, unter dem Einfluss dieser Traurigkeit zusammengeschusterter Plan bestand also darin, mich wieder unter normale Leute zu wagen. Ich sage normal, weil mir kein passenderes Wort einfällt, um sie zu beschreiben. Oder mich. Dazu kamen politische Erwägungen: Ich hatte viele diffuse Überzeugungen ausgebildet, mir ein Pantheon der Vorbilder errichtet und auch einen ideologischen Altar von Grundwerten. Aber die Partei, die mich und meine Kameraden kontrollierte, war mir ziemlich schnuppe, und die politischen Betschwestern, denen alles andere wichtiger war als die Erschaffung eines neuen, unbestechlichen, spirituellen, leuchtenden Menschen, fand ich bloß erbärmlich. Für meine Jugend, dachte ich, interessierten die sich null, letztlich war ich für die nur eine Nummer. Giulio und ich waren trotz allem grundverschieden, das war mir jetzt klar: Er wollte Karriere, ich ein Zuhause; wo bei mir das Herz schlug, kalkulierte bei ihm der Verstand. Voller erwachsener – und deshalb stiller – Trauer beschloss ich, dass es bestimmt noch andere Zuhause gab, und andere Wege, die mich dorthin führten.

Also rief ich Giacomo an. Abgenommen hat seine Mutter, die freudig überrascht wirkte, meine Stimme zu hören. Giacomo fragte ich dann, was er an diesem Samstag vorhatte, und er meinte, ich sollte um neun an der Schule sein: »Ein paar Freunde und ich gehen was trinken, komm doch mit!« Nach dem Gespräch dachte ich an den Sommer in Crema, ans Maiskolbenklauen mit den Fahrrädern an noch erträglich heißen Vormittagen, daran, wie die Maiskörner in der warmen Milch so weich wurden wie Gummidrops. Es kam mir vor, als könnte ich einen Vorhang zur Seite schieben, eine Tür zurück in diese Vergangenheit öffnen und dort eine Unschuld wiederfinden, die doch noch nicht endgültig verloren war.

Der Besitzer des schwarzen, glänzenden Autos hieß Edoardo, so wie Lancia, aber alle nannten ihn Dodo. Er hatte sich selbst so vorgestellt: »Hi, ich bin Dodo«, dazu ein fester Händedruck und ein strahlendes Zahnpastalächeln. Sein Haar war dermaßen licht, dass er mir extrem viel älter vorkam als ich, als wir alle. Später erzählte mir Giacomo, Dodo sei ein Freund »vom Meer«, was bedeutete: Sie kannten sich aus dem Urlaub in Ligurien, wohnten aber beide in Mailand, weshalb sie sich seit ein paar Jahren auch hier ab und zu trafen. Dodo studierte Jura, erzählte Giacomo mir außerdem, aber obwohl er so erwachsen war, flößte er mir null Respekt ein. Jedes Mal, wenn ich ihn ansah, musste ich an den anderen Edoardo denken, den ich – sozusagen – kannte: Edoardo Lancia. Ich wog den Namen ab, die beiden Namen. Etwas rührte sich dabei in meinem Bauch und gluckste.

Wir standen immer noch herum; mir war schleierhaft, worauf wir warteten. Die völlig grundlose, aber von allen akzeptierte Warterei kam mir vor wie eine Performance: Die Mädchen rauchten Marlboro Light und Philip Morris Blu, die sie am Ende auf den Boden fallen ließen und mit den scharfen Schuhspitzen austraten. Giacomo tigerte zwischen ihnen hin und her, ließ hier und da einen Spruch ab, und sie lachten verdruckst, doch man sah ihnen an, dass sie es lustig fanden. Er sagte: »Scheiße, kriegen wir vor morgen früh noch was zu trinken?«, und sie lachten auch darüber. Ihre Namen hatte ich bereits vergessen, war mir aber ziemlich sicher, dass eine von ihnen Erika hieß. Dodo telefonierte inzwischen laut am Handy und lachte über seine eigenen Witze. Dann sah er uns endlich an und sagte in seiner überdrehten Animateursart, wir könnten los, sobald ein gewisser Dario da wäre; in einem Laden, von dem ich noch nie zuvor gehört hatte, sei ein Tisch für uns reserviert. Ich konnte mir die Bar schon vorstellen: Genau wie alle Cocktailbars, die ich jemals gesehen hatte, mit höchstens ein paar minimalen Variationen. Ich fragte mich, wie die Animateure in diesen Feriendörfern wohl privat drauf waren, ob das bei denen ist wie bei Clowns, die man sich traurig oder depressiv vorstellt, weil sie bei ihren Shows zu viel künstliche Freude versprühen müssen, oder ob es sie echt glücklich macht, Kindern und Rentnern bei der Tombola oder beim Blinde-Kuh-Spielen zuzuschauen und vor dem Abendessen Schlager zu schmettern und alle mit fuchtelnden Armen zum Mitsingen zu animieren. Seit meiner Ankunft hatte ich mich noch mit niemandem unterhalten. Vor allem schaute ich hoch in die schaukelnden Baumkronen und ein bisschen auch auf die Beine der Mädchen, lang und in schöne, dunkle Nylons gehüllt.

Giacomo legte mir eine Hand auf die Schulter und fragte: »Na, wie geht's?«

Und: »Bist du heiß?«

Aber es gab keinerlei Grund, heiß zu sein. Mit einem Nicken in Richtung der Mädchen raunte er: »Alle drei solo – geil, oder?«

Und ich dachte: Ruhig bleiben, hab Geduld!

Endlich kam der angekündigte Dario, in einem uralten, schwarzen VW Käfer mit heruntergelassenem Verdeck, sodass man sofort seine roten Locken sah. Er hielt, der Motor ging spotzend aus, und er stand im Auto auf. Dodo johlte und rief: »Alter, wo kommst du denn her? Aus Saint-Tropez?«, was mich auf die Idee brachte, dass er im Sommer vielleicht dort gewesen sein könnte, ganz in der Nähe von Giulio. Schnell schüttelte ich den Gedanken ab.

Mit femininer Stimme verkündete Dario: »Die Mädels fahren bei mir mit, los geht's, einsteigen!«

Spontan und unkontrolliert schoss mir ein Bild in den Kopf: Darios grinsende Visage, zu Brei geschlagen von Giulios Faust. Oder von meiner – nein, besser noch: von Lancia. Das Bild blitzte auf und verschwand wie eine Sternschnuppe.

Endlich fuhren wir los. Die Mädchen stiegen wirklich alle in das offene Cabrio, streckten die Hände in die Luft und kreischten wie aufgeregte Möwen. Giacomo stieg in Dodos polierten Wagen. Aus der Tür winkte er mir zu und rief: »Was ist, kommst du?«

Ich setzte meinen Helm auf, ging auf mein Moped zu und bedeutete Giacomo mit einem Nicken: Fahrt los, ich folge euch.

Trotz des violetten Lichts in der Bar und des nervigen House, der alle zum Schreien zwang, trotz meines pappsüßen Kokos-Cocktails, einer dicken, schaumigen Pampe, war ich in Gedanken woanders. Weder Dodos Lache juckte mich, noch wie Giacomo dessen Witze abfeierte, wie schamlos er ihn anbetete. Es war traurig zu sehen, wie sehr Giacomo sich in den letzten Jahren verändert hatte: Sein Gesicht war aufgedunsen, die Lippen obszön dick, die Nase wirkte plattgedrückt. Der Mode entsprechend stand sein Haar vom Gel stramm. Lass gut sein, ermahnte ich mich selbst und schaute lieber die Mädchen an, die hübsch waren und immer noch pausenlos lachten. Dann bemerkte ich die Hände von Giacomo und Dodo auf den Schultern, den Schenkeln der Mädchen, und auch deren Anblick half nicht mehr. Der kleine Rotschopf Dario war eher als Sidekick und Zielscheibe für die Witze der anderen dabei, grinste aber immer nur duldsam darüber, wie einer, der weiß, dass alles viel schlimmer sein könnte.

Dodo und Giacomo unterhielten sich über Rennen auf der Autobahn, hundertachtzig, zweihundert, zweihundertzwanzig, über Autos, die sie nicht besaßen, von denen sie aber träumten, deren Sound und technische Daten sie genau kannten, über Uhren, Klamotten und Restaurants, über Nikes, Bikes und Mopeds. Über Clubs. Über Mädchen, die sie

»Schnallen« nannten, über sexuelle Eskapaden, über Ärsche, über Schlampen und Zicken, Anwesende selbstredend ausgeschlossen. Über Lehrer und über Lehrerinnen, die ebenfalls Schlampen und Zicken waren, über Urlaub, Meer und Geld, Geld, Geld, Konsum, Konsum.

Giacomo sagte: »Und was ist mit dir, Ettore? Kaufst du dir auch mal 'n Auto, oder fährst du noch mit fuffzig deine Fuffziger?«

Sie lachten, ich lächelte.

»Hab ich noch nicht drüber nachgedacht«, sagte ich.

»Oh, da kann man gar nicht früh genug drüber nachdenken, dann ist's später nicht zu spät«, sagte er und lachte erneut.

Ich hasste sie. Aber mein Hass war ruhig: ein Nebel, der die Geräusche ringsum dämpfte, das Chaos der Bar und den Zucker im Cocktail. Stumm saß ich auf meinem Eck der Bank, destillierte den Hass in Gedanken, stellte mir noch weitere Faustschläge vor, die in Zeitlupe, beinahe zärtlich, Dodos Züge deformierten. Und die von Dario und Giacomo. Möglich, dass ich vor lauter Ruhe sogar grinste. Gleichmäßig atmend malte ich mir krachende Kiefer aus, unter der Wucht der Schläge umknickende Hälse und schwere, durch die Luft segelnde Tropfen von Blut und Speichel. Ellbogen, die auf Jochbeine knallen, sich unnatürlich verdrehende Körper. Zum Abschluss ein Tritt in den Brustkorb, ein letztes, schmerzverzerrtes Zucken. Blitzblanke schwarze Autos, die in einem Feuerwerk aus Scherben explodieren, jaulende Alarmanlagen, von Baseballschlägern und Stahlrohren zerbeulte Motorhauben, Dächer, Türen. Eine reinigende Sinfonie.

Die Mädchen kamen in meinen vor Gewalt triefenden Träumen nicht vor – ihnen krümmten Giulio, Lancia und die anderen Kameraden kein Haar. Sie zogen mich zugleich an und stießen mich ab, ich verachtete sie und begehrte sie.

Vielleicht war es nicht mal Begehren, sondern Verehrung: Sie lachten wie dumme Gänse über Dodos bescheuerte Sprüche, staunten über seine Prahlereien oder taten zumindest beeindruckt. Dann aber sahen sie einander an, als kommunizierten sie in einer Geheimsprache, und ich dachte, dass auch sie Gefangene waren. Plötzlich fielen mir ihre Namen wieder ein: Fabia, Lucrezia und Erika.

Fabia war gertenschlank und schick wie ein Model. Sie hatte glattes, dicht am Kopf anliegendes Haar und rührte mit einem bunten Strohhalm in ihrem Cocktail, ohne je davon zu trinken. Lucrezia war völlig anders: Mit ihrem breiten Mondgesicht thronte sie in der Mitte des Trios, die schwarzen Augen umrandet mit ebenso schwarzem Kajal. Blonde Locken umrahmten das runde, erwachsen wirkende Gesicht. Erika glich ihr wie ein Ei dem anderen. Im Unterschied zu Fabia waren ihre Körper explosiv: kräftige Arme und Beine, größere Brüste. Aggressive Körper, die sie wie erfahrene Kranführerinnen steuerten: präzise, keine Bewegung zu viel. Mir schien, ihre Gesten dienten nie nur einem einzigen Zweck, sondern bargen immer noch tiefere Bedeutungen. Wie ein Tanz, der irgendwas mit Macht zu tun hatte, oder mit Ohnmacht.

Ich ließ meinen Tagtraum zu den dreien wandern, zu ihren engen, schwarzen Klamotten und Strumpfhosen, den nackten Rücken und glänzenden Lippen. Ich stellte mir vor, wie ich sie, die so anders waren als alle, die ich sonst begehrte, als die, die ich glaubte, haben zu können, so anders als Olimpia und Alessia, hart fickte. Ohne Gnade, richtig brutal. Alessia hatte seit Ende der Sommerferien einen Freund; ein paar Wochen hatten wir uns noch geschrieben, dann war Schluss gewesen. Ich dachte an den Sex mit ihr, den einzigen meines Lebens. Sie hatte die Führung übernommen, ich war ihr gefolgt, und diese Rollenverteilung war mir entgegengekommen. Wenn ich jetzt diese Mädchen ansah, stellte ich mir jedoch vor, wie mein Becken an ihre gespreizten Hüftknochen krachte, immer wieder, wie ein Stiefel, der eine Scheibe eintritt. Sie stöhnten vor Lust und vor Schmerzen, und ich ließ nicht nach, machte immer weiter, langsam, gleichmäßig. Natürlich war das nur Fantasie, ich hätte so was gar nicht gekonnt: Ich wusste ja nicht mal, wie es geht.

Dodos Wohnung, in der ich mich zwei Stunden später wiederfand, hatte hohe Decken und riesige Zimmer. Ich war aus reiner Neugier mitgekommen, aus gutem Willen, nur um zu sehen, wo das Ganze hinführte. Jetzt waren meine Beine schwer, und Schüchternheit drückte mir auf Schultern und Schläfen. Ich stand neben dem Sofa, auf dem die Mädchen saßen, quatschten, ihre Beine übereinanderschlugen und mit jedem kleinen Wippen ein Stück mehr von ihren Nylons offenbarten.

Laut wies Dodo uns auf ein paar weiße Leinwände mit tiefen Schnitten in der Mitte hin: »Passt bloß auf, das sind echte Fontanas, meine Eltern bringen mich um.«

Gewichtig hallte das Echo dieses Namens in mir wider, von dem ich schon gehört oder gelesen, aber nie erwartet hatte, ihm im echten Leben zu begegnen. Giacomo stand bei der Stereoanlage und skippte die Songs weiter, noch ehe sie ihr natürliches Ende erreicht hatten, was mich wahnsinnig nervte. Die Deckenleuchten erinnerten mich an die von Königen, die ich aus Büchern oder Filmen kannte. Ein paar weitere Leute hatten sich der kleinen Party angeschlossen, doch die blieb trotzdem zahm und öde, weil der Raum um uns zu groß und kostbar war für Unbeschwertheit und Adrenalin.

Ich nippte ein Glas Wein und unterhielt mich mit Dario, der immer noch mit dieser femininen Stimme sprach und von Zeit zu Zeit stotterte. Offenbar war er eine Art gutartiger Parasit der Clique und konnte mir das bisschen Smalltalk nicht verweigern, das mir aus der Einsamkeit half. Aus dieser Position lauerte ich auf eine Gelegenheit, mich ins Gespräch mit den Mädchen einzuklinken.

Dodo ging zur Anlage, schob Giacomo zur Seite und drehte die Musik lauter. Dann setzte er sich auf die Sofalehne, legte Erika den Arm um den Rücken und säuselte ihr Kosenamen zu: »Erichetta«, sagte er, »wieso hast du eigentlich keinen Freund? Oder hast du den aufgefressen, wie eine Gottesanbeterin?«

Mit Raubtiermiene spielte er den Todesbiss nach, so richtig mit Kopfabreißen und allem. Erika lachte, spielte mit und sagte: »Genau, und du nimmst dich besser auch in Acht!«

»Okay, aber dann müsste ich ja erst mal dein Freund sein.«

Auch die beiden anderen Mädchen lachten mit, warteten womöglich darauf, dass sie selbst an die Reihe kämen. Sie wirkten entspannt, vollkommen sorgenfrei. Das war genau die Einstellung, die ich auch hätte beherrschen wollen und die ich jetzt anfing zu hassen: die Welt in ihren unendlichen Möglichkeiten funkeln sehen und sich zugleich kein Stück dafür interessieren. Eine Flaute in der Musik ließ die schrille Türklingel zu uns hindurch. »Wer kann das denn jetzt noch sein?«, fragte Giacomo verwundert.

Aber Dodo war schon aufgesprungen, eilte an ihm vorbei zur Sprechanlage, drückte den Summer und drehte sich zu uns um: »Das sind Freunde von mir, mit Alknachschub.« Die Musik sprang wieder an, als hätte sie nur das Ende dieser Unterbrechung abgewartet.

Herein kamen vier Typen um die zwanzig mit dicken Daunenjacken und scharfen Wangenknochen. Alle vier hatten exakt dieselbe Frisur und nuschelten uns anderen bloß einen halblauten Kollektivgruß zu. Dann verschwanden sie direkt in die Küche. Sehen konnten wir sie vom Wohnzimmer aus nicht, hörten aber Kronkorken ploppen; bei uns kam dieser Alknachschub zunächst mal nicht an. Einige Minuten später kam Dodo endlich mit ein paar Bier in der Hand zurück, wirkte irgendwie aufgedreht, klopfte Dario und mir sogar auf die Schulter. Doch die Unterhaltung war verstummt, die Mädchen gähnten: Das Rätsel um die Neuankömmlinge zog alle Aufmerksamkeit auf sich.

Müde und angetrunken fasste ich mir ein Herz und wagte mich in die Küche. In der Mitte des mit dunklem Holz möblierten Raums stand eine große Kochinsel mit Granitplatte. Die Kerle, die in dicken Jacken angekommen waren, trugen mittlerweile nur noch T-Shirts, unter deren Ärmeln Bizepse zuckten. Stumm wie in einem Labor beugten sie sich über den Granit und ließen sich durch mich nicht von ihrer wichtigen Tätigkeit ablenken. Reglos stand ich da und schaute zu. Wie ein Tanz sah das aus, oder wie Gebete: Sie beugten sich vor und warfen dann die massigen Rücken zurück und machten »Aaah« wie nach einer Anstrengung, fast erleichtert. Dann tigerten sie rastlos durch die Küche. Und ich sah zum ersten Mal im Leben Kokain.

Auch die Mädchen waren inzwischen in die Küche gekommen und stiegen ohne viel Federlesen mit ein, hielten sich mit einer Hand das Haar zurück, während sie sich über die Steinplatte beugten.

Giacomo sah mich fragend an: »Willst du auch?«

Ich schüttelte den Kopf, und niemand kümmerte sich mehr um mich.

Mir fiel allerdings ein Unterschied dazwischen auf, wie die Jungs und Mädchen koksten: Während es Ersteren ein aufgeregtes, amüsiertes Grinsen ins Gesicht trieb, wurden die

Mädchen ernst und entschlossen. Sie wirkten schlagartig älter, und ihre Mienen glichen gestrengen Müttern, die ihre Aufgabe bestmöglich meistern wollen, so als wäre das Koks eine Prüfung in einem Wettbewerb, in dem man sich keine Fehler erlauben durfte.

Irgendwann fiel mir auf, dass einer der Typen mich anglotzte. Ich hielt seinen Blick, doch um seine Lippen spielte ein halbes Grinsen, das ich nicht einzuordnen wusste: verächtlich oder herausfordernd, womöglich auch beides. Er hatte hellblaue Augen und hohle Wangen. Wieder überkam mich der Wunsch nach Gewalt, den ich im Lauf dieses Abends so oft verspürt hatte. Mein Versuch, einen neuen Weg einzuschlagen, war krachend gescheitert. Umso besser, sagte ich mir. Ich verließ die Küche und die Wohnung, ging hinaus in die Nacht, ohne mich von irgendwem zu verabschieden.

Auf dem Heimweg holte ich das Letzte aus meinem Moped heraus, raste über mehrere rote Ampeln, und als ich endlich vor unserer Tür stand, wollte der Schlüssel einfach nicht ins Schloss. Ich versuchte es weiter, machte einigen Lärm dabei. Dann schwang die Tür plötzlich auf: Drinnen stand meine Mutter, im Bademantel. »Dein Vater hat die Schlüssel innen stecken lassen«, sagte sie.

Ich gab keine Antwort.

Und sie: »Findest du, das ist eine normale Uhrzeit?«

19

Es passierte während einer Italienischstunde, am Mittwoch in der Woche nach der Besetzung. Es klopfte, und unser Konrektor kam herein, blieb aber auf der Schwelle stehen. Er winkte die Lehrerin zu sich, und die beiden verschwanden auf dem Flur. Der Konrektor war eine traurige Gestalt, trug stets ein paar Nummern zu große schwarze oder graue Anzüge, und sein Gesicht warf Falten wie ein Vorhang. Als hätte man die Luft herausgelassen oder ihn von innen ausgetrocknet. Vielleicht war das ja wirklich passiert, und er hatte seither weder die Anzüge anpassen lassen noch seine Haut straffgezogen.

Ich drehte mich zu Alessandro um, der ebenfalls schon zu mir rübersah. Ausnahmsweise schaute er nicht so belustigt wie sonst: Er konnte seine Sorge nicht verhehlen, erkannte die Möglichkeiten, die sich da vor uns auffächerten, und fürchtete sie. Er legte den Kopf zur Seite, als wollte er fragen: Was jetzt? Oder: Hast du gesehen?

Die Lehrerin kam mit strenger Miene zurück, sagte: »Ettore, du gehst bitte mit dem Konrektor«, und kniff die Lippen sofort wieder zusammen. Sie sah aus, als würde sie gleich heulen. Alessandro war zu Eis erstarrt und machte etwas größere Augen als gewöhnlich. Ich dachte schon, er würde etwas sagen. Tat er aber nicht.

Stattdessen fragte ich: »Wieso?«

»Geh einfach mit, er sagt es dir dann schon. Keine Angst, du wirst schon nicht entführt.« Ihre Stimme klang noch trauriger und dünner als sonst. Ich ging hinaus, schloss hinter mir leise die Tür.

Der Konrektor ging schlurfend, als wären ihm sogar die eigenen Beine zu schwer. Ich hielt mich zwei Schritte hinter ihm. Im Büro bat er mich auf einen Stuhl ihm gegenüber. Ich fröstelte. Durch die schmutzdunklen Scheiben des Schiebefensters hinter ihm wirkte der Himmel grauer und dumpfer, als er war.

»Also, was den Vorfall letzte Woche angeht«, hob er seufzend an. Alles an diesem Mann schrie Erschöpfung. »Du verstehst sicher, dass wir da Maßnahmen ergreifen müssen.«

Ein einzelner, kalter Schweißtropfen rann mir aus der Achsel über die Rippen. »Aber mit der Besetzung hatte ich doch überhaupt nichts zu tun!«, protestierte ich. Meine Stimme zitterte. Der Tropfen ließ sich Zeit, floss mal ganz schnell, mal gar nicht weiter.

»Wir wissen schon, mit was du zu tun hast«, sagte er. »Also machen wir uns nichts vor.« Wütend war er aber nicht, schien dazu gar nicht die Kraft zu haben.

»Toll, die besetzen die Schule und ich kriege die Maßnahmen zu spüren, oder was?«

»Keine Sorge, Konsequenzen hat das für alle. Aber du weißt ja selber, was passiert ist. Wir können an unserer Schule keine Gewalt und Schlägereien tolerieren.« Ein zweiter, schnellerer Tropfen lief mir über den Rücken bis zum Steißbein. Der Konrektor seufzte erneut. »Drei Tage Unterrichtsausschluss, ab morgen.«

Ich wollte sagen, dass er den Falschen bestrafte, dass der Faustschlag ins Gesicht, falls es hierbei um den ging, von Alessandro gekommen war, nicht von mir. Stattdessen seufzte diesmal ich, nicht laut zwar, aber lang, versuchte, meinen rasenden Puls zu beruhigen. Er nahm einen Füller, trug irgendwas in eine Liste ein, und drehte ihn dann sorgfältig wieder zu – das Einzige, was er mit Sorgfalt tat. Sein Büro war so traurig wie er; wie die halbtote Pflanze vor dem Fenster, gleich neben dem braunen Plastikmülleimer. Erst jetzt fiel mir auf, dass er eine Fahne hatte. »Geh bitte zurück in deine Klasse«, sagte er, ohne noch mal aufzusehen, »ich rede mit deiner Lehrerin.«

Später sollte ich mich fragen, ob die Maßnahme einen politischen Grund hatte, aber vorerst kam ich darauf nicht. Und ich sollte mich auch fragen, ob es mir besser oder schlechter ergangen wäre, wenn ich die Verwechslung aufgeklärt, Alessandro drangehängt hätte, um meine Haut zu retten. Ein Unterrichtsausschluss war bisher nie auch nur als Möglichkeit am Horizont meines Lebens aufgetaucht, jetzt eröffnete sich eine ganze Reihe neuer Szenarien, mit denen ich nie gerechnet hatte: Sitzenbleiben war nach einem Ausschluss viel wahrscheinlicher, und das konnte das ganze Leben aus der normalen Bahn werfen. Was diese normale Bahn sein sollte, wusste ich jedoch selbst nicht recht: Vielleicht die finanzielle und soziale Behaglichkeit, auf die anscheinend alle ganz scharf waren und die ich in den letzten Jahren verachtet und bekämpft hatte? Diese Bequemlichkeit, die ich angeblich gar nicht wollte? Diffus keimten diese Fragen jetzt in mir auf, ohne dass ich eine passende Antwort auf sie gehabt hätte.

Nur angesichts mehr oder weniger extremer Ereignisse merkt man, aus welchem Holz ein Charakter geschnitzt ist, und so merkte auch ich jetzt, wie mies ich darin war, gewissen Dingen sachlich zu begegnen, wie leicht ich mich von Gefühlsstürmen mitreißen ließ. Zurück im Klassenzimmer stopfte ich meine Bücher und Stifte in den Rucksack, setzte mich nicht mal hin, tat es einfach im Stehen. Ich ließ den Coolen raushängen, wusste aber, dass ich in Wahrheit doch bloß kopflos wirkte. Die Lehrerin fragte: »Hast du uns etwas zu sagen?« Sie klang sanft und zugleich beleidigt, was mich fürchterlich nervte.

Ich schaute sie an und sagte: »Glaub nicht, nein.« Wie immer schloss ich beim Gehen still und leise die Tür hinter mir. Auf der Treppe zündete ich mir eine Zigarette an. Ich drückte die Taste für die letzten Anrufe auf meinem Handy und wählte »Papa«.

»Die haben mich vom Unterricht ausgeschlossen«, sagte ich, kaum dass er abgenommen hatte.

Er war überrascht, blieb aber nett. »Oh«, sagte er. »Wieso das denn?« Ich hätte mir gewünscht, er wäre strenger gewesen.

Beim Abendessen mit Freunden erzählte mein Vater hin und wieder Geschichten aus seiner Gymnasialzeit, laut denen er nicht nur wie ich vom Unterricht ausgeschlossen worden, sondern einmal glatt durchgefallen war. Später hat er sich dann an der Uni eingeschrieben, ohne dort einen Abschluss zu machen. Dazu kamen noch weitere Storys aus seiner Rowdyjugend: geklaute Mopeds, illegale Auto- und Motorradrennen auf den Landstraßen am Wochenende. Unfälle und Verfolgungsjagden. Wie war er nur so friedlich geworden, so geduldig? War diese Wandlung eine Niederlage oder ein Sieg? Hatte er sie gewollt? Und wenn ja, wozu? Vermutlich, um sich selbst zu retten, dachte ich.

Ich erzählte ihm von der Schulbesetzung letzte Woche, von den Blockierern, die den Zugang zum Gebäude versperrt hatten. Um nicht unglaubwürdig zu klingen, vermied ich es gründlich, mich als armes Opfer darzustellen: Ich gab zu, dass es zu Reibereien gekommen war, sprach von einem heillosen Durcheinander und von Beleidigungen, aus denen Rangeleien wurden, bei denen jemand die Treppe runtergefallen war und einen anderen mitgerissen hatte. Das Treppen-Setting kam mir irgendwie plausibler vor als das im Hof. Den Unterrichtsausschluss hatte ich jedenfalls nur einer Verwechslung zu verdanken: Ein anderer Junge hatte einen Besetzer von der Treppe gestoßen, aber die Schuld hatte man mir gegeben. Und weil ich ach so ehrenhaft und anständig war, hatte ich den wahren Schuldigen nicht verpfiffen. Mit diesem Eigenlob beendete ich den Bericht.

Er seufzte ins Telefon: »Na ja, kann man nichts machen.« Und dann, etwas strenger: »Vielleicht lernst du ja was draus.«

Aber was genau sollte ich daraus lernen? Wenn er mir das

mit der Verwechslung abgekauft hatte, musste er auch glauben, dass ich unschuldig war. Und wenn er beides bezweifelte, müsste er viel wütender sein.

»Wie sagen wir's Mama?«, fragte ich.

»Musst du selber wissen. Das ist deine Verantwortung.«

Voller Angst vor der Zukunft – vor der unmittelbaren und vor dem Rest meines Lebens – wählte ich sofort aus dem Gedächtnis ihre Nummer. »Kann ich dich zurückrufen?«, sagte sie. »Bin grade unterwegs zu einem Meeting.«

»Nein, warte«, erwiderte ich. »Ich muss mit dir reden.« Das hatte ich noch nie zu ihr gesagt.

Meine Mutter meinte, sie käme an diesem Abend sehr spät nach Hause, Arbeitsangelegenheiten hielten sie in Mailand auf. »Los, wir decken den Tisch«, sagte mein Vater, »dann ist alles fertig, wenn sie heimkommt.« Normalerweise brachte sie, wenn sie erst nach acht kam, immer ein in rosa Wurstpapier eingeschlagenes Päckchen mit Aufschnitt, Käse, Lachs und anderen Leckereien mit. Die Einladung zum gemeinsamen Tischdecken ergriff ich wie einen rettenden Strohhalm. Auf der Tischdecke prangten kleine Zitrusfrüchte auf weißem Hintergrund, das Lampenlicht war warm und behaglich. Ich stellte drei Teller an ihre Plätze, Messer rechts, Gabel links, und faltete die Servietten zu Dreiecken, womit sich bei uns sonst nie jemand aufhielt. Die Teller waren aus weißer Keramik, mit einem schmalen roten Rand. Dieser über die Jahre fast zu rosa verblasste Streifen rührte mich jetzt merkwürdig an, und ich wurde traurig über das Schicksal, das ich zu verkünden hatte. Zu gern wäre ich so reif und ruhig gewesen wie diese Teller. Dann betrachtete ich den gedeckten Tisch und dachte: Vielleicht geht ja alles gut, vielleicht wird es ja ein fröhliches Abendessen, ein ganz normaler Abend.

Bei Tisch stierte meine Mutter kauend auf ihren Teller. Es gab gekochten Schinken mit knuspriger Schwarte, dazu russischen Salat und kalte, angebratene Polentaschnitten. Sie hatte alles aus den Alubehältern genommen und auf einer Servierplatte angerichtet. Immerhin einen Bissen lang hielt sie durch, dann sagte sie: »Den Schulausschluss wirst du schon verdient haben, so viel ist klar. Aber willst du mir trotzdem erzählen, wie es dazu kam?« Immer noch schaute sie nur ihren Teller an, nicht mich.

Ich erzählte ihr dieselbe Geschichte, die ich meinem Vater am Telefon aufgetischt hatte, gab gut Acht, mich nicht in Widersprüche zu verstricken. Mein Vater saß mit hoch erhobenem Kopf daneben und strahlte Ruhe aus. Kaute. Im Radio lief Musik, gefolgt von den Nachrichten: ein Attentat in Tschetschenien, ein zweites im Irak.

»Also so was!«, sagte sie. In ihrem spöttischen Tonfall lag ihre gesamte Skepsis gegenüber meiner Erzählung – oder er war ihre Art, eine Wut zu kanalisieren, die sie nicht zurückhalten konnte.

»Ich nehme mal an, das waren wieder deine Faschofreunde.«

»Die sind keine Faschos«, schnaubte ich.

»Ach nein? Na, umso besser, wenn sie sich inzwischen anders orientiert haben.«

»Jedenfalls bleib ich jetzt eben hier und lerne«, sagte ich, um das Thema zu wechseln.

Einen Augenblick lang herrschte Schweigen. Im Radio kam das Wetter, für die nächsten Tage wurde Sonnenschein vorhergesagt, und Temperaturen angenehm über dem Durchschnitt.

Sie aß einen letzten Bissen. Stand auf, packte die Reste weg und stellte die Alubehälter hinter mir in den Kühlschrank.

Dann sagte sie leiser: »Und das bei allem, was die deinem

Onkel angetan haben. Was deine Großmutter durchgemacht hat.«

Mir war seit Jahren klar gewesen, dass ich mich angesichts des Wegs, den ich eingeschlagen hatte, irgendwann der Geschichte dieses Onkels würde stellen müssen. Seit ich denken konnte, wurde nicht oft über ihn gesprochen, und bei meiner Oma standen keine Fotos von ihm auf dem Sideboard, denn er war jung gestorben und hatte kaum Bilder hinterlassen. Außerdem war er nicht wirklich mein Onkel: Er war Elsas älterer Bruder, technisch gesehen also der Onkel meiner Mutter, die ihn jedoch selbst auch nie kennengelernt hatte. Er hieß Leo, und seine Geschichte war mir in groben Zügen bekannt: 1943 war er mit achtzehn in die italienische Armee eingezogen worden, hatte aber kaum gekämpft. Nach dem Waffenstillstand mit den Alliierten geriet er im Piemont praktisch sofort in Gefangenschaft der Nazis. Anfang 1944 brachten die ihn in ein Konzentrationslager in Süddeutschland; in welches, wusste offenbar niemand aus unserer Familie. Jedenfalls hatte er wohl weniger Glück gehabt als die Kriegsgefangenen, die auf österreichischen Bauernhöfen Kühe und Ziegen hüteten. Stattdessen verbrachte er über ein Jahr in einem dieser großen Lager, aus denen viele nicht lebend herauskamen. »Vernichtung durch Arbeit«, hieß das bei den Deutschen, hatte ich gelernt. Trotzdem lebte er noch, als das Lager im März 1945 befreit wurde. Drei Monate brauchte er für den Heimweg, dessen genaue Stationen nie jemand erfuhr. Er kam kurz nach Sommeranfang an, während überall gefeiert wurde. Doch er war todkrank, und die Freude währte nicht lange: Nicht mal eine Woche später starb er an einem Bündel in Deutschland angehäufter Krankheiten – Typhus, Fieber und andere Infektionen.

Ich war also darauf vorbereitet, mit dieser Sache konfrontiert zu werden und mich gegen entsprechende Vorwürfe zu verteidigen. Als gewiefter Ideologe hatte ich mir einen dialektischen Schlachtplan zurechtgelegt: Der Geburt des neuen Menschen, so hätte ich erklärt, müssten notwendig geliebte Menschen und Dinge aus dessen altem Leben zum Opfer fallen. »Die Menschen der neuen Epoche«, hatte ich von Drieu La Rochelle in ein Notizheft abgeschrieben, »werden in den Wald eilen, der auf den Ruinen der Welt gedeiht, in die sie geboren wurden, und keinen geringeren Mythos als das Leben anerkennen.« Im Kampf für eine neue Welt ohne Krämerseelen, Materialismus, Verderbtheit und industrielle Sklaverei müsste viel Liebgewonnenes geopfert werden. Sogar Blutsbande. Das ließ sich nicht vermeiden, und ohnehin war es ja wohl naiv zu glauben, die Revolution einer neuen Menschheit könnte ohne Blutvergießen vor sich gehen. Und sagten das nicht auch die Bolschewisten?

In dieses Notizheft, einen Block mit linierten Seiten, zehn auf sieben Zentimeter, hatte ich außerdem folgende eigene Zeilen geschrieben: »Deshalb lässt sich auch die Vertreibung der Juden aus einem Europa rechtfertigen, das endlich frei von der Herrschaft des Kapitals und des Markts sein soll.« Dahinter hatte ich einen Pfeil eingezeichnet, und das Wort: »Vertiefen«. Beim Anblick dieser Seite wurde mir jetzt auf eine Weise schwindlig, die ich selbst nicht recht verstand: Einerseits war da eine tiefe Scham, die ich jedoch meiner alten Katholikenmoral in die Schuhe schob; andererseits spürte ich darin eine ganz unerhörte, mutige und ungetrübte Bosheit, die mich so berauschte, wie ich mir einen Drogentrip vorstellte.

Ich trank mein Wasser aus, blieb einfach sitzen, während der Tisch abgeräumt wurde. Mein Vater blätterte stumm durch eine Ausgabe des *National Geographic*. Bei allem, was die meinem Onkel angetan hatten. All die Vorbereitung, und jetzt war ich nicht bloß unfähig zu einer schlüssigen Antwort, sondern wusste nicht mal, wo ich damit anfangen sollte. Meine Glieder waren starr wie von einem Zauber. Mein Hirn war leer. Meine Mutter nahm das Tischtuch vom Tisch, öffnete das Fenster, um es auszuschütteln. Von draußen drang das Heulen einer Sirene herein, dazu das trockene Auspuffknattern der Mopeds unten im Park. Und ein Blütenduft, den ich nicht zuordnen konnte. »Ab auf dein Zimmer«, sagte sie. »Geh mir aus den Augen.«

Im Zimmer stopfte ich meine Schulbücher in den Rucksack, dazu ein sauberes Shirt, ein Buch und meinen Schlüssel für die Federazione. Dann ging ich zur Wohnungstür. »Wohin willst du?«, fragte meine Mutter.

Leise wie immer schloss ich hinter mir die Tür.

Hätte ich Olimpia vorher Bescheid gesagt, hätte sie mich abgewiesen. Also fuhr ich einfach so zu ihr, ließ mir unterwegs Zeit. Um halb zehn parkte ich das Moped. Klingelte. Sie ging selbst an die Sprechanlage. »Ich bin's, Ettore«, sagte ich. »Bist du allein?«

»Was willst du hier? Was ist los?«

»Bist du allein?«, fragte ich noch einmal.

»Nein. Moment.« Damit legte sie auf. Kurz darauf stand sie unten. Sie hatte nasse Haare und trug eine Jeans, die ich noch nie an ihr gesehen hatte – sie war weit und stand ihr super. Schon auf Höhe der Pförtnerloge schüttelte sie den Kopf, kam aber doch ans Tor und machte mir auf. »Was willst du denn hier?«, fragte sie irritiert.

»Ich bin von zu Hause abgehauen. Keine Ahnung, wo ich hin soll. Wahrscheinlich übernachte ich erst mal in der Federazione.«

Sie machte große Augen, schaute besorgt, setzte dann aber sofort eine empörte Stimme auf, um sich nichts anmerken zu lassen. »Was hast du jetzt wieder angestellt?«, fragte sie.

»Gar nichts, aber die haben mich trotzdem vom Unterricht ausgeschlossen, hast du's gar nicht gehört?«

»Nein, was ist denn passiert?«

Über uns ging ein Fenster auf. Der Balkon war voller Pflanzen und lag im Dunkeln. Wir schauten hoch und hörten jemanden rufen: »Olimpia, was ist denn? Komm rauf, es gibt Essen.«

Ich sah sie an. »Ähm, ja also, tut mir leid«, sagte ich.

Sie seufzte, hob ein Stück die Arme und ließ sie auf die Schenkel plumpsen. Hinter ihr ging wieder das Tor auf: Ihr Vater. Er wippte leicht von einem Bein aufs andere, so als würde er humpeln, obwohl er mir für sein Alter ziemlich fit vorkam. »Olimpia«, sagte er.

»Guten Abend«, sagte ich.

»Papa, das ist Ettore.«

»Hallo, Ettore«, begrüßte er mich. »Wolltest du Olimpia ein Abendständchen bringen?« Ich fand ihn sofort sympathisch.

»Ach«, erwiderte ich. »Ist kompliziert.«

»Möchtest du was mit uns essen?«

Ich sah Olimpia an. Die rührte sich nicht. »Na los«, entschied er schließlich selbst. »Alle rauf, Essen fassen.«

Ich folgte den beiden in das holzgetäfelte Foyer, in den stählernen Aufzug und in den marmornen Flur.

Auch bei der Familie Rosai lief beim Abendessen das Radio, aber in der Küche, nicht im davon abgetrennten Esszimmer. Anders als bei uns war der Tisch mit einer Tischdecke aus Stoff gedeckt und von zwei simplen, warm leuchtenden Birnen beschienen, die tief über der Platte hingen. Das übrige Zimmer lag im Halbdunkel, fast wie in einem Museum oder Heiligtum. Olimpias Vater ging zum Plattenspieler und drückte ein paar Tasten; die Platte lag schon auf dem Teller. Die Nadel kratzte, dann ertönten Jazzpianoklänge. Das Lied kam mir bekannt vor, genauso wie die blaue Hülle mit der roten Aufschrift, auch mein Vater hörte diese Platte ab und zu. Ich dachte: Die zwei könnten befreundet sein, über Musik fachsimpeln. Aber nein, dachte ich dann, das wäre völlig unmöglich. In diesem Haus war alles so natürlich, weich und angemessen. Auf einmal spürte ich, dass es mir nie gelingen würde, mein eigenes Leben so einzurichten.

»Also, Ettore, erzähl mal«, fing er an, als wir uns an den Tisch setzten. Er hatte den Mund noch voller Bruschetta, ein wenig Öl hing ihm im schwarzen Bart. Er strahlte. »Ich höre, deine Familie hat eine Ferienwohnung in Bogliasco, und daher kennt ihr euch, Olimpia und du?«

»Genau, aus Bogliasco. So vor zwei oder drei Jahren.«

»Vor zwei«, präzisierte Olimpia.

Die Korrektur entlockte mir ein Lächeln, weshalb Olimpia sie womöglich gleich bereute. Ihr Vater nickte: »Schön, schön.« Dann fragte er mich noch ein paar Dinge über Bogliasco und das Meer. Die Mutter kam dazu, stellte einen Schale Penne auf den Tisch und sagte: »Vorsicht, heiß.« Wir aßen. Die Pasta war wirklich sehr heiß, ich pustete vor jedem Bissen kräftig und vergaß vollkommen, wo ich war und vor allem wieso. Einen Song lang war ich glücklich.

Nach dem Hauptgang – Mozzarella und grüner Salat – gab der Vater seine Tischmanieren etwas auf, rückte seinen Stuhl zurück und streckte die Beine aus. Die Mutter räumte die Teller ab und trug sie in die Küche. Olimpia würdigte mich keines Blickes. Dann tat ihr Vater etwas, das meine Eltern beim Abendessen noch nie im Leben getan hatten: Er schlug eine

Tageszeitung auf, die aktuelle Ausgabe der *Repubblica*, und verschwand hinter den breiten Seiten.

Durch die Papierwand fragte er: »Was hältst du eigentlich von unserer Regierung, Ettore? Gut oder schlecht, was meinst du?« Ganz beiläufig sagte er das, als wäre es das Normalste von der Welt.

Ich linste zu Olimpia. Sie riss die Augen auf, wie um zu sagen: »Vorsicht, Gefahr!«, und ich versuchte, ihrer Miene abzulesen, ob sie ihren Eltern von unseren Gesprächen, von meinen Überzeugungen erzählte hatte. »Mit Tagespolitik kenne ich mich nicht so gut aus«, antwortete ich schließlich.

»Und mit Politik im Allgemeinen?«

Mit dieser Frage, ausgerechnet jetzt, wollte er mich eindeutig prüfen oder provozieren, das war klar. Und trotzdem stellte er sie mit dieser schmeichelnden Stimme, die klang, als wolle er mein Freund sein – oder hätte, unschuldiger gedacht, einfach nur Lust zu spielen.

»Das hängt vom Kontext ab, würde ich sagen.«

»Natürlich«, sagte er hinter seiner Zeitung. »Alles hängt vom Kontext ab. Ein kluger Satz, aber auch ein wenig ausweichend.«

Im Halbdunkel des Wohnzimmers erkannte ich schemenhaft die Mao-Skulptur und die Lenin-Bilder, die mir beim ersten Besuch in der Wohnung aufgefallen waren. Er beharrte: »Also, was meinst du?«

Ich fasste mir ein Herz. »Na ja, bei der Kolonisierung Afrikas und der Palästinenserfrage sind wir uns wahrscheinlich einig.«

»Das ist doch schon mal gut! Obwohl ich fürchte, dass wir aus unterschiedlichen Gründen zum selben Ergebnis kommen.«

»Papa«, mahnte Olimpia.

Ich hatte die Wohnung erst vor einer Stunde verlassen, aber es kam mir unendlich lange her vor. Ich hatte das Gefühl, mit dieser fremden Familie mehr gemein zu haben, als mit meiner eigenen, was aber nichts mit Politik zu tun hatte: Nein, es hatte mit einer Liebe zu tun, die ich hier spürte, mit Empathie, mit Behaglichkeit. Jetzt setzte sich auch die Mutter wieder zu uns, mit einer Flasche Schnaps, und Olimpia holte vier Kristallgläschen aus dem Schränkchen unter dem Lenin. Ich betrachtete die Mutter: Sie hatte kurzes, schwarzes Haar und unbeschwerte Züge. Sprechen wollte sie offenbar nicht, hörte lieber den anderen zu. Der Vater faltete die Zeitung zusammen und sagte: »Na, dann wollen wir mal anstoßen, schließlich haben wir ja einen Gast.« Er schenkte die bernsteinfarbene Flüssigkeit aus und sagte mit einem Seitenblick zu mir: »Whisky.«

Mit Olimpia hatte ich praktisch kein Wort gewechselt, und doch verlief das Abendessen, als wäre ich in diesem Haus ein oft und gern gesehener Gast. Dann wandte ihr Vater sich endlich auch an sie, erkundigte sich nach den jüngsten Ereignissen.

»Diese Besetzung ist vorbei, oder?«, fragte er sie – nur sie allein, als wäre ich urplötzlich von der Bildfläche verschwunden.

»Ja, seit letzter Woche. War ja sowieso nur ein Tag.« Das war gelogen: In Wahrheit hatte sie drei Tage gedauert. Mich schaute sie weder während ihrer Antwort noch danach an.

»Und wie kam es dazu? Was wurde da eigentlich gefordert?«, wollte ihre Mutter wissen.

Ich spielte den stummen Zuschauer, blieb brav an meinem Platz sitzen, Olimpias Vater mit seiner Zeitung mir gegenüber, Jazz im Hintergrund, ein Glas Whisky vor der Nase. Den hatte ich inzwischen probiert, er brannte mir auf der Zunge. Ich redete mir ein, er verleihe mir Mut.

Zur Antwort rang Olimpia sich ein paar Sätze über Edoardo Lancia ab, zitierte Gerüchte über seinen Mordversuch, über unklare Umstände und ein angebliches Messer. Ihre Eltern hörten ihr zu, und sie schien mir erwachsener als je zuvor. Dann schloss sie: »Ich kenne ihn nicht persönlich, er war ja kaum in der Schule. Aber alles in allem finde ich, es war richtig, da ein klares Zeichen zu setzen.«

Ihre Eltern sagten nichts. Der Vater zündete sich nur einen Zigarillo an. Er zog daran, ließ ein kleines Rauchwölkchen unter dem Schnurrbart heraus, dann gleich noch ein größeres hinterher. »Und du, Ettore? Was hältst du davon?«

»Ehrlich gesagt …«, fing ich an. Stockte. Fing erneut an. »Ich find's nicht richtig, aus etwas, das weit weg von der Schule passiert ist, eine Schulsache zu machen.« Diesen Gedanken formulierte ich zum ersten Mal: Wort für Wort wurde er hier geboren, und ein paar Sekunden, bis das Schweigen zu schwer wurde, beäugte ich ihn vor mir in der Luft. Ganz solide, fand ich. »Sollte man nach so einem Vorfall nicht besser für Entspannung sorgen?«

»Das heißt im Umkehrschluss, der Protest gegen eine extrem brutale Tat – ja fast einen Mord, nach dem, was ihr erzählt – sorgt nur für unnötige Spannungen?«, gab er zurück. Er reihte die Wörter langsam aneinander wie Perlen auf eine Schnur. Das hätte nervtötend sein können, doch bei ihm klang es überlegt.

Es war seltsam, wie er mich in dieses Gespräch verstrickte. Theoretisch war das Feld, das sich da vor uns ausbreitete, eindeutig ein Schlachtfeld, doch Olimpias Vater begegnete mir vor allem mit Neugier.

»Nein, das nicht«, zauderte ich. »Ich verstehe bloß nicht, was diese Besetzung bringen sollte.« Olimpia verdrehte die Augen. Dann sagte sie: »Sie sollte klarmachen, dass Leute wie der bei uns keinen Platz haben.« Sie klang frustriert. »Nicht bloß an der Schule, sondern in der ganzen Gesellschaft.« An der Wand hinter ihr hing der Rahmen mit dem alten, hellgrünen Dokument, das mir beim letzten Mal schon aufgefallen war: die Partisanenurkunde ihres Großvaters. »Faschos raus, Nazis raus«, deklamierte sie.

»Mhm, Nazis, klar«, ätzte ich.

Und fuhr fort: »Mir kommt das vor wie ein Vorwand, um die Lage eskalieren zu lassen.« Ich trank einen Schluck Whisky, hatte das Gefühl, meine Gedanken knirschen zu hören. Unangenehm war das. All die Bücher, und ich konnte nicht mal in einem simplen Wortstreit bestehen. Aber die Angst machte mich mutig: »Ich hab so das Gefühl, den Leuten fällt einfach nichts Besseres ein als Blutrache. Immer nur diese Lynchrhetorik – immer bloß vergelten, statt dass man sich mal mit was auseinandersetzt. Und das in einer Republik, die letztlich aus Mord geboren wurde, am Pranger.« Dieses Argument hatte ich nicht gelesen, sondern vor ein paar Monaten von einem in der Federazione gehört, und es hatte Eindruck auf mich gemacht. Jetzt plapperte ich es zum ersten Mal nach, verkaufte es dreist als meines. Ich registrierte, wie die Worte einschlugen. Der Vater ließ die Mundwinkel hängen. Die Mutter stand auf, ging um den Tisch und räumte die Whiskygläser ab.

»Was hat denn das jetzt mit irgendwas zu tun?«, sagte Olimpia. »Wir reden doch nur von der Schule.«

»Ja klar«, erwiderte ich. »Ich mein ja nur, ganz allgemein.«

Olimpias Mutter ging hinter mir vorbei, legte mir die Hand auf die Schulter und fuhr mir über den Rücken, als wollte sie mich streicheln. Bisher hatte sie sich nicht eingeschaltet, doch jetzt sagte sie: »Ich hätte Mussolini auch persönlich aufgefressen, wenn man mich darum gebeten hätte.«

Bald darauf sah Olimpia mich vor der Wohnungstür aus kalten grünen Augen an. Ihre Eltern waren nett gewesen. Lächelnd hatten sie gesagt, ich solle sie doch bald wieder besuchen. »Und, wo willst du jetzt hin?«, fragte sie, wirkte müde von dem Abend, von meiner Anwesenheit. Mir ging es genauso, aber aus anderen Gründen. Kurz glaubte ich fast, sie würde mir anbieten, bei ihr zu übernachten, aber darum bitten wollte ich sie lieber nicht.

»Keine Ahnung, ich finde schon was«, log ich, in der Hoffnung, die Vagheit würde vielleicht Mitgefühl in ihr wecken, aber sie nickte nur, senkte den Blick und wandte sich ab. »Okay, dann bis morgen«, sagte sie und ging hinein. Die Tür fiel ins Schloss, die Riegel klackten. Ich rief den Fahrstuhl. Vermied jeden Blick in den Spiegel.

Als meine Mutter endlich anrief, kam es mir vor, als wäre es Tage her, dass ich das Haus in der Absicht verlassen hatte, heute Nacht nicht zurückzukommen.

Sie klang besorgt: »Wo steckst du denn?«

Ich setzte zu einer Antwort an, merkte aber gleich, wie meine Stimme zitterte. Und dass sich dieses Zittern nicht unterdrücken ließ. »In der Stadt«, stammelte ich. »Ich übernachte heute woanders.«

»Mach, was du willst«, entgegnete sie beleidigt. »Aber pass auf dich auf.«

Ich legte auf. Kleine Tränenbäche rannen mir aus den Augenwinkeln, ohne meine Erlaubnis abzuwarten. Ich stand vor dem Eingang zur Federazione. Viermal drehte ich den Schlüssel im Schloss und wurde umgehend von Angst gepackt. Schnell schlug ich das Tor hinter mir zu. Es knallte, und ich kam mir albern vor.

In der schwelenden Stille des heimlich aufgesuchten Ortes schienen alltägliche Gegenstände, die ich bei Licht schon gar nicht mehr bemerkt hatte, mich aus den von der Lampe in der Bibliothek geworfenen Schatten finster anzublitzen. Andere Lampen knipste ich nicht an, aus dem unbestimmten Gefühl heraus, mich nur in diesem Zimmer aufhalten zu dürfen. Niemand außer mir wusste, dass ich hier die Nacht verbringen wollte. Dass mich jemand überraschte, schien mir unwahrscheinlich; trotzdem wollte ich lieber früh aufstehen und vor Morgengrauen weg sein. Überall roch es nach kaltem Rauch, nachts fiel das stärker auf als tagsüber. Ob ich eine zweite Nacht hier verbringen würde, wusste ich nicht. Im Augenblick war ich mir nicht mal sicher, ob ich nicht doch gleich nach Hause fahren würde.

Ich stellte die Lampe auf einen Tisch, schob den Tisch neben das Sofa, legte mich hin und zündete mir eine Zigarette an. Nach und nach fanden die Dinge ihr vertrautes Wesen wieder. Meine Jacke und den Rucksack hatte ich auf einen Sessel gelegt. Das Licht war warm, der Rauch bildete nachdenkliche Schwaden und ich fühlte mich auf einmal beinahe behaglich. Dann knallte erneut die Eingangstür: ein satter Rumms, der durch die Räume hallte wie eine Explosion. Vor Schreck stieß ich die Lampe vom Tisch. Sie fiel zu Boden und ging aus.

Ich hastete hinaus, schaltete in allen Zimmern das Licht ein, vermutlich, um dort keinen Schatten zu begegnen. Draußen knisterte unter meinen Füßen ein Teppich aus rostrotem Laub, der zuvor nicht dagewesen war. Die Luft war klar und trocken, an der Nasenspitze kitzelte die erste Kälte aus den Bergen. Noch mehr Laub regnete auf mich herab, die Tür bebte noch einmal und gab einen Knall wie den von eben von sich: wie ein Trommelschlag, bloß sanfter. Es war nur der Wind. Ein Schauer lief mir über den Rücken, teils vor Kälte, teils aus Scham. Ich schob alle Türriegel vor und legte mich wieder aufs Sofa.

Auf meinen Augenlidern lief ein Film von all dem ab, was mich hierher geführt hatte, in dieses kalte, miefige Zimmer, in dem ich mich nun verkroch. Tiefer war die Nacht noch nie gewesen.

20

Der Junge erwartete mich um fünf nach elf vor dem Klo im Erdgeschoss, wo die Jungs in der Pause heimlich rauchten. Während ich drinnen im offenen Fenster zum Hof gelehnt hatte, war er schon mal reingekommen. Er hatte sich umgesehen, mich kurz fixiert und war wieder gegangen. Vorher war er mir nie aufgefallen. Bestimmt einer aus der Neunten, hatte ich nur gedacht. Jetzt, wo ich rauskam, stand er vor der Tür. Erst dachte ich, er hätte sich verlaufen, doch dann hängte er sich an mich, als ich in Richtung Klassenzimmer ging.

»Du bist in der Federazione, stimmt's?«, fragte er.

Er war klein für sein Alter, wirkte zugleich hager und robust. Sein Haar war schwarz und lockig. Ich blieb nicht stehen, sodass er mir mit etwas Abstand hinterherdackelte und mich von Kopf bis Fuß musterte. Ohne ihn anzusehen, sagte ich Ja und wieso er das denn wissen wolle.

»Mich interessiert, was ihr so macht«, antwortete er.

Er klang selbstbewusst, beinahe arrogant, was überhaupt nicht zu dem kleinen Körper passte. Die Pause war schon fast vorbei, die Schüler strömten scharenweise durch den Flur zum Unterricht.

»Ich bin in der 9i«, sagte er, »im Erdgeschoss, in der Nähe vom Klo.«

»Ich weiß schon, wo die ist«, erwiderte ich. »Woher kennst du uns überhaupt?«

Die Schulglocke erschallte.

»Ich muss mich beeilen«, sagte ich. »Ich war grade erst vom Unterricht ausgeschlossen, darf nicht zu spät kommen.«

»Ich weiß schon«, sagte er. »Hast du gut gemacht.«

Statt der üblichen Unruhe stieg in diesem Winter eine tiefe Traurigkeit in mir auf. Es fühlte sich an, als ginge etwas zu Ende, doch ich kannte mich mit solchen Regungen nicht aus, war nicht imstande, ihre Bedeutung zu entschlüsseln. Ich vermutete, dass es an einem Abend mit Olimpia ein paar Tage vorher lag, ein paar Wochen nach meiner Flucht von zu Hause, die sich im Nachhinein anfühlte wie eine gescheiterte, von mir selbst niedergeschlagene Rebellion.

Ich hatte mir in den Kopf gesetzt, Olimpia mit einer romantischen Geste davon zu überzeugen, mir den surrealen Abend mit ihren Eltern zu verzeihen, ihr zu zeigen, dass ich auch zu Nettem fähig war, nicht nur zu Hass und Prügeleien. Gesprochen hatten wir seit dem Essen nicht und uns auch in der Schule nur aus der Ferne gesehen. Wann immer unsere Blicke sich trafen, schaute sie schnell wieder weg und widmete sich so demonstrativ unbeeindruckt wieder dem, womit sie eben gerade beschäftigt war, dass man die Wut dahinter unschwer erkennen konnte. Dabei hatten wir uns nie gestritten, was mich erst recht besorgte: Offenbar war sie zu diesem Abbruch unserer Beziehungen nur durch Nachdenken gelangt, hatte einen rationalen, endgültigen Entschluss gefasst.

Eines Nachmittags raste ich nach der Schule deshalb mit dem Moped zu Olimpias Wohnung, ich wollte unbedingt noch vor ihrer Metro ankommen. Von der Station Piazza Sant'Agostino zu der Privatstraße, in der die Rosais wohnten, führte nur die breite, schnurgerade und akaziengesäumte Via Solari, und dort, vor der roten Backsteinkirche, stand ein

Kiosk, der Blumen verkaufte. Allerseelen war schon etwas her, aber der Kiosk bot noch herrlich aufgeblühte Chrysanthemen in allerlei Farben an: Die Blütenblätter umschlossen symmetrisch ihre Mitte wie hundert Krallen ihre Beute. Sie waren fuchsienrot, orange, rosa, gelb und weiß, und die ganzen Blüten waren groß wie Fäuste. Ich bat den bengalischen Verkäufer um fünf Stück. »Welche Farbe?«, fragte er. »Pink, yellow, white? Gelb schön!«

»Nur weiß, bitte«, sagte ich.

Er packte die Blumen ein, und ich zahlte, ohne zu feilschen. Ich wollte gar nichts Übertriebenes, aber er bestand darauf, sagte: »Nein, nein, schön!«, und so stand ich nun mit einem großen, mit Chrom umwickelten Kegel aus Papier und Blumenfolie da. Der Plan war, die Via Solari auf und ab zu fahren, bis ich Olimpia erspähte, die laut meiner Berechnungen fast den ganzen Weg rauf bis zur Piazza Napoli gehen musste. Zwei Kreisverkehre, eine Ampel: Kinderspiel.

Knifflig war dagegen, gleichzeitig die Blumen und den Lenker festzuhalten. Besonders in den Kreisverkehren musste ich aufpassen; ich durchfuhr sie mit zwanzig Sachen, um nur ja niemanden auf den Bürgersteigen zu übersehen. Zu Beginn dieses Geduldsspiels war ich noch ganz guter Laune, malte mir das Lächeln auf Olimpias dünnen Lippen aus, wenn sie die Blumen sah. Nach der dritten Runde fühlte ich mich langsam dumm, und als Olimpia nach einer halben Stunde immer noch nicht aufgetaucht war: angefressen. Ich fuhr zu ihrem Haus, klopfte ans Portiersfenster. Eine Frau in Latzhose fragte, was ich wollte. Ich drückte ihr die Blumen in die Hand und bat sie darum, sie Olimpia Rosai zu geben, wenn sie nach Hause käme. »Anscheinend ist sie nicht da«, fügte ich hinzu, um zu beweisen, dass ich sie besser kannte. Die Frau gab mir ein rosa Post-it für eine kurze Nachricht an Olimpia, doch vor ihr war mir das peinlich. Also schrieb ich nur: »Mir fehlen die Gespräche mit dir. Ich warte auf dich, Ettore.«

Natürlich tauchte jetzt, wo ich mit leeren Händen die Straße hinabfuhr, doch noch Olimpias schmale Silhouette in der Ferne auf. Offenbar machte sie einen Umweg durch den Park. Ich stellte das Moped ab und eilte ihr nach. Als ich neben ihr auftauchte, wurde sie sauer. »Hast du etwa auf mich gewartet?«, fragte sie. Die Blumen waren wirklich eine schöne Geste, fand ich, aber ihr jetzt ohne Strauß in der Hand davon zu erzählen, kam mir idiotisch vor. Also trat ich bloß auf sie zu und sagte: »Ich wollte dich einfach sehen.« Und weil sie nicht reagierte: »Das mit neulich Abend tut mir leid.«

Olimpia blieb stehen. Wir waren mitten im Park, und mir juckten die Augen von den Spätblühern. Mit zarter Stimme sagte sie: »Ich will dich aber nicht sehen.«

Und: »Ich will überhaupt keinen sehen, der Leute verprügelt. Das macht mir Angst. *Du* machst mir Angst, wenn du so jemand sein willst.«

Und: »Wenn du mich sehen willst, musst du dich entscheiden. Leute wie Lancia kotzen mich an, mit denen will ich nichts zu tun haben. Und wenn du so sein willst, kotzt du mich auch an. Du warst bei mir zu Hause, hast meine Eltern kennengelernt, kennst meine Familiengeschichte.«

Es klang, als hätte sie diesen Vortrag schon länger in petto; oder sie war einfach nur sehr wütend, was manche Leute ja redselig macht. Mir dagegen fiel gar nichts mehr ein, ich war nur neugierig, wie weit sie noch gehen würde. Und tatsächlich fuhr sie fort.

»Warum war das nötig, diesen Jungen in der Schule so zu schlagen? Und wie kommst du überhaupt dazu, diesen Verbrecher zu verteidigen? Kennst du den? Ist der ein Freund von dir? Was weißt du über ihn? Weißt du, was der gemacht hat?«

Mit jeder Frage schien sie noch wütender zu werden, riss die Augen immer weiter auf, als flehte sie um eine Antwort.

Schließlich sagte sie: »Warum tust du das? Was steckt dahinter? Ist das normal, da wo du herkommst?«

Ich war perplex. Antworten hätte ich viele gehabt, aber ich blieb stumm: versiegelte Lippen, dahinter ein Mund voller Dinge, die ich nicht rausließ. Und voller Angst. Meine, vor allem. Über Lancia wusste ich kaum mehr als er über mich. Aber ich hätte ihn in einer Menschenmenge erkannt, er mich nicht. Wahrscheinlich hatte er mich nie auch nur gesehen. Im Grunde ging es mir gar nicht um ihn als Person, sondern darum, wofür er stand – darum, was er mit sich brachte und was er hinter sich zurückließ. Wirklich verstehen sollte ich das erst später, an erzwungen trägen Nachmittagen in meinem Zimmer und auf dem Balkon, aber im Grunde wusste ich es damals schon. Warum wäre ich sonst so blockiert gewesen? So beschämt?

Irgendwo hatte ich kürzlich etwas Erstaunliches gelesen: Es ging um Leute, die von heute auf morgen mit dem Rauchen aufhören. Offenbar waren die Mundhöhle und die Lunge der frischgebackenen Nichtraucher in den ersten Monaten der Abstinenz viel empfindlicher und anfälliger für Infektionen. Der Rauch und das Nikotin bilden über die Jahre eine Art Schutzschicht, und wenn die verschwindet, bleibt die Schleimhaut wehrlos zurück. Ich fand das extrem faszinierend – und symbolkräftiger, als mir guttat. Genauso war das auch bei mir, fand ich nämlich: Je weiter ich mich auf die falsche Seite vorwagte, desto sicherer fühlte ich mich, desto klarer im Recht. Der Hass der anderen kann ein bequemes Bett sein, man muss nur rausfinden, wie man am besten darin liegt.

Außerdem dachte ich an den weißen Blumenstrauß: Ganz

weit weg und nutzlos kam der mir jetzt vor, gemessen an Olimpias Worten. Am Ende brachte ich nur noch ein »Tut mir leid« heraus. Ich steckte die Hände in die Taschen, suchte meinen Mopedschlüssel und fand ihn sofort. Also kramte ich nervös in den anderen Taschen, um etwas zu tun zu haben und Olimpia nicht antworten zu müssen. »Tut mir leid«, sagte ich noch einmal.

Sie wartete. Ich trat auf sie zu, um sie zu küssen, aber glaubte selbst nicht recht daran. Vermutlich wirkte es nur wie eine Verzweiflungstat. Sie wich ohne Mühe aus. Ich setzte mir den Helm auf, ging ihr aus dem Weg und sagte: »Ich bin nicht so wie ihr.«

Ich hatte es nicht darauf angelegt, Gabriele wiederzusehen, doch er fand mich trotzdem, eines Tages vor der Schule. Ich stieg eben auf mein Moped, hatte es eilig, zur Federazione zu kommen. Wie ein kleines Gespenst tauchte er plötzlich neben mir auf und sagte mit hängenden Armen: »Hi, was machst du?« Aber ich wollte ihm nicht verraten, wohin ich fuhr, denn ich hatte Giulio noch nichts von ihm erzählt und wusste gar nicht, ob ich einfach so jemanden mitbringen durfte, ob es zuerst eine Art Vorstellungsgespräch geben musste. Ich wusste ja nicht einmal, wer er wirklich war und was er über mich und uns dachte. Unsere erste, seltsame Begegnung war ein paar Tage her, und die letzten Nachmittage hatte ich oft an ihn gedacht. Er war mir sympathisch, auch wenn mich sein zugleich unbedarftes und forsches Verhalten irritierte. Auch in seinem Gesicht lag etwas Rätselhaftes: in der Treuherzigkeit, die seine Sommersprossen ausstrahlten, in dieser hellen Haut, der femininen Nase. Und obwohl ich das nie zugegeben hätte, hatte mir geschmeichelt, was er zu mir gesagt hatte: Das hast du gut gemacht. Aus dem Klassenverzeichnis auf der Schulwebsite wusste ich, dass er Gabriele Westinghouse hieß, aber ausländische Wurzeln waren ihm nicht anzuhören. Trotzdem, auch dieses Detail war merkwürdig. Schließlich antwortete ich: »Nichts, wieso?«

»Ich wohn gleich ums Eck«, erwiderte er. »Meine Leute sind nicht da, kannst gern mitkommen, wenn du magst.«

Eine seltsame Einladung, aber immerhin eine Einladung. Und allem Anschein nach ganz ohne Hintergedanken. Offen, direkt und genau deshalb absurd: Was sollten wir denn tun, bei ihm zu Hause? Dass jemand sich auf so intime Weise meine Gesellschaft wünschte, kam praktisch nie vor, da konnte ich nicht ablehnen. Noch mal sagte er: »Wenn du magst« – vermutlich hatte ich mir zu viel Zeit mit der Antwort gelassen. Also stieg ich vom Moped und fragte: »Zu Fuß?«

»Ja.«

»Dann los.«

Eine Wohnung wie seine hatte ich noch nie zuvor gesehen: Er hatte einen ganzen Flügel für sich, mit eigenem Eingang, Bad, Schlaf- und Wohnzimmer – ein Haus im Liberty-Stil ein paar Minuten von der Schule, in einer Einbahnstraße an den Bahngleisen, die hier unterhalb der Straßenebene verliefen. Die Außenwände waren mandarinengelb verputzt, in der Mitte prangte ein Fries mit einem Flöte spielenden Dionysos. Über einen kleinen Hof, auf dem ein grauer Audi A4 parkte, kam man zum Haupteingang, einer von zwei Säulen eingerahmten Doppeltür. Gabriele zeigte darauf und sagte: »Da wohnt mein Vater, und darüber meine Oma und die Frau, die sich um sie kümmert.«

In diesem Moment ging im ersten Stock ein Fenster auf, ein blonder Kopf lugte hervor, verschwand, und zwei Arme schüttelten einen Läufer aus. Dann erschien erneut der blonde Kopf, und eine fröhliche Stimme trällerte mit slawischem Akzent: »Hallo, Gabriele!« »Hi, Sonja«, gab er zur Antwort, und Teppich, Kopf und Arme zogen sich zurück. »Das ist sie«, sagte er.

Wir gingen in seinen Teil des Hauses, der eigentlich eher ein geräumiges, modern und steril eingerichtetes Studio war, mit einem Esstisch, vier Stühlen, einem Sofa und einer Küchenzeile ohne Herd. Überall herrschte ziemliches Chaos: Jeans und T-Shirts lagen auf den Stühlen, Comics, Bücher und CDs auf dem Fußboden, auf dem Tisch stand ein randvoller Aschenbecher. Ich war gehemmt, wusste weder, wie ich damit umgehen sollte, dass Gabriele mir so selbstverständlich seine Privatsphäre offenbarte, noch, was ich hier überhaupt wollte, wer dieser Junge war, den ich nach Hause begleitet hatte.

An den Wänden hingen Poster von Bands, auf die auch mein Vater stand. »Und du wohnst hier ganz allein?«, fragte ich und machte mir eine Cola auf.

»Ja, seit zwei Jahren. Vorher hab ich drüben geschlafen, und hier war bloß mein Spielzimmer. Dann hab ich immer öfter auch hier übernachtet, und irgendwann bin ich dann ganz eingezogen. Mein Vater wohnt aber immer noch drüben.«

»Und deine Mama?«, fragte ich spontan.

»Die ist gestorben. Aber ich war da noch zu klein.«

»Oh, ähm, Entschuldigung«, sagte ich und dann: »Herzliches Beileid« und noch ein paar peinlich haspelnde Halbsätze.

»Ist schon okay«, antwortete er.

Was meinte er bloß mit »noch zu klein«? Zu klein, um sie zu betrauern? Um sie richtig zu kennen? Sich an sie zu erinnern? Dieser Vierzehnjährige machte mich ganz kirre: Obwohl ich älter war, fühlte ich mich angesichts der Exzentrizität und des Selbstbewusstseins von Gabriele verletzlich, gewissermaßen naiver als er. Oder, auf mir noch unklare Weise, meines Alters nicht würdig.

Gabriele machte sich daran, die überall rumliegenden Bücher aufzuklauben und auf den Tisch zu stapeln. Dazwischen legte er eine offene Tüte Kartoffelchips. Die Bücher waren größtenteils Literatur, Kerouac, Stendhal, Céline, außerdem eine Menge gelber Nietzsche-Büchlein und ein paar französische Autoren, von denen ich noch nie gehört hatte. Ich konnte mir nicht vorstellen, dass ein Junge seines Alters – ja überhaupt ein Nicht-Erwachsener – wirklich so viel las. Auch ein paar Geschichtsbücher in klassischen Ausgaben waren dabei, eine Biografie von Rommel, eine Geschichte der Indianer Nordamerikas. Das Ganze war eine einzige Show: Indem er mir all diese Autoren präsentierte, die ich selbst kaum kannte, wollte er beweisen, dass er gut genug für die Federazione war, dass er die Mitgliedschaft verdiente. Zugleich empfand ich diese Nummer als Herausforderung meiner intellektuellen Autorität, und ich wurde nervös wie bei einem Examen.

Nach diesem Tag habe ich Gabriele öfter besucht. Ich ging sogar dazu über, ihn Gabrielino zu nennen, eine Zuneigungsbekundung, die mich anfangs selbst überraschte. Im Winter nahm ich ihn zum ersten Mal mit zur Federazione, wo er jedoch nicht so begeistert schien, wie ich nach all dem Vorgeplänkel gehofft hatte – vor allem, nachdem er deswegen so entschlossen auf mich zugekommen war. Bestimmt ist er nur schüchtern, dachte ich. Ich erkannte viel von mir selbst in ihm wieder: die ausgeprägte Widerspenstigkeit, die Autoritätsallergie, den ans Anarchische grenzenden Individualismus, die unstillbare Neugier. Seinem Outfit verpasste er exzentrische Noten: spitze Lederstiefel mit Absatz, zum Beispiel, punkige Lederjacken oder schicke Sakkos, die wahrscheinlich mal seinem Vater oder Großvater gehört hatten. Die Nachmittage nach der Schule bei Gabrielino zu verbringen, gab mir ein

Gefühl der Freiheit. Wir rauchten Zigaretten und schlürften Whisky, von dem wir in null Komma nichts beduselt waren. Derart angesäuselt fantasierten wir lang und breit über neue Menschen, Revolutionen und neue Ordnungen. Wir hatten beide einen Narren an Nietzsches *Der Wille zur Macht* gefressen, das wir absatzweise lasen und begeistert kommentierten. Sätze wie »der Mensch hat in seinen eigenen Augen unglaublich an Würde eingebüßt«, »Sofern wir an die Moral glauben, verurteilen wir das Dasein« oder »Der bisherige Mensch – gleichsam ein Embryo des Menschen der Zukunft« kamen uns vor wie zu befolgende Gebote, und wir nickten eifrig und riefen: »Genau!«, als hätten wir einen Schleier zerrissen, hinter dem sich tiefste Einsichten verbargen. Wir fanden, Nietzsches Werk sei ein perfekter Text, an dem wir und alle Menschen ihr Leben ausrichten sollten. Über die in der Federazione diskutierten Themen, über Regierungsdebatten oder aktuelle Politik sprachen wir nie, sondern blickten nur im Licht von Nietzsches Worten auf das 20. Jahrhundert zurück, trieben uns gegenseitig wie im Rausch dazu an, auch noch dessen düsterste, grausamste Aspekte als notwendige Schritte eines dialektischen Fortschritts hinzunehmen: die Schwarzhemden, die Italienische Sozialrepublik und die SS, über deren faszinierendste Divisionen wir uns genau informierten, über die »Handschar« zum Beispiel, die nur aus bosnischen Muslimen bestand, oder die in den letzten Kriegswochen in einer Art letztem, verzweifeltem Aufbäumen aufgestellten »Nibelungen«. Gegenseitig nährten wir unsere Lust am Extremen und wurden immer aufgeregter, je tiefer wir ins Verbotene abtauchten. Hätte jemand Rechenschaft von uns verlangt, wir hätten nur den Kopf geschüttelt und geraunt: »Es muss sein.«

Anfangs glaubte ich, ich müsste für Gabriele tun, was Giulio für mich getan hatte. Dass diese Aufgabe mir zufiel, war klar: Gabriele hatte mich ausgesucht, wo er auch Alessandro oder Giulio hätte wählen können. Aber ich war nicht Giulio, und Gabriele war auch nicht wie ich vor vier Jahren. Unser Verhältnis pendelte sich bald eher auf Augenhöhe ein, und ich fand darin eine Freundschaft, einen Mut und eine Anerkennung, die mir vollkommen neu waren.

Natürlich gab es auch mal Spannungen. Disziplin war nicht gerade Gabrieles Sache: Hin und wieder kam er tagelang nicht in die Schule, und ich hatte keine Ahnung, ob ich ihn nach dem Unterricht besuchen sollte oder nicht. Ab und an war er nicht mal zu Hause, was ich von Sonja erfuhr, die sich in ihrem Ost-Akzent überschwänglich entschuldigte. Nicht zu wissen, wo er steckte, war ein mieses Gefühl. Oder wir trafen uns, aber er hatte keine Lust auf unsere Recherchen, fläzte nur auf dem Sofa und gähnte demonstrativ, eingehüllt in alten Zigarettenmief, der in der ganzen Wohnung stand. Dann fühlte ich mich irgendwie ohnmächtig und ging schnell wieder. Es kam aber auch vor, dass er schon völlig aus dem Häuschen war, wenn ich vor der Tür stand, weil er einen gemeinsam begonnenen Text allein weitergelesen hatte und jetzt vor all den neuen Ideen übersprudelte, die ich zu zweit mit ihm hatte entdecken wollen – ein verschmerzbarer Verrat, der aber doch einen bitteren Nachgeschmack hinterließ.

In der Federazione wirkte Gabriele wie ausgewechselt. Verschlossen. Er war nett zu allen, sprach aber kaum, ergriff nie das Wort bei Besprechungen und gab sich ehrfürchtig, fast verdruckst. Als hätte er schon akzeptiert, dass er sich erst mal von ganz unten hocharbeiten musste. Oder als fühlte er sich den anderen Kameraden doch irgendwie überlegen, weil die in einem Korsett aus Pflichten steckten, an die er, der privilegierte Anarchist, sich halten konnte, wann und wie er wollte.

Auch ich hatte seit geraumer Zeit das Gefühl, dass die Federazione auf der Stelle trat: Flugblätter, Demos und Infostände führten nie zu was Konkretem, schien mir, und meine Geduld mit dem politischen Kampf ließ nach. Wie sein diplomatischer Einsatz bei der Besetzung gezeigt hatte, war Giulio in Gedanken schon bei seiner politischen Karriere an der Uni, die er nächstes Jahr besuchen würde. Seit einigen Monaten zog er sich ein paar gehorsame und linientreue Gymnasiasten heran, die höchstwahrscheinlich in seine Fußstapfen treten sollten. Ich dagegen hatte keine Zukunftspläne, war nur vom Stillstand in der Gegenwart gelangweilt. Manchmal spürte ich aber, dass sich auch in mir etwas verändert hatte: Wenn Gabriele bei den Besuchen in der Federazione wieder mal zu reserviert war, oder bei einer Versammlung oder Planungssitzung nicht richtig bei der Sache, wies ich ihn ganz selbstverständlich zurecht, schlüpfte in die Rolle des auch manchmal strengen Mentors, die Giulio für mich gespielt hatte. Das tat ich ganz instinktiv, und wenn ich mich dabei ertappte, dachte ich: So ist das also, wenn man erwachsen ist. Doch ich ließ Gabriele auch vieles durchgehen, beneidete ihn um seine Unabhängigkeit als Waise, um seine Wohnung, seine abwesende Familie – soweit noch vorhanden – und um die völlige Freiheit von Schuldgefühlen, die er ausstrahlte. Eines Tages, als er mal wieder den Quertreiber spielte, sagte ich: »Du musst noch viel lernen. Hab Geduld. Lass dir Zeit.«

Und er erwiderte: »Ich lerne doch. Womit soll ich mir Zeit lassen?«

Ich wusste nicht, was ich dazu sagen sollte. Ich war ja selbst noch jung, das war mir schon klar, und ich wusste auch nicht, ob ich wirklich an die Sprüche glaubte, die mir so von allein über die Lippen kamen, weil sie mir angebracht erschienen. Ein paar Tage vorher war ich mit Gabriele nach Hause gegangen, er hatte aufgeschlossen und die Tür hinter mir zugemacht. Ehe er den Schlüsselbund auf den Tisch legte, hielt er ihn mir vor die Nase. »Schau mal«, sagte er. Direkt vor meinen Augen – ich musste sogar etwas zurücktreten, um scharf zu sehen – baumelte ein schwarz lackierter Schlüsselanhänger, auf dem ein weißes Hakenkreuz prangte. Spontan schlug ich ihm das Ding aus der Hand, und es fiel klappernd zu Boden. Er sah mich an, enttäuscht, erschrocken. Ich sagte: »Tu mir einen Gefallen und schmeiß diesen Mist weg. Das hat mit uns nichts zu tun.«

»Aber du hast doch auch eins, was ist denn damit?«

»Das ist ein Keltenkreuz, das ist was anderes.«

Einige Zeit zuvor hatte ich Giulio gefragt: »Habt ihr nie überlegt, dass wir auch mal ein Haus besetzen könnten?« Ich sagte »wir auch«, weil ich gelesen hatte, dass eine rechte Gruppe in Rom ein Haus im Stadtzentrum besetzt und daraus eine Art rechtes Centro Sociale gemacht hatte. »Wär doch super für Veranstaltungen, so wie in den Centri Sociali, aber halt auf unsere Art.«

Giulio sah mich einen Moment schweigend an. Dann fragte er: »Was stimmt denn nicht mit der Federazione?«

Auch damals hatte ich nicht gewusst, was ich sagen sollte, war nur betreten abgezogen.

An manchen Nachmittagen gingen Gabrielino und ich bloß stundenlang ziellos spazieren, Springerstiefel an den Füßen, Hände in den Hosentaschen, und ich fühlte mich stark, ging hoch erhobenen Hauptes und dachte, wenn ich letzten Sommer ihn dabeigehabt hätte statt diese Flachpfeife Angelo, hätten wir der Zecke, die eine Kippe von mir schnorren wollte, sämtliche Knochen gebrochen.

Gabrieles Klasse hatte direkt vor meiner Sport; wenn meine Klassenkameraden und ich die Treppe zur Turnhalle hinabstiegen, kam uns also jedes Mal seine 9i entgegen. Nur die Jungen, klar: Die Mädchen hatten eine eigene Turnhalle in einem anderen Flügel der Schule. Wir Jungs verloren nie viel Zeit damit, uns vor der nächsten Stunde richtig zu waschen und wieder gesellschaftsfähig zu machen, weshalb praktisch ausgeschlossen war, dass die einander ablösenden Klassen gleichzeitig die Umkleide belegten. Nur ein einziges Mal ist das passiert, an einem Tag im Frühling: Wie immer stürmten wir die Umkleide, konnten es kaum erwarten, die angestauten Endorphine abzulassen, aber alle Bänke und Kleiderhaken waren besetzt. Die Neuner hatten überzogen, keine große Sache eigentlich, doch jetzt standen die beiden Gruppen sich Auge in Auge gegenüber wie zwei Tierarten, die sich zum ersten Mal am Flussufer begegnen, verwirrt und nicht ganz sicher, wie sie mit dieser unerwarteten Wendung umgehen sollten. Die Neuner waren alle noch halb nackt oder dabei, sich auszuziehen, und wirkten im Vergleich zu uns, die nur ein paar Jahre älter waren, wie echte Kinder. Ich brauchte eine Weile, bis ich Gabriele entdeckte: Ganz rechts hinten zog er sich gerade die Hose über seine Streichholzbeine, stehend und leicht vorgebeugt. Unter seinen Achseln zuckten Rückenmuskeln. Nackt wirkte er sogar noch kleiner als die anderen, doch seine Muskeln waren definiert wie die einer kleinen Renaissanceskulptur. Der gebeugte Rücken ließ seinen Po herausragen, eine etwas lustige Pose. Seine Brustwarzen waren größer und dunkler als meine, und die Brust war schön geformt. Er sah mich an, sagte aber keinen Ton, winkte nicht und verzog keine Miene. Stattdessen streifte er sich T-Shirt und Sweater gleichzeitig über den Kopf und saß im nächsten Augenblick schon auf der Bank, um sich die Schuhe zu binden. Meine Klassenkameraden zogen sich bereits um, er war einer der letzten Neuner. Isoliert, abseits. Bald darauf sollte ich diese Einsamkeit ein wenig besser verstehen: das, was vor und hinter ihr lag. Im Vorbeigehen murmelte er mir einen Gruß zu, den ich fast überhört hätte.

21

Eines Samstags im späten Frühling schwänzte ich die erste Stunde in meinem Stammcafé in der Nähe der Schule. Mein Croissant zerfiel mir zwischen den Fingern, als ich es in den Americano tunkte. Das feine Blätterteiggebilde bröckelte in den Kaffee, ließ ihn auf die Untertasse schwappen. Ich sah nur benommen zu, löffelte die Reste aus dem Kaffee und bestellte einen neuen. Den restlichen Vormittag saß ich stumm an meinem Platz, ging in der Pause nicht mal aufs Klo, um zu rauchen. Alessandro fragte: »Alles okay?«, und ich schüttelte nur träge den Kopf. Ich versuchte, mich ganz auf die Hausaufgabe zu konzentrieren, die ich tags darauf abgeben musste. Doch etwas trieb mich um, ohne dass ich mich dagegen wehren konnte.

»Du kommst schon zum Appell, oder?«, hatte Giulio ein paar Tage zuvor gefragt.

Mal wieder einer unserer Gedenktage: Traditionell traten wir alle jeden 29. April vor dem Haus an, in dem Sergio Ramelli gewohnt hatte, ein Gymnasiast, der dort, auf dem Bürgersteig vor der eigenen Haustür, mit einem Schraubenschlüssel erschlagen worden war.

»Na klar«, hatte ich gesagt, obwohl mich die Frage erstaunte. Vielleicht hatte er geargwöhnt, ich wolle mich drücken, oder ich hatte ihn schon vorher irgendwie enttäuscht.

Wir hatten uns voneinander entfernt, und womöglich lag das auch an Gabriele. Das tat mir leid und wühlte mich noch mehr auf. Ich war beunruhigt, witterte Gefahr.

»Wieso fragst du?«, hakte ich nach.

Er zuckte nur wortlos mit den Schultern.

Dann begann eine ungewöhnlich gut besuchte Versammlung, an der auch ein Haufen Jungs teilnahmen, die noch jünger waren als ich und die höchstens ab und zu bei einer Demo oder einem anderen wichtigen Termin auftauchten. Wir nannten sie die Hobby-Militanten.

Nach der Versammlung, bei der Giulio darüber sprach, wie wichtig der Appell für unseren Zusammenhalt und unser kollektives Gedächtnis war, erwartete ich ihn draußen im Innenhof. Die Sonne schien mir warm ins Gesicht. Mit geschlossenen Augen stand ich da, bis ich den Rhythmus seiner Schritte kommen hörte.

Noch einmal sagte ich: »Wieso hast du das vorhin gefragt? Ist alles okay?«

Er nickte, drückte mir den Nacken wie bei einer Rangelei unter Brüdern. Dann beugte er sich ganz dicht zu mir, schaute mir direkt in die Augen und sagte: »Ich will, dass du die Fahne trägst.«

Und: »Aber lass mich das nicht bereuen!«

Wenn ich mich an den Tagen vor dem Appell zum Schlafen legte, lief vor meinem inneren Auge immer wieder genau ab, wie ich die Fahne zu bewegen hatte. Ich würde ganz vorne rechts stehen, musste also die Fahnenstange mit der ausgestreckten Rechten von unten stützen und zugleich mit der Linken übergreifen, um sie an der Schulter zu fixieren. Dann musste ich sie langsam vorwärts senken, damit die Fahne sich ausrollte und die Tricolore offenbarte.

Der Mann mit dem Schnauzer, der etwa so alt war wie mein Vater, würde rufen: »Kamerad Ramelli!«, und alle außer mir und dem zweiten Fahnenträger würden den rechten Arm ausstrecken. Wie ein Wald, dessen Bäume sich alle in dieselbe Richtung neigten.

Und alle würden rufen: »Hier!«

Am 29. April war der Himmel über der Via Paladini verhangen, und der Wind wehte Pollen und Staub auf. Wir waren gegen Mittag in einem kleinen Demozug von der Federazione angekommen, zu Fuß, mit vor Ergriffenheit und Allergie tränenden Augen. Ich war vollauf konzentriert, meine Muskeln angespannt, meine Miene ernst, die Atmung ruhig. Die Fahnen und der Blumenkranz wurden mit einem Lieferwagen gebracht, und nach und nach tröpfelte Prominenz aus der regionalen und nationalen Politik ein – in einigem Abstand zu uns, abgeschirmt von kräftigen Kerlen mit schwarzen Anzügen und durchsichtigen Knöpfen in den Ohren. Während ich mich auf meine Aufgabe vorbereitete, hörte ich diverse fremde Akzente, Leute aus anderen Städten, mit denen Giulio plauderte wie mit alten Freunden. Diese Unbekannten stellten sich uns zwar nicht vor, drückten uns aber die Unterarme, raunten ein leises Hallo und manchmal auch das Wort »Kamerad«. Gabriele war nirgends zu sehen. Zur Vorbesprechung war er nicht gekommen, vielleicht würde er gar nicht teilnehmen. Ich war jetzt also einer der wenigen Auserwählten, hatte die Ehre und die Pflicht, in der ersten Reihe die Fahne zu halten, an einer Stange aus massivem Messing. In der Federazione hatte ich bisher nur mit einer Plastikattrappe geprobt, die echte Fahne war deutlich schwerer, aber darüber machte ich mir jetzt, wo es ernst wurde, keine Sorgen mehr. Die Angst war wie weggeblasen: Nicht mal die Hunderte von Leuten, die jetzt hinter mir in Reihen antraten, machten mich nervös, und ich freute mich über die gar nicht mal so wenigen Damen und Herren in etwa dem Alter meiner Eltern. Geduldig warteten sie auf den Anfang des Gedenkens, ohne die aufgeregte Feierlichkeit, die wir anderen an den Tag legten. Wir standen stramm, vollauf bereit, loszubrüllen und uns auf jeden Feind zu stürzen, den man uns nannte. Erneut hatte ich das Gefühl, am richtigen Ort zu sein, trotz der Verwirrung der letzten Monate. Meine Ergriffenheit über unseren Märtyrer reifte minütlich mehr zu Hass, der mich umfing wie eine Umarmung. Ich ließ ihn auf mich wirken, als würde ich meditieren, um meinen Puls zu beruhigen und tiefer zu atmen, um meine Gedanken zu lösen und die Muskeln aufzuwärmen. Die Minuten vergingen, und das Gemurmel auf der Straße wurde lauter, während immer neue Kameraden sich unserer Formation anschlossen. Dann war es endlich so weit. Der Mann mit dem Schnauzer schrie: »Kameraden: Achtung!«

Ich hob die Schultern, spannte den Nacken. Rings um uns stand die Polizei mit Panzerwagen. Präzise führte ich all die nötigen Bewegungen aus. Und wollte am liebsten lichterloh brennen. Wie ein feuriger Komet aus Methan und Ammoniak.

Am Ende der Feierlichkeiten drehte ich mich nach den anderen um. Die Formation löste sich auf, jemand nahm mir die Fahne ab, sagte »Danke« und verlud sie wieder in den weißen Lieferwagen. Alles um mich klang wie in Watte gepackt. Da entdeckte ich ein paar Reihen hinter mir zu meiner Überraschung Gabriele. Er hatte gar nicht Hallo gesagt, war vielleicht erst später dazugestoßen. Jetzt stand er noch immer an derselben Stelle wie beim Appell. Quer durchs Gewimmel fixierte er mich wie eine Raubkatze ihre Beute. Auf einmal hatte ich das Bedürfnis, seinem Blick standzuhalten. Vielleicht aus Neugier, vielleicht aus einem anderen Grund. Ich war sicher, er würde zuerst wegschauen. Tat er aber nicht: Seine Miene war vollkommen reglos, wie aus Marmor. Nur die Mundwinkel waren ein Stück hochgezogen, wirkten streng. Am Ende wandte ich mich selbst ab von dieser Statue namens Gabrielino.

Eigentlich hielt ich vor allem Ausschau nach Giulio. Ich spürte, wie das Adrenalin nachließ, wie mein Herzschlag sich beruhigte. Jetzt, nach all der Aufregung und dem Geschrei, wollte ich seinen Zuspruch. Bravo, wollte ich ihn sagen hören, bravo, Kamerad. Wir sind alle stolz auf dich, das war perfekt. Doch so sehr ich mich auch umsah, Giulio war nicht zu finden. Und auch Roberto nicht. Inzwischen strömte die Menge zur Via Antonio Amedeo – alle außer der Polizei, die geduldig ausharrte. Auch ich bog um die Ecke, wo Trams und Autos fuhren, die von uns nicht das Geringste ahnten. Eine grüne Jacke, genau wie die von Giulio, verschwand weiter vorn inmitten der schwarzen Anzüge der Bodyguards und der blauen der Politiker. Ein Auto hupte. Drei schwarze Limousinen standen am Straßenrand, und alle stiegen ein. Dann brausten die dunklen Wagen gleichzeitig davon.

Ich ging zurück, und Gabriele stand immer noch da. Als hätte er gewusst, dass ich zurückkäme, als hätte er alles genau verstanden. Er trat auf mich zu und ich klopfte ihm auf den Rücken, eine Art halbe Umarmung. »Wie geht's?«, sagte ich. »Willst du was essen?«

Wir gingen los, in eine Ecke der Stadt, die ich nicht kannte. »Gut hast du das gemacht mit der Fahne«, sagte er. Es war warm, trotz des Winds, der immer noch Staub aufwehte und meine Augen jucken ließ.

An einem Cafétisch mit Blick auf die Pforte der nahen Basilika sagte Gabriele: »Ich hab gehört, Lancia ist wieder draußen.«

Er musterte mich, als wolle er meine Reaktion studieren.
»Woher weißt du das?«, fragte ich.
»Ich weiß es halt.«
»Aber was weißt du über Lancia? Kennst du ihn?«
»Hab von ihm gehört.«
Mir war nicht klar, ob auch das eine Prüfung sein sollte, aber die Nachricht löste jedenfalls einen kleinen Gefühlssturm in mir aus. Den x-ten an diesem Tag. »Gut, dass er raus ist«, sagte ich.
Gabriele sah mir direkt in die Augen und sagte: »Wir könnten ja zu der anderen Demo gehen.«

Von dieser Demo wusste ich vor allem eins: Sie war verboten. Von Giulio, der Federazione und der Partei. Bloß ein Kasperletheater in Kostümen sei das, veranstaltet von ein paar Dutzend Extremisten. Die wahre Gedenkveranstaltung war unser Appell. Außerdem wusste ich, dass die verbotene Demo nicht vorm Haus des Märtyrers in der Via Paladini abgehalten wurde, sondern woanders und erst abends. In der Vergangenheit hatte sie oft mit Gewalt geendet: Mal gab es Stress mit der Polizei, mal mit einer Gegendemo der Genossen und anderer Randalierer. Während der ersten Jahre in der Federazione hatte dieses Wissen genügt, um mich davon abzuschrecken, selbst daran teilzunehmen, doch mit der Zeit war ich neugierig geworden. Gabriele hatte die Infos gut destilliert, und ich dachte obendrein an Giulio in der schwarzen Limousine mit den Typen im blauen Anzug.
»Gut«, sagte ich, »gehen wir hin.«
Nur wussten wir nicht mal, wohin wir eigentlich mussten, und brauchten noch eine gute Stunde, um darauf zu kommen, wie es sich rausfinden ließ. Es war meine Idee: Wir würden einfach auf gut Glück losspazieren, bis wir die Plakate sahen,

die mir die letzten Tage öfter aufgefallen waren, die mit dem Namen des Märtyrers, dem heutigen Datum in dicken Blockbuchstaben und einem Grafikdesign im Stil der 1920er. Dass auch diese Demo heute stattfand, war klar, aber von den Plakaten würden wir erfahren, wann und wo genau es losging. Schließlich wollten wir weder zu früh noch zu spät kommen. Eine gute halbe Stunde später fanden wir gleich mehrere Plakate. Kurz überlegten wir, wie wir die Zwischenzeit am besten totschlugen, dann gingen wir zu Gabriele und machten ein Nickerchen auf dem Sofa. Er schlief mit dem Kopf an meiner Schulter. Als wir wieder wach wurden, tranken wir ein paar Bier, die noch bei ihm herumstanden. Sie waren warm und hinterließen einen bitteren, unangenehmen Nachgeschmack. Dann rief ich meine Mutter an und log, ich würde den Abend bei einem neuen Freund aus der Schule verbringen und deshalb erst spät nach Hause kommen.

Ein paar Stunden später, auf der Piazzale Susa, blieben meine Sinne zuallererst am Geruch von nasser Erde hängen, und am Jasminduft aus den Innenhöfen. Viel los war nicht, höchstens ein paar Dutzend Leute, die sich offensichtlich fast alle kannten. Sie begrüßten und unterhielten sich. Allem Anschein nach waren sie alle älter als wir – älter, stärker und härter. Sie lachten, schlugen sich gegenseitig auf Arme und Rücken. Sie waren Wölfe, wir bloß Welpen.

Am auffälligsten waren allerdings die vielen roten Fahnen mit dem schwarzen Kreuz. Wie eine große rote Wolke verdeckten sie den Himmel, flatterten in der Brise, die auch den Blumenduft herbeitrug. Gabriele knuffte mich mit dem Ellbogen, und ich nickte. Gern wollte ich cool wirken, doch Angst und Erregung schüttelten mich durch wie ein hohes Fieber. Hier lag eine völlig andere Spannung in der Luft als heute Vormittag: kriegerisch, kurz vor der Explosion. Als die Gruppe sich endlich zusammenrottete und loszog, hielten wir uns etwas weiter hinten. Langsam ging es voran, ganz vorn trugen zehn, zwölf Leute ein Banner. Andere in der ersten Reihe hielten brennende Fackeln in den Fäusten. Das orangene Licht des Feuers in der Nacht verlieh der Szene etwas Sakrales. Etwas Brutales und Verbotenes. Kurz vor dem Ende des Zugs, da, wo die Maschen etwas weiter waren, fädelten wir uns ein und marschierten schweigend mit, ohne uns noch einmal umzusehen. Niemand fragte uns, was wir hier wollten. Rings um uns war viel mehr Polizei, als ich am Vormittag gesehen hatte. Jeeps und Lastwagen mit Blaulicht, das mit dem Rot des Feuers und der Fahnen in der Dunkelheit wetteiferte. Ab und zu rief jemand aus der ersten Reihe zum Appell, exakt wie schon am Vormittag, und wir alle riefen: »Hier!« Diesmal streckte auch ich dabei den rechten Arm aus. Anders als alle anderen um uns hatten Gabriele und ich keine Tattoos. In ihre Arme hätten unsere zwei- oder dreimal gepasst. Viele hatten rasierte Köpfe. Glatt, glänzend, weiß. Mir gefiel das, sowohl das Spielerische als auch das Erotische daran. Und es machte mir Angst, sowohl das Kriegerische als auch das Erotische daran. Mich selbst so zu rasieren, konnte ich mir nicht mal vorstellen.

»Ist er das?«, fragte Gabriele da.

»Wer ist was?«, fragte ich zurück.

»Lancia. Da vorne rechts, in der grauen Jacke.«

Der, den Gabriele meinte, ging ein paar Reihen vor uns, tauchte immer wieder zwischen anderen Köpfen, anderen Rücken auf. Ich ließ ihn nicht aus den Augen, doch er drehte sich nicht um. Auf jeden Fall wirkte er jünger als die anderen, so viel war klar.

Der Zug wurde langsamer, hielt an. Ein paar Minuten ging nichts mehr vorwärts. Alles war still. Ich kannte diesen Teil der Stadt nicht, wollte aber lieber nicht fragen, wo wir waren und was wir hier wollten, um nicht ahnungslos und fehl am Platz zu wirken. Schritt für Schritt drängte das Ende des Zugs sich nach vorn. Wir standen immer dichter, spürten Hände und Ellbogen im Rücken, mussten selbst nach vorne drängeln. »Die lassen uns nicht durch«, knurrten einige. Und irgendjemand weiter vorn rief: »Die wollen uns nicht weiterlassen!« Und: »Arschlöcher!« Ein anderer pfiff wie im Stadion. Irgendwer, wahrscheinlich ein Polizist, schrie: »Zurück, gehen Sie zurück!«

Der Typ mit der grauen Jacke drehte sich ein kleines Stück in unsere Richtung. Er hatte blaue Augen, seine Wangen waren hohler als früher, aber es war eindeutig Edoardo Lancia.

»Ja, das ist er«, flüsterte ich Gabriele zu.

»Sag ich doch«, erwiderte er zufrieden.

Lancia drehte sich ein Stückchen weiter um, hielt wohl nach irgendwem Ausschau, sah mich auf einmal direkt an. Eine Sekunde, und dann noch eine. Von hinten wurde weiter geschoben, es blieb kaum noch Platz zum Stehen oder Atmen. »Hi«, sagte ich, doch Lancia zeigte keine Reaktion, drehte sich wieder weg, als hätte er mich gar nicht gesehen. Vielleicht hatte er das ja tatsächlich nicht.

In diesem Moment fiel der erste Knüppelschlag: All die vor uns eingepferchten Leute drängten gleichzeitig zurück, und wir wurden mitgeschoben. Der plötzliche Rückwärtsgang warf uns fast von den Füßen. Einige schrien. Es war der erste Versuch, den Platz zu räumen, die Demo zurückzudrängen – mit Knüppeln, um die Menge aufzubrechen. Jemand rief: »Die stürmen!«

Weiter vorn wurde laut diskutiert, aber die anderen waren alle größer und breiter als ich, sodass ich nichts sehen konnte. Einer der Polizisten brüllte: »Ich hab doch gesagt, ihr könnt hier nicht lang!«

Doch von hinten wurde schon wieder geschoben, diesmal noch viel stärker, und ich wurde erneut nach vorn gedrückt. Meine größte Sorge galt meinem Gleichgewicht: Was, wenn ich hier stürzte? Die zweite galt den Fackeln, die ich vorhin gesehen hatte: Wo waren die jetzt? Verbrannten die gerade jemanden? Die dritte galt Gabriele: Eingezwängt wie ich war, hatte ich keine Chance zu sehen, wer neben oder hinter mir stand. Es wurde immer noch geschoben, aber weiter vorn war kein Platz mehr, wir wurden nur immer dichter gequetscht. Das Letzte, was ich vor dem Angriff hörte, war: »Nicht drücken!« Das war Gabriele, seine Stimme klang erstickt, und ich hörte nicht, woher sie kam. Dann entlud sich die Spannung in der Menge plötzlich, als hätte irgendwer eine Sprungfeder losgelassen, und alles flüchtete zurück. Geschrei erhob sich. Wir rannten und rannten. Irgendwer, eine Hand, packte mich am Handgelenk, riss mich weiter. Zack, traf mich da ein Knüppel, mitten auf den Rücken. Ich rannte so schnell weiter, dass ich fast bäuchlings hingefallen wäre. Kurz darauf lehnten wir alle an Autos, in derselben Straße, unweit von dem Platz, auf dem wir uns eine Stunde vorher versammelt hatten. Die Hand, die mich gezogen hatte, gehörte Gabriele, der nun keuchend vor mir kniete. Er zog etwas aus der Tasche, hielt es sich an den Mund und atmete tief ein, weitete die Brust. Dann sah er mich an und sagte: »Asthma.«

Jemand tippte mir auf die Schulter. Ich drehte mich um, spürte schmerzhaft meinen Rücken, wo der Knüppel mich erwischt hatte. »Alles okay?«, fragte der Typ. Er war um die dreißig, kahlrasiert und hatte einen graumelierten Kinnbart. »Der hat dir ja sauber eine verpasst. Zum Glück hat er dich nicht am Kopf erwischt.« Dann lachte er, knurrte: »Verdammte Wichser«, und zog ab. Ich schaute ihm nach. Auf dem Platz bildete sich neuerlich eine Art Formation. Die Fackeln waren wieder da, alle standen dicht beisammen. Erneut sah Edoardo Lancia zu mir rüber, und ich wollte gern etwas zu ihm sagen. Hoffte, er würde mich ansprechen. Dann wandte er sich ab, ging weiter ,und mir kam ein alberner Gedanke: Wie ein Wolf im Wald, dachte ich.

Gabriele legte mir behutsam die Hand auf den Rücken: »Tut's weh?«

»Geht so«, antwortete ich. »Aber ich glaub, das kommt noch.«

Er legte mir den Arm um die Schultern, war dafür aber zu klein, klammerte sich eher an mir fest. Also nahm er ihn nach ein paar Schritten wieder weg. Wir gingen einfach drauflos, ließen die Demo hinter uns. Ich bot ihm eine Zigarette an, aber er winkte ab und sagte noch mal: »Asthma.«

Und ich sagte, mit leiser Stimme: »Danke, Gabrielino.«

22

Es war ein durchschaubarer, letzter Versuch meiner Mutter, mich auf den rechten Weg zurückzuführen. Einer, der – wie solche letzten Versuche das häufig tun – voll auf meine Gefühle abzielte. Wäre das ganze Desaster danach nicht gewesen, hätte er vielleicht gefruchtet. Nicht sofort, vermutlich, aber doch wie ein Samenkorn, das langsam Wurzeln schlägt und über die Jahreszeiten hinweg gedeiht. Zu spät für diese letzte Gabelung meiner Geschichte. Für die entscheidende.

Es war Sonntagmorgen, doch der freie Tag brach nicht so entspannt an wie sonst. Mein Rücken tat immer noch weh vom Schlagstockhieb bei der Demo, aber zu Hause durfte davon keiner wissen. Wenn ich mich im Bad etwas vor dem Spiegel verrenkte, konnte ich das Malheur genauer betrachten: Ein violetter, länglicher Bluterguss zog sich rechts neben der Wirbelsäule über den Rücken wie ein Pinselstrich.

Als ich nach dem Duschen wieder in mein Zimmer kam, erwartete mich dort, auf meinem Schreibtisch, eine dunkelgrüne, gut zwanzig Zentimeter breite Pappschachtel. Ein seltsamer Behälter, der auf einen kostbaren Inhalt schließen ließ. Ich machte das Fenster auf und linste dann aus der Tür ins Wohnzimmer, wollte sehen, ob meine Mutter da war, ob sie die Schachtel für mich abgestellt hatte, doch in ihrem Teil der Wohnung – wo sie ihr Schlafzimmer und ihr Bad hatte – dröhnte der Staubsauger, und ich ließ es dabei bewenden. Mein Vater war wie jeden Sonntagmorgen beim Tennis mit Freunden, die ich nicht kannte. Also setzte ich mich und nahm vorsichtig den Deckel von der Schachtel. Darunter lag ein Häufchen Schwarz-Weiß-Fotos. Die weißen Ränder waren etwas gelb geworden, aber sonst waren sie praktisch perfekt erhalten. Ich nahm sie aus der Schachtel und breitete sie auf dem Schreibtisch aus. Sie zeigten unterschiedliche Leute in diversen Situationen. Nur eines war ein gestelltes Porträt – ich betrachtete es genauer.

Das Gesicht erkannte ich sofort: Es war jener Onkel Leo, der 1945 gestorben und hier in Zivil abgelichtet worden war. Er trug ein Jackett mit breitem Kragen, dazu eine weiße, eng gebundene Krawatte über einem Hemd von der gleichen Farbe. Ich betrachtete seine Züge: Er hatte ein viereckiges, gedrungenes Gesicht, das mir kein bisschen bekannt vorkam. Meins war eher oval und länglich, so wie das hagere, strenge Gesicht meiner Mutter. Aber auf den zweiten Blick traten gewisse Details schärfer hervor: die Nase mit dem schmalen Rücken und den breiten Flügeln entstammte ohne jeden Zweifel denselben Genen wie meine, genau wie die nach unten gebogenen Augenwinkel und die ein wenig hängenden Lider, die den

Blick dahinter desinteressiert, ja gelangweilt wirken lassen konnten, aber in Wahrheit – dachte ich, als wollte ich den Onkel vor dieser Behauptung schützen – eine tiefe Melancholie verbargen.

Die übrigen Bilder waren Gruppenfotos, deren Fotograf sich nicht gerade verkünstelt hatte: Eins hatte einen dunklen Schatten am unteren Rand, wahrscheinlich ein Finger vor dem Objektiv. Ansonsten posierten darauf ein paar Soldaten, drei in der Hocke, vier stehend dahinter. Die Fotos waren im Freien geschossen geworden, mit einer tragbaren Kamera. Die Soldaten trugen weder Schulterklappen noch Kragenspiegel, ihre Hosen bauschten sich weit über den Beinen, ehe sie in den Stiefeln verschwanden. Angesichts des Alters meines 1925 geborenen Großonkels musste es von Anfang der Vierziger stammen. Alle sieben hatten ihr schwarzes Barett unter den Gürtel gesteckt und trugen das Gewehr – die Muskete? – an einem Ledergurt über der Schulter. Leo sah mit seinem strengen Gesicht am ältesten von allen aus, obwohl er da höchstens achtzehn gewesen sein konnte. Sehr groß war er nicht, aber die Uniform saß wie angegossen. Die anderen auf dem Foto hatten helleres Haar als er, waren offenbar alle blond, und ihre Gesichter wirkten viel knabenhafter, fast wie mit Gewalt der Pubertät entrissen. Bemüht wachsam und hart schauten sie in die Kamera, wirkten aber eher nervös – eine Unruhe, die sicher auch mit Angst zu tun hatte. Der Krieg war also in der Endphase, und der Tod meines Großonkels lauerte schon. Ein weiteres Foto zeigte ein ganz anderes Motiv: Auf diesem waren nicht nur sieben Soldaten, sondern mehr als doppelt so viele. Achtzehn junge Männer, diesmal ohne Gewehr und Barett, dafür aber ausgestattet mit der Kopfbedeckung, die man »Schiffchen« nennt. Aus all diesen Gründen musste dieses Foto noch vor dem Fronteinsatz entstanden sein, oder aber während eines Urlaubs, offenbar an einem Sommer- oder Frühlingstag, was man daraus schließen konnte, dass manche der Soldaten ihre Ärmel weit über die Ellbogen gekrempelt hatten, bis halb auf den Bizeps. Sie hingen aufeinander, wie junge Leute das eben so tun, einer stützte sich auf den anderen, breit grinsend und lässig. Onkel Leo war auf diesem Bild nicht so leicht zu finden: Ich analysierte jedes einzelne Gesicht, verglich es mit dem Porträt in Zivil, aber die Gestalten waren einfach zu unscharf. Einer, der rechts ein wenig abseits stand, hätte er womöglich sein können. Er hatte die Ärmel weiter hochgekrempelt als alle anderen und unterschied sich auch sonst von ihnen, wirkte strenger, gefasster, erwachsener. Aber sicher konnte ich nicht sein. Er schien ein wenig zu groß für Leo, und auch zu dünn. Das Problem war wohl einfach die schlechte Qualität der Aufnahme. Sie war gegen das Licht gemacht worden, und alle Abgebildeten waren vom selben Bildfehler betroffen: Ihre Augen waren nichts als schwarze Flecke, wie zwei große Löcher im Gesicht, und jeder individuelle Zug ertrank in einem Chiaroscuro, das eine Nase wie die andere aussehen ließ. Auch die eingefallenen Wangen waren schwarz – und eingefallen waren sie bei allen, dank der in jenen Jahren nicht gerade optimalen Ernährung. Aufgrund dieses Lichtspiels glichen all die Gesichter, die eigentlich fröhlich hätten aussehen sollen, eher Totenschädeln mit leeren Augenhöhlen und fleischlosen Wangen, alle identisch in den grünen Uniformen mit aufgerollten Ärmeln, die Arme eingehakt bei ihren Kameraden, Freunden, Waffenbrüdern. Mit zwanzig sterben, dachte ich. Nicht unbedingt in Bezug auf Onkel Leo, sondern auf all diese jungen Menschen, als wären sie ein einziger Leib, ein einziges Schicksal, im Tod vereint. Ich hielt mir das Foto dicht vor die Nase wie ein Juwelier einen Diamanten. Ein wenig kamen mir die Tränen wegen dieser Leben, und mir zitterten die Lippen und die Lider. Das war im Grunde nichts Besonderes: Schließlich weinte ich ja oft und wegen jedem Blödsinn. Trotzdem war ich traurig, wegen ihnen und auch wegen mir. Wegen ihnen, weil ihre Jugend vom Krieg dahingerafft worden war – wenigstens stellte ich mir das so vor, wenigstens bei meinem Großonkel war das so gewesen. Und wegen mir, weil ich mich ein Stück weit verantwortlich für diesen Epilog fühlte, weil ich die Anklage ihrer Geister fürchtete und weil ich mir – mal wieder – schuldig vorkam, falsch und ganz allein auf der Welt. Ich hätte diesem Gefühl noch tiefer auf den Grund gehen können, aber das hätte nur zu mehr Tränen geführt. Also wischte ich mir die Augen trocken, legte die beiden Gruppenfotos beiseite, das mit den geschulterten Gewehren und das mit den Gesichtern, die aussahen wie kleine Totenschädel in spe, und widmete mich noch einmal dem Porträt. Ich nahm es in die Hand, drehte es um. Auf der Rückseite hatte jemand mit schwarzem Füller den Entwurf einer Trauerrede geschrieben, oder vielleicht auch die tatsächliche Trauerrede, und darunter das Datum 6. April 1945. Der Text ging so: »In der Folge abscheulicher Razzien in einem Konzentrationslager in teutonischen Landen auf eine bloße Nummer reduziert, als eben die heilige Stunde der Freiheit anbrach, erreichte er, der von unbarmherziger Krankheit Geplagte, von Gott geführt und unter Fieberkrämpfen wandernd, mit letzter Kraft das Haus seines Vaters, doch schon nach wenigen Tagen neigte sich die tiefe Freude wie eine welke Blume dem Tode zu, und er murmelte in einem letzten Gebet das Wort: ›Vergebung‹.«

Die Handschrift war schön, sie entstammte einer anderen Zeit: nichts als Schnörkel und Eleganz. Unterdessen flossen meine Tränen wieder, stärker noch als zuvor. Wenn ich die Augen schloss, strömten sie mir in die Mundwinkel wie kleine

Wasserfälle, salzten mir die Zungenspitze. Zwei tiefe Schluchzer schüttelten mich durch, und ich atmete zweimal tief ein, um dagegen anzukämpfen, doch die nächsten, schnelleren, folgten sofort. Die Traurigkeit stieg in mir an wie ein Hochwasser, hatte schon nach wenigen Minuten den Damm der kleinen Schwarz-Weiß-Soldaten überflutet und schwemmte eine Reihe zugleich tieferer und diffuserer Gedanken mit, denen ich so gut wie nichts entgegensetzen konnte. Also dachte ich an die Welt aus Entdeckungen, Eroberungen und Erfindungen, auf die ich zugunsten meines Wegs aus Elend und Einsamkeit verzichtet hatte und die nun für immer verloren war. An Sex, an Liebeskummer, wie ich ihn aus Liedern kannte, aber auch an Glück, an eine Sorglosigkeit, die ich niemals wirklich erlebt hatte, an ungestüme Ferien, an Warten aufs Morgengrauen und vor allem an Liebe und Zuversicht in Bezug auf die Welt und die Zukunft: Nichts von alldem würde je wiederkehren. Ich war erwachsen und hatte freiwillig alle mir gewährte jugendliche Unbeschwertheit verheizt, um mich in ein selbst ausgedachtes »Einer gegen alle« zu stürzen.

Ich stand auf und ging ins Wohnzimmer, wo ich diesmal meine Mutter fand, die gerade die Sofakissen aufschüttelte. Sie sah mich wortlos an, doch in ihren Augen lag eine Frage. Meine waren vermutlich rot und ein wenig geschwollen vom Weinen. Ich zog mir die Schuhe an, schnappte mir den Schlüssel für die Vespa meines Vaters. Seit einer Weile machte ich damit manchmal kleine Touren übers Land, auch ohne den nötigen Führerschein. Aus irgendeinem Grund ließen meine Eltern mir das einfach so durchgehen, was sie sonst nie taten. Vielleicht eine Art Gnadenbeweis. »Ich nehme die Vespa«, sagte ich, und niemand antwortete mir.

23

Die Demo war eine Woche her, und die Schmerzen im Rücken ließen langsam nach. Das Schmerzgedächtnis ist schon eigenartig: Solang es einem schlecht geht, kommt einem die Gesundheit vor wie eine ferne Erinnerung, und man glaubt, man würde ihre Rückkehr feiern wie ein Wunder. Aber sobald es einem wirklich besser geht, verfliegt die Erinnerung an den Schmerz, und man denkt gar nicht mehr daran, die Genesung zu feiern.

Von Gabriele hatte ich die ganze Woche kaum gehört. Am Tag nach der Demo hatte er mir geschrieben, um zu fragen, ob mein Rücken mir noch wehtat, was ich nett fand. Am Montag in der Schule habe ich ihn nicht gesehen, hatte aber auch kaum das Klassenzimmer verlassen, aus dem Impuls heraus, nach diesem so anderen, heftigen Wochenende besser etwas die Füße still zu halten. Ohnehin konnte ich wegen des Knüppeltreffers kaum aufrecht gehen. Am Abend schrieb ich ihm: »Sehen wir uns die Tage in der Federazione?«

Und er antwortete: »Eher nicht, hab hohes Fieber.«

Diese plötzlichen, vielleicht bloß vorgeschobenen Fieber, die ihn manchmal tagelang von der Schule und mir fernhielten, kannte ich von Gabriele schon. So was hatte er von Anfang an gemacht, und für einen, der ab und zu auch mal ein bisschen sehr anhänglich sein konnte, fand ich das vollkommen in Ordnung.

Er versuchte nicht, mich zu erreichen. Stattdessen lief ich ihm hinterher. Bei zwei Anrufen ging niemand ran, der dritte wurde sofort abgelehnt. Die Anrufzeit auf meinem Handydisplay lautete: 22:14 Uhr. Gut, sagte ich mir, ist ja auch spät.

Als Nächstes versuchte ich es mit SMS, zwei Stück. Beim ersten Mal schrieb ich: »Wie geht's dem Fieber?« Keine Antwort. Ein paar Tage später fragte ich noch mal: »Oi, alles okay bei dir?« Danach ließ ich es nur noch anklingeln. Ich wählte seine Nummer, ließ es kurz läuten und legte sofort wieder auf. Nur um zu sagen: Hallo, ich bin's, weißt du noch?

Sorge um Gabrieles Gesundheit trieb mich dabei eigentlich weniger um, denn der war wie eine Straßenkatze, fiel sowieso immer auf die Füße. Nein, eher sorgte ich mich um mich selbst. Fürchtete, irgendwas falsch gemacht zu haben und verlassen worden zu sein. Ich hatte Angst vor der Zurückweisung. Darum sah ich Gabriele in Gedanken auch nicht ausgezehrt und fieberbleich vor mir, sondern mit strenger, finsterer Miene, wie er mich für Fehler abstrafte, an die ich mich beim besten Willen nicht erinnern konnte.

Schließlich wandte ich mich an Giulio. Es war Nachmittag, wir packten in der Federazione gerade ein paar Kisten mit Material für einen Infostand zum Gedenken an Bobby Sands, der Anfang Mai seinen Todestag hatte. Es gab frisch gedruckte Flyer zu sortierten, Broschüren zu stapeln, Fahnen zu falten und graue Plastikstangen zusammenzulegen. »Hast du die Tage mal was von Gabriele gehört?«, fragte ich ihn, während er Scheine aus unserer Gemeinschaftskasse, einer kleinen blauen Stahlschatulle, abzählte. »Zehn, zwanzig, dreißig, fünfunddreißig, vierzig, fünfundvierzig«, zählte er, trug die Summe ein, sah mich aus blauen Augen an und sagte: »Nee.« Dann nahm er das nächste Bündel Scheine in die Hand, hielt aber sofort inne und wandte sich noch einmal zu mir: »Müssen wir uns Sorgen machen?«

Von der verbotenen Demo hatte ich Giulio kein Wort erzählt. Er hätte sich ja doch nur aufgeregt, hätte das übliche Zeug wie immer erzählt, über uns und die anderen, über

Aktivismus und Gewalt. Also sagte ich nur: »Glaub nicht, nein.«

Giulio seufzte. Er sprach wie einer, der gewohnt ist, Befehle zu erteilen, und zugleich genervt davon, sie ständig wiederholen zu müssen. »Ach Ettore«, sagte er, »mach dir wegen dem bloß keinen Kopf – ja, mach am besten überhaupt nicht mehr so viel mit ihm.« Dann sagte er noch andere Dinge, die ich auch selber über Gabriele dachte: Er sei viel zu anarchisch und einzelgängerisch, tue immer nur, was er sich gerade in den Kopf gesetzt habe, und ich solle das besser nicht alles mitmachen, lieber an mich denken, an meine Aufgaben und Pläne, mich nicht davon verrückt machen lassen, aus ihm schlau werden zu wollen. Aus seinem Mund klang all das allerdings wie ein Vorwurf, weshalb ich nur »Okay« sagte und den übrigen Nachmittag bloß darauf wartete, mich endlich vom Acker machen zu können.

Mit dem Moped fuhr ich durch den Feierabendverkehr. Wie immer Anfang Mai ging die Sonne in intensiven Pfirsichfarben unter, in einem neuen Licht, das alles friedlich und das Leben leicht aussehen ließ. Ich fuhr durchs Zentrum, schlängelte mich mühelos zwischen Autos und Trams durch, dann durch die breiten Kurven am Arco della Pace und parkte schließlich vor Gabrieles Haus. Erst beim Absteigen merkte ich, wie atemlos ich war – als wäre ich gerannt.

Ich klingelte und musste länger warten als sonst, bis jemand aufmachte. Es war Gabrieles Vater. Wir hatten uns schon ab und zu gesehen und auch mal kurz gesprochen. Er war klein, wie Gabrielino, aber auch korpulent; sein Bauch lugte unter dem Hemd hervor. Er trug immer Anzug und hatte schwarze Locken, an den Seiten noch dicht, oben schon licht.

»Ich will zu Gabriele«, sagte ich.

Ich hatte keine Ahnung, wie er das aufnehmen würde, hatte

mich nicht vorher angekündigt. Lächelnd zeigte er in Richtung erster Stock. »Bis er wieder auf den Beinen ist, wohnt er erst mal hier. Hat eine saftige Abreibung gekriegt. Geh nur rauf, er ist sicher in seinem Zimmer.« Offenbar war ihm das alles nicht so wichtig.

Ich ging die steinerne Treppe hinauf, in einen Teil des Hauses, den ich noch nie betreten hatte. Oben öffnete sich eine Diele auf drei Zimmer; eins war ein Bad, das zweite abgeschlossen, also nahm ich die dritte Tür. Gabriele lag in einem hohen Einzelbett und las. Gemütlich sah das aus. Im Unterschied zu seiner Wohnung war dieses Zimmer sauber, aufgeräumt und hell. Ein kleiner Balkon auf den Innenhof, ein antiker Schreibtisch. »Mein altes Kinderzimmer«, sagte er. »Hab bisschen Kopfweh, drum gönn ich mir ein paar Tage hier.«

Er setzte sich im Bett auf, trug eine Turnhose und ein weißes Baumwollshirt. Eine Hälfte seines Gesichts sah aus, als hätte man sie über den Asphalt geschleift, ein Auge war dunkelrot geschwollen. Zum Fürchten. »Fünf gegen einen«, sagte er. »Keine Chance.«

»Pisskopf?«

»Ja, vor allem. Und Scarpa, dieser Wichser.«

»Einer aus deiner Klasse?«, fragte ich.

»Ja, gehört zu denen«, antwortete er. »Kennst du ihn nicht?«

Statt einer Antwort trat ich auf den Balkon. Alles war so grün und völlig anders als bei mir. »Kennst du eure Nachbarn?«, fragte ich.

»Nicht wirklich. Warum?«

»Du musst mir alles erzählen«, sagte ich in einem Befehlston, der klingen sollte wie Giulio. »Ich hab mir Sorgen gemacht.«

Gequält fischte Gabriele eine Ausgabe des *Corriere della*

Sera vom Fußboden und reichte sie mir. Aufgeschlagen war der Mailand-Teil, auf dessen erster Seite ganz unten folgende Schlagzeile prangte: »Rechte Gewalt am Gymnasium Beccaria«. Laut des Artikels war ein jüdischer Schüler von einem Klassenkameraden gezwungen worden, eine Salami zu essen. Namen wurden nicht genannt. Ich fragte: »Das warst du?«

Er zog die Schultern hoch, legte den Kopf zur Seite. All seine Bewegungen waren verlangsamt. »Ja«, sagte er, »aber doch nur so aus Spaß. Außerdem war das gar keine Salami.«

Er erzählte. Alles hatte eine Woche vorher angefangen, am Freitag nach dem Appell. Scarpa und er hatten einander schon seit Monaten auf dem Kieker gehabt: Nickligkeiten beim Basketball im Sportunterricht, Hakeleien, Rempler während des Spiels und so was. Sie unterhielten sich nie, ließen den anderen nie die Hausaufgaben abschreiben.

»Du weißt, dass ich in der Judenklasse bin, oder?«, sagte er. »In der Schule, meine ich.«

»Nein, das wusste ich nicht.«

»Echt nicht? Ist dir nie aufgefallen, dass wir am Samstag nie Unterricht haben?«

Doch, sagte ich, das war mir aufgefallen. Ich hatte es bloß nicht mit Religion in Verbindung gebracht. »Und was juckt dich das?«, fragte ich.

Er rümpfte die Nase.

Eines Tages war ihm eine lustige Idee gekommen, um diesen Scarpa zu ärgern, fuhr er fort: Er hatte eine Packung kleiner, dünner Würstchen mitgebracht – »wie lauter kleine Pimmel«, meinte er und musste lachen – und sie in der Pause wie Stifte in Scarpas Mäppchen gelegt. »Scarpa ist Jude, weißt du«, erklärte er leise. Ich sah ihm in die Augen und hatte keine Ahnung, was ich darin lesen sollte.

»Sorry, aber was sollte das denn?«, fragte ich.

Ein breites Grinsen zog sich über sein Gesicht. Er kniff die Augen zu und ich dachte zum ersten Mal, dass er verrückt aussah. »Mann, das war doch nur aus Scheiß!«

Plötzlich verdüsterte sich seine Miene. »Das war am Freitag. Montag haben die mir aufgelauert.« Und er wiederholte: »Fünf gegen einen.«

Dann ging er noch einmal den ganzen Tag durch: Die ersten Stunden waren glatt verlaufen, nicht mal im Sport hatte es Stunk gegeben. Auf dem Heimweg von der Schule bog Gabriele wie jeden Tag links in den Park. Kurz bevor er ihn wieder verließ, wurde er an einer Ecke aufgehalten. Von Emanuele Scarpa, Pisskopf und drei anderen, die er nicht kannte, vielleicht von einer anderen Schule. Viel los war nicht, denn weil Gabrieles Klasse samstags keinen Unterricht hatte, mussten sie sonst fast täglich eine Stunde länger bleiben. Zwei von ihnen packten Gabriele an den Ellbogen und zerrten ihn außer Sicht hinter ein paar Schneeballsträucher. Worte konnte er sich sparen. Sie hatten ihn erwischt. »So, so, unser kleiner Nazi«, höhnte Pisskopf. Gabriele blickte zu Boden. »Schau mich gefälligst an, wenn ich mit dir rede«, befahl Pisskopf. Gabriele sah auf, und Scarpa boxte ihm in den Magen. Gabriele krümmte sich vor Schmerz, nutzte aber diese Position, um sich freizuwinden. Dann ging alles durcheinander. Pisskopf griff nach ihm, traf ihn dabei aber irgendwie im Gesicht und stieß ihn zu Boden. Von dort ließen sie ihn nicht mehr hoch, schlugen weiter auf ihn ein, wollten ihm eine Lektion erteilen, die er nie mehr vergaß. Am Ende war sein Gesicht vom Kies zerkratzt und staubig. So schleppte er sich nach Hause. »Und da bin ich noch«, schloss er.

»Das da kam gleich am nächsten Tag.« Er nickte zur Zeitung. »Scheinbar haben die auch Journalistenfreunde, wer hätt's gedacht.«

Ich kannte diesen Scarpa nicht – ja, im Grunde kannte ich außer Gabriele gar keinen aus seiner Klasse. Sie waren einfach zu klein, und wäre er nicht so beharrlich gewesen, hätten auch unsere Wege sich nie gekreuzt. Die Distanz zwischen einem, der eben erst an die Schule gekommen ist, und einem, der sie fast abgeschlossen hat, ist eigentlich unüberwindlich. Sie gehören verschiedenen Spezies an, beäugen einander nur misstrauisch aus der Ferne. Bloß manchmal, ganz selten, setzt jemand sich über diesen Abstand hinweg, watet durch den Grenzfluss zwischen den Altersgruppen und macht sich gemein mit den viel Älteren oder Jüngeren. So einer war Gabriele: eindeutig reifer als seine Altersgenossen und trotz ein paar Jahren Rückstand genauso wie wir. Vom ersten Tag an hatte ich ihn nicht nur akzeptiert, sondern war tief in seinen Bann gezogen worden wie von einem plötzlichen Leuchten am Nachthimmel.

Ich dachte zurück an jenen ersten Tag. »Gut gemacht«, hatte er in der Pause vor dem Jungsklo zu mir gesagt. Jetzt konnte ich mich nicht entscheiden, was ich von seiner Geschichte halten sollte. Surreal schien mir das alles, obwohl das Endergebnis leibhaftig vor mir saß. Gabriele, der mein Schweigen wohl bemerkte, sagte: »Hey, was ist denn?«

Statt zu antworten, fragte ich selbst: »Und jetzt? Kommst du wieder in die Schule?«

»Ach«, sagte er, stand auf und humpelte zum Balkon. Er bat mich um eine Zigarette. Ganz bucklig stand er da, das Kreuz ein wenig schief. »Aaach«, sagte er noch mal, und dann: »Keine Ahnung. In ein, zwei Wochen ist ja sowieso Schluss. Meine Noten passen, und mein Vater meint, wenn ich will, kann ich auch einfach hierbleiben.«

Dass meine Familie mir so einen Luxus zugestand, war nicht einmal vorstellbar; erneut verspürte ich ihm gegenüber diesen Mix aus Neid und Traurigkeit. Nicht wegen des Hauses und all des Luxus, sondern wegen dieser umfassenden Freiheit, die ihm völlig normal vorkam. »Und nächstes Jahr ... mal sehen«, sagte er und drückte die Kippe am Geländer aus.

»Wie, mal sehen?«, fragte ich.

Er legte sich zurück aufs Bett und sagte: »Na ja, ich weiß halt nicht. Vielleicht wechsle ich in eine Parallelklasse, das ist vermutlich das Beste. Die Schule find ich okay, auf der würd ich gern bleiben.«

»Aber es kann auch sein, dass du wegmusst?« Die Verlustangst schnürte mir die Luft ab.

»Ja, schon. Aber wie gesagt, keine Ahnung.«

»Hm«, machte ich, wollte lieber das Thema wechseln. »Ist eigentlich was gebrochen?«

Er zog sein T-Shirt hoch, zeigte mir die Rückenmuskeln, die in dieser Haltung stark und angespannt aussahen, aber auch tiefblau von Blutergüssen. »Aber da unten tut's am meisten weh.« Er zog die Shorts runter bis zum Kreuzbein, bloß ein paar Zentimeter. Auf den Lenden, kurz überm Po, prangte eine weitere Schwellung. »Genau hier«, sagte er und zeigte mit verdrehtem Arm darauf.

Fast hätte ich gefragt, ob ich mal anfassen dürfe, doch das war Blödsinn, und ich verkniff es mir gerade noch. Die Frage, wieso er das getan hatte, brachte ich nicht über die Lippen. In Wahrheit hatte ich Angst, dass jede mögliche Antwort mir meine eigenen Fehler vor Augen geführt hätte: meine enge Bindung zu Gabriele, dass ich jetzt hergefahren war, um ihn zu besuchen, und vor allem, dass ich die ganze Zeit an all diese Gesichter, Leute und Geschichten geglaubt hatte. Also litt ich nur stumm, war wieder mal sprachlos. Auch der Horizont möglichen Handelns war verschwommen. Die Vorstellung, zu Hause mit meinen Eltern am Tisch zu sitzen, kam mir unmöglich und unerträglich vor. Irgendeine Kraft stieß mich entweder ab oder zog mich an und löste Übelkeit in mir aus. Okay, dachte ich, ich bin dabei. Ich sprach mit mir selbst, mit der Kraft. Manchmal fühlte ich mich verdoppelt, als hinge mein Hirn von einem zweiten, stärkeren Hirn ab, das ich nicht ganz unter Kontrolle hatte.

»Erhol dich gut«, sagte ich zu Gabriele, »du wirst noch gebraucht.«

Draußen war vom Licht nur noch ein letzter Hauch übrig, und die Luft roch süßlich melancholisch. Auch davon wurde mir ein wenig übel, als ich auf mein Moped stieg.

Zum Streit mit Giulio kam es tags darauf, gegen Abend, in der Straße vor der Federazione – nicht drinnen, sondern davor, auf dem Gehsteig. Wir, die Autos, die Häuser und alles andere waren immer noch in dieses Pfirsichlicht getaucht. Ich hatte mich den ganzen Tag gefühlt wie auf Kohlen, beinahe fiebrig. »Kommst du mal?«, hatte ich zu Giulio gesagt. »Ich muss mit dir reden, aber draußen.«

Er ging wortlos voraus, lehnte sich vor der Tür an die Mauer, verschränkte die Arme und sagte: »Was gibt's?« Im Lauf des Tages hatte es geregnet, ein kurzes, aber heftiges Gewitter, von dem die ganze Stadt noch frisch und feucht war. Ich zündete mir eine Kippe an und sagte: »Es gibt ein Problem mit Gabriele.« Ich strich über ein Autodach, sammelte den Regen in der hohlen Hand und erfrischte mir damit das Gesicht, die Stirn, die Augen. Das Wasser stank und war schmutzig. »Was für ein Problem?«, fragte er.

Ich brauchte ein wenig, um ihm alles zu erklären. Den Artikel im *Corriere*, das, was Gabriele für einen harmlosen Streich hielt, den Hinterhalt. Giulio hörte mir mit großen Augen zu; hinten am Kiefer zuckten seine Kaumuskeln. Ich sprach schnell, um schnell zum Ende zu kommen und keine Pausen entstehen zu lassen. Als ich fertig war, sagte ich: »Fertig.«

Er löste sich von der Mauer, ging ein paar Schritte im Kreis. Dann ertönte ein ohrenbetäubender Knall: Giulio hatte mit der Faust an die Tür zur Federazione geschlagen. Genau wie der Wind in der Nacht, als ich dort übernachtet hatte.

»Mann, was habt ihr bloß alle mit diesen Juden? Seit wann ist das so in Mode, den Nazi zu spielen?« Dann fluchte er richtig. Wenn er aufgebracht war, verfiel er oft ins Römische.

»Also ich … gar nichts«, stammelte ich. Giulio lief puterrot an, rückte mir dicht auf die Pelle und zischte: »Bring den bloß nie wieder her«, und ich wusste wieder nicht, was ich erwidern sollte, versuchte es mit: »Er sagt, er kommt nicht mehr in die Schule«, aber Giulio war jetzt völlig außer Rand und Band, fuchtelte wild mit den Armen wie meine Mutter damals bei unserem Streit in meinem Zimmer. Er packte mich an den Schultern, am Kragen, schüttelte mich durch und brüllte: »Ich will den hier nie mehr sehen!« Und dann: »Und wenn du auf seiner Seite bist, kommst du gefälligst auch nicht wieder. Verpisst euch!«

Ich spürte, wie mir Tränen in die Augen stiegen. Eine absolute Traurigkeit ergriff mich, riss mich mit sich wie ein Wasserfall. Giulio hatte mich abserviert. Er ging vor mir auf dem Gehsteig auf und ab und würdigte mich keines Blickes. »Lern du mal besser, deine Freunde zu beschützen«, platzte es aus mir heraus.

Ich schob die Hand in meine linke Jackentasche. Das kleine Springmesser, das meine Teamkameraden mir geschenkt hatten, war immer noch da. Einer Eingebung folgend hatte ich es eingesteckt, als ich heute Morgen aus dem Haus gegangen war. Ganz instinktiv.

24

Es war das Einzige, was mir noch blieb – der letzte offene Weg, nachdem mich all die vorherigen Gabelungen eine nach der anderen in diese Einbahnstraße geführt hatten. In diese Sackgasse. Tragödien sind sorgfältig gedeckte Tische, nicht das spontane Stückwerk eines schlechten Tags.

Gleichzeitig war es die letzte – die einzige – Möglichkeit, um neu anzufangen. Ein Paradox: Alles niederbrennen, um alles auf null zu setzen. Wie der auf dem Prager Wenzelsplatz in eine menschliche Fackel verwandelte Jan Palach. In die tiefsten Abgründe der Sünde vordringen, um mit dem Wiederaufstieg zu beginnen. So abwegig kam mir das gar nicht vor, schließlich hatte man mir diesen ganzen Katechismus, diese Religion seit meiner Kindheit eingetrichtert. Ein bisschen Auferstehung, ein bisschen verlorener Sohn.

So erbrachte ich an diesem Abend im Mai also das letzte Opfer auf dem Weg der vergangenen Jahre – eine Verzweiflungstat aus dem Moment heraus. Ich wusste genau, wohin ich musste: Die Bar, in der Pisskopf und seine Leute sich immer trafen, lag im Süden der Stadt, in der Nähe des Naviglio Pavese. Viele Kollektive, auch die von anderen Schulen, hingen in dem schäbigen Laden ab. Er befand sich in einem hässlichen Sozialblock; alte, gelbe Bauten, von denen einige besetzt waren. Die Mauern um die Innenhöfe waren bunt von Graffiti und politischen Slogans. Immer liefen dort viele unangeleinte Hunde herum. Hier würde ich ihn garantiert finden.

Ich parkte um die Ecke. Ein Hund beschnüffelte meinen Auspuff, mein Bein und trollte sich wieder. Pisskopf erspähte mich, sobald ich meinen Helm abnahm. »Na super«, rief er, »du hast mir grade noch gefehlt.«

Seine Visage kam mir noch vulgärer vor als sonst, mit schmutzigen und schiefen Zähnen. Die Hände in den Hosentaschen ging ich auf ihn zu, blieb ein Stück von ihm entfernt stehen. »Komm mal kurz, bitte«, sagte ich. Dann machte ich kehrt und ging zügig um die Ecke, hinter der mein Moped stand. Vor dem Eingang wollte ich nicht bleiben, aber er kam mir nicht hinterher. Also rief ich erneut: »Jetzt komm doch mal, bitte.«

Er lachte. »Wie jetzt, glaubst du echt, ich lass mich hier von dir rumkommandieren?«

»Ich will mich nur entschuldigen«, sagte ich. Pisskopf hob die Augenbrauen, kam einen Schritt auf mich zu, blieb wieder stehen.

»Ehrlich«, sagte ich.

Langsam kam er näher, baute sich vor mir auf. »Na dann los.«

»Ich weiß, was ihr mit Gabriele gemacht habt«, sagte ich. Die Hände zitterten mir in den Hosentaschen, aber die Worte flutschten.

»So machen wir das halt mit kleinen Nazis«, antwortete er.

»Ihr habt echt null Ahnung von uns«, entgegnete ich.

Fragend sah er mich an. »Weiß Giulio, dass du hier bist? Hat der dich geschickt?«

»Giulio weiß gar nichts«, gab ich knapp zurück.

Er beharrte: »Hätte ruhig selber kommen können, statt mir seinen Lakai zu schicken.«

Ich trat einen Schritt zurück, er einen nach vorn. Dann packte ich ihn am Kragen. Er lachte, war entweder sicher, dass ich ihm nichts tun würde, oder zu allem bereit. Immer noch belustigt murmelte er: »Und? Was soll das jetzt werden?« Ich spähte über seine Schulter, auf der Straße war niemand zu sehen.

Was dann geschah, ist schnell erzählt: Meine Rechte zieht das Messer aus der Tasche, der Daumen lässt die Klinge vorspringen; ein kräftiger Stich, mehr nicht. Die Klinge schnitt so butterweich in Pisskopfs Fleisch, dass ich darüber stutzte. An den kurzen Widerstand der Haut, die dann ganz plötzlich nachgab, sollte ich mich lang erinnern. Er würde es überleben, die Klinge hatte keine lebenswichtigen Organe verletzt, doch das erfuhr ich erst später: In diesem Augenblick machte ich mir darüber keine Gedanken. Ein Bein sackte ihm plötzlich weg, als wäre er vom Blitz getroffen worden, und ich hielt ihn noch kurz am Kragen fest, ehe ich losließ, damit er mich nicht zu Boden zog. Er ging auf die Knie, röchelte und spotzte wie ein verstopfter Abfluss. Dann sank er auf den Asphalt und krümmte sich wie ein Embryo. Seine Miene wirkte eher von Verblüffung verzerrt als von Schmerzen. Ein bisschen schief sah er mich an, aus großen, ungläubigen Augen. Nur kurz blieb ich noch vor ihm stehen, dann drehte ich mich um, warf das Moped an – die Schlüssel steckten – und fuhr los, ohne den Helm aufzusetzen. Bloß ein paar Sekunden hatte sie gedauert, meine kleine Rache. Wie ein Nadelstich. Ich hörte kein Geschrei, sah keinen, der mir folgte.

An der Stadtgrenze hielt ich an einer Bar, die von außen aussah wie ein Raumschiff. Das große Fenster war umrahmt von blauen und gelben Neonlichtern. In den Ohren hatte ich nur weißes Rauschen, mein Kopf war völlig leer. In der Bar gab es Spiegelwände und Spielautomaten, alles blau und gelb, und niemand sprach mit irgendwem, alle schienen solo da zu sein oder sich nur verlaufen zu haben. An der Theke saßen ein paar Südamerikaner und starrten mit hängenden Lidern ins Leere. Ich bestellte einen Wodka und trank ihn in einem Zug. Den zweiten trank ich in zwei. Der chinesische Barmann war kaum älter als ich und bediente mich gelangweilt. Für den dritten und vierten Wodka ließ ich mir etwas mehr Zeit. Ich baute darauf, dass sie meinen Herzschlag beruhigten, was sie auch taten.

Zu Hause schlich ich in mein Zimmer, ohne irgendwem zu begegnen. Dann schlief ich sofort tief ein.

SCHULJAHR 2005/2006

25

In der neuen Schule sind wir nicht viele, es gibt nur zwei Klassen in jedem Jahrgang, und anscheinend sind alle da, um nach irgendeinem Fehltritt wieder in die Spur zu kommen. Meine Eltern und ich haben beschlossen, meinen Hausarrest als Sabbatjahr zu nehmen, weshalb ich jetzt mit einem Jahr Verspätung mit der Schule weitermache. Auf dem Beccaria wollte man mich nicht mehr: Der Rektor hat uns von einer Neueinschreibung abgeraten, wobei er eher an das Ehrgefühl meiner Eltern appellierte als an meins. Die Zeitungen würden sicher darüber schreiben, meinte er, was doch wohl für alle unangenehm wäre, für ein anständiges Ehepaar wie sie und auch für einen jungen Mann wie mich. Ich bin dann extra noch mal hin, um allein mit ihm zu sprechen, Ende August, als niemand in der Schule war. Wollte fragen, welche Klasse mich womöglich doch noch aufnehmen könnte. Er gab sich unterkühlt und kategorisch. Drohte mir sogar, so in der Art von: Wenn du wiederkommst, machen wir dir das Leben zur Hölle. Ich hätte es normal gefunden, wieder auf meine alte Schule zu gehen, kam nicht mal auf die Idee, dass mir was passieren konnte, nachdem ich meine Strafe verbüßt hatte, aber der Rektor hatte recht: besser nicht. Von solch praktischen Fragen hatte ich noch zu wenig Ahnung.

So bin ich also an dieser Privatschule gelandet, noch weiter in der Innenstadt, ganz in der Nähe einer Kaserne. Edmondo

De Amicis heißt sie. Wenn meine Eltern mit mir reden, tun sie das manchmal so nachsichtig wie mit einem Kranken, was mich vermuten lässt, dass sie mich wirklich für krank halten. Von dem, was all die Jahre mit mir los war, haben sie rein gar nichts verstanden, aber das ist schon okay. Sie liegen ja auch nicht ganz falsch: Eine Art Fieber hat mich seit Langem im Griff, und nur mit Paracetamol kriegt man das sicher nicht weg.

Was das betrifft, sind meine neuen Klassenkameraden genauso wie ich. Nur äußerlich unterscheiden wir uns voneinander. Manche erinnern mich an die Daunenjacken-Typen, die spätnachts auf der Party bei Giacomos Freund aufgekreuzt sind. Sie ziehen sich ähnlich an, gehen ähnlich, bewegen sich ähnlich, haben dieselben bedrohlichen Gesichter und strahlen dieselbe Gewalt aus. Aus der Nähe sind sie aber alle nett. Nicht die hellsten Kerzen auf der Torte, wie's aussieht, aber das ist mir egal. Diese Schule ist auch für sie ein Zufluchtsort: Wir sind alle beschädigte Ware, alle defekt. Viele von ihnen sind reich, wohnen in teuren Vierteln und haben abwesende oder übertolerante Eltern. Oder sie sind abgerutscht, ohne dass die Eltern was dafür können. Wahrscheinlich wissen alle, was ich getan habe, aber niemand spricht mich darauf an. Nur vor ein paar Tagen, im zweiten Monat an der Schule, kam einer aus der B in der großen Pause auf mich zu. Er war groß, etwa in meinem Alter und komplett schwarz gekleidet, trug kaum modische Sachen. »Hey«, sagte er und drückte mir kräftig die Hand. »Ich bin Cesare. Ich wollte nur sagen, ich weiß, wer du bist, und ich bin auf deiner Seite.« Ich habe nichts dazu gesagt, und er fügte hinzu: »Wenn du was brauchst, ich bin da.«

Dann hielt er mir den Unterarm zu unserem alten Gruß hin, den ich seit einem Jahr nicht mehr gemacht hatte. Hastig und etwas genervt griff ich zu, sagte: »Danke«, und verschwand. Ich ging runter auf den Hof, denn in dieser Schule durfte man offen rauchen, damit es niemand heimlich auf dem Klo tat. Stattdessen wurde auf den Klos gekokst, eine neue Welt für mich. Eine der kaputtesten von all den kaputten Gestalten auf dieser Schule war Adele, die in meiner Klasse in der ersten Reihe saß. Sie wurde pausenlos von Jungs umschwirrt, denn eine Schönheit wie sie sah man jenseits von Fernsehen oder Zeitschriften nicht oft. Schon an einem der ersten Schultage hat sie mich eingeladen, zum Lernen mit zu ihr zu kommen. Einfach so, als wäre es bloß ein spontaner Einfall ohne jede tiefere Bedeutung. Für mich war es allerdings ein wichtiger, feierlicher Moment, wie immer, wenn irgendwer mich auserwählte. Sie wohnte nicht weit weg, in derselben Straße, in der auch die Schule lag, in einem mindestens sechs Stockwerke hohen Prunkbau, den man durch einen großen, in dieser stillen Jahreszeit noch üppigen Gemeinschaftsgarten betrat. Genau wie Gabriele hatte sie eine eigene Haustür, konnte kommen und gehen, wie sie wollte. Bei ihr war es allerdings ordentlicher. Als könnte sie meine Gedanken lesen, sagte sie: »Meine Eltern sprechen kein Wort mehr miteinander.« Dann setzte sie sich aufs Bett, schlug die Storchenbeine übereinander und sagte: »Philosophie checke ich null. Das musst du mir erklären.«

Ich setzte mich auf den Fußboden; wir sollten Galileo Galilei lesen. Eine volle Stunde haben wir richtig gelernt, und es war schön und produktiv. Adele notierte sich vieles, handschriftlich, in einem großen Block. Dann machten wir eine Pause, rauchten eine Zigarette. Sie hatte überhaupt einiges mit Gabriele gemeinsam, fand ich. Zum Beispiel war sie selbst auf mich zugekommen. Und sie war reich. Sie sagte: »Du, ich mach jetzt was, aber du darfst dich nicht aufregen.«

Aus dem Schrank holte sie eine große Flasche Ammoniak und ein kleines Plastikfläschchen, nestelte mit Stanniolpapier herum. »Du kannst gern auch«, sagte sie, »aber ich würd's dir eher nicht raten.« Sie lachte traurig. »Ein Scheißzeug ist das.«

Durch ein Loch in dem Plastikfläschchen schob sie die Hülle eines Kugelschreibers, nur das leere Kunststoffröhrchen. Darin war Wasser. Rauch. Ich kapierte nicht richtig, was sie da gebastelt hatte, aber jedenfalls saugte sie jetzt den Rauch durch das Röhrchen. Dann setzte sie sich aufs Bett, stand gleich wieder auf, zündete sich noch eine Zigarette an. Sie setzte sich wieder, sagte: »Okay.« Dann: »Gut, weiterlernen.« Ich schlug mein Buch wieder auf. Das ganze Zimmer stank nach dem Zeug, das sie verbrannt hatte. Sie machte keinerlei Notizen mehr, kaute nur auf einem Kaugummi herum und starrte an die Wand hinter mir. Wenig später sagte sie: »Nee, kann mich nicht mehr konzentrieren.« Ich schwieg.

Sie sagte: »Komm her.« Etwas schüchtern setzte ich mich zu ihr aufs Bett. Adele umfasste mich von hinten, und ich ließ mich zurücksinken, zwischen ihre Beine. Leise summte sie ein Lied. Ich legte meine Arme auf ihre, und sie sagte: »Du bist ja echt 'ne richtige Unschuld vom Lande.«

Ein paar Minuten später drehte sie sich zur Seite, mit dem Gesicht zur Wand, wirkte fast, als wäre sie eingeschlafen. Doch sie summte immer noch dasselbe Lied, das ich nicht kannte. Ich stand auf, packte meine Bücher ein, erfand eine Ausrede, aber sie hat gar nicht reagiert, sich nicht mal gerührt. Ein schöner Zauber, wie mir schien, doch ich war nicht darin gefangen, also ging ich nach Hause.

Den Philosophielehrer mag ich am liebsten. Er heißt Franceschini, ist jung und auch er sieht gut aus, wie Adele. Haare hat er fast keine mehr, dafür einen Bart und eine Brille mit dünnem Gestell. Er trägt immer einen schwarzen Anzug und ein weißes Hemd und scheint darunter einen gut gebauten Körper zu verbergen, breite Schultern, schmale Taille. Manchmal macht er etwas fiese Witze, die zwar die ganze Klasse zum Lachen bringen, aber den Betroffenen beschämen. Er nennt alle beim Nachnamen, was wohl eine gewisse Distanz wahren soll. Vermutlich weiß auch er, was ich getan habe, denn an einem der ersten Tage hat er eine Nummer abgezogen, die extra auf mich zugeschnitten schien: Er bat mich um meinen einzigen Stift, um irgendetwas ins Tagesbuch einzutragen, und ich habe ihn ihm gegeben. Normalerweise vergesse ich so was, aber an diesem Tag rief ich, als er sich nach der Stunde die Tasche umhängte und aus dem Zimmer ging: »Moment, mein Stift!«

Er drehte sich um, und ein Grinsen blitzte durch den Bart. »Wie, dein Stift?«, fragte er.

»Der, den ich Ihnen vorhin gegeben habe. Kann ich den bitte wiederhaben?« Ich war verdutzt, dass er sich nicht erinnerte, er war doch sonst immer so korrekt. Obwohl die Stunde schon vorbei war, saß die ganze Klasse schweigend da und wartete. Franceschini flößte allen Respekt ein. Solange er noch in der Nähe war, stand man nicht mal von der Bank auf.

Er ging noch mal zum Pult. »Kannst du mir denn beweisen, dass er dir gehört?«

Nein, wollte ich sagen, kann ich nicht. Aber ich brachte es nicht über die Lippen. Draußen auf dem marmornen Flur waren schon andere Schüler zu hören. Ich war völlig vor den Kopf gestoßen, wie gelähmt, kam mir vor wie ein Idiot.

»Aber ... Sie können mir den doch nicht einfach so klauen«, stammelte ich schließlich.

Sein triumphierendes Grinsen wurde noch breiter. »Was

keinem gehört, kann man nicht stehlen«, sagte er. »Wiedersehen.«

Ich drehte mich zu den zwei Jungs hinter mir um, die vor und nach der Schule häufig Bongs rauchten. Soweit das mit den schweren Lidern möglich war, sahen die mich nur aus großen Augen an und verzogen den Mund, wie um zu sagen: Keine Ahnung, was das soll.

Giulio meldet sich gar nicht mehr bei mir, und ich mich auch nicht bei ihm. Schon eigenartig, wie schnell sogar die größte Sympathie sich in Luft auflösen kann, und doch ist es passiert. Während meines Arrests hatten wir noch Kontakt. Eines Tages fragte er: »Dann willst du jetzt wohl aussteigen, hm?« Aus der Federazione, meinte er, und ich war nicht sicher, ob er das fürchtete oder hoffte.

Es fühlte sich seltsam befreiend an, darauf zu erwidern: »Wenigstens für eine Weile wär's vermutlich besser.«

Das verstehe er gut, sagte er und hat nicht mal versucht, mich vom Gegenteil zu überzeugen – wahrscheinlich war es ihm lieber so. Ich rätsele noch immer, ob Giulio mich je wirklich als Freund gesehen hat. Wir sähen uns bestimmt bald wieder, sagte er, »wenn das alles vorbei ist, rein freundschaftlich.« Doch wir merkten schnell, dass wir uns über diese Distanz hinweg nicht mehr viel zu sagen hatten.

Mit Gabriele ist es anders: Wir schreiben ab und zu, reden über Dinge, die nichts mit den wenigen, gemeinsam verbrachten Monaten zu tun haben, in denen unsere Leben ganz eindeutig aus der Bahn geflogen sind, auch wenn wir das krampfhaft ignorieren. Bitterkeit gibt es zwischen uns keine. Manchmal bin ich fast versucht, ein echtes Treffen vorzuschlagen, ziehe aber jedes Mal den Schwanz ein, weil die Vorstellung mir Angst macht – weil er mir eine Menge Fragen stellen würde, auf die ich noch immer keine Antwort hätte. Auf gewisse Weise glaube ich, dass er sich noch retten kann, deshalb will ich ihn nicht einfach aufgeben. Oder wenigstens sage ich mir das, wenn ich abends wieder mal wachliege.

So langsam denke ich darüber nach, was ich studieren will, und habe mir jetzt in den Kopf gesetzt, mich für Sprachvermittlung einzuschreiben. Bisher hatte ich nie eine klare Vorstellung, was ich nach der Schule machen will. Große Leidenschaften oder Neigungen hatte ich auch nie. Gut, Geschichte hat mich immer interessiert, aber meine Beschäftigung damit war viel zu wirr und unaufrichtig, um an ein ernsthaftes Studium zu denken. Während meine ehemaligen Klassenkameraden und -kameradinnen, die ich in all den Jahren nicht mal oberflächlich kennengelernt hatte, ihre brennende Leidenschaft für Medizin oder Jura entdeckten (wann und woraus auch immer die entsprungen war), dämmerte mir, dass ich nie Zeit gefunden hatte, mir meine eigene Zukunft auszumalen, weil ich viel zu tief zwischen Vergangenheit und Gegenwart feststeckte. Meine Weltflucht, mein dauerndes Allesniederbrennen hatten viel zu viel Aufmerksamkeit erfordert, und vielleicht war es genau dieses Fehlen einer echten Perspektive, die mich so weit getrieben hatte: Wer nicht über den Augenblick hinaussieht, dem ist nichts kostbar und alles entbehrlich.

Mein neuester Plan ist, Arabisch zu lernen. »Wieso das denn?«, fragte mein Vater eines Tages beim Abendessen. Ich sagte, das wisse ich auch nicht, aber vielleicht ist ja doch was von all den Liedern über den Schwarzen September hängengeblieben, von den Geschichten über die Handschar der SS und so weiter. Ich schob den Gedanken ganz nach hinten in eine Schublade, wo ich ihn nicht mehr sah. Manchmal denke ich auch an die Englisch- und Theaterlehrerin in Dublin, an ihr Lob für mein gutes Englisch und vor allem daran, wie stolz ich war, als ich den Romeo gespielt habe, wie ich mich endlich zu irgendetwas fähig fühlte, ganz ohne Scham, ganz ohne Zorn. Ich erinnere mich gut, wie schön ich es fand, meine eigene Sprache abzustreifen und in einer anderen Trost zu finden, in Worten, die in meinen Ohren unschuldig klangen, erst noch mit Sinn zu füllen waren. All das, diese Ergriffenheit und dieses Glück, wird wohl damit zu tun haben.

Und schließlich Olimpia. Kürzlich habe ich ihr geschrieben, und sie hat geantwortet: »Tut mir leid, ich bin noch nicht so weit.« Das hörte sich nett an, fand ich: So will ich sie mir vorstellen, um nicht zu viel an sie zu denken. Um möglichst gar nicht an sie zu denken. Wie bei einem Entzug. Daran, was ich getan habe, denke ich aber ständig. Wirklich reumütig bin ich nicht. Leid tut es mir schon, klar: Wie auch nicht? Manchmal kehre ich in Gedanken zu dieser Bar zurück, zu der Straßenecke, bekomme die Tat selbst aber nicht recht vor Augen. Nur Gefahr spüre ich, einen klaffenden Abgrund. Oft halte ich mir dann instinktiv die Augen zu, um meine Erinnerung nicht sehen zu müssen. Dass es irgendwie unumgänglich war, diesen Tiefpunkt zu erreichen, glaube ich noch immer. Leider.

Noch öfter sehe ich den nächsten Tag vor mir. Die Polizei kam schon ganz früh am Morgen. Als ich die Klingel hörte, dachte ich: Da sind sie ja. Zu sagen, dass es mich gefreut hätte, wäre übertrieben, aber ich spürte doch eine Last von mir abfallen. Etwas war an seinem Ende angelangt. Zu meinem Vater, der die Tür aufmachte und sich verwirrt nach mir umdrehte, sagte ich nur: »Ist für mich.«

# DANK

Alles in diesem Buch ist Fiktion, wirft jedoch seine Schatten zurück auf eine reale Vergangenheit.

Mehrere Menschen haben mehr oder weniger wissentlich zu seiner Entstehung beigetragen. Meine gesamte Familie, Federico Sarica, der mir als Erstes Raum zur Entfaltung gegeben hat, außerdem Cristiano de Majo, Natalia Latronico, Matteo Codignola, Irene Graziosi und Eleonora Boni.

Hinzu kommen einige Leute, ohne die es dieses Buch heute nicht geben würde. Vincenzo Latronico danke ich dafür, wie sorgfältig und engagiert er mein Schreiben über Jahre begleitet und stetig verbessert hat. Francesca Lanza für all ihre Liebe in dieser Zeit. Eva Ferri dafür, dass sie an dieses Buch geglaubt hat, erst aus bloßer Intuition heraus, dann mit Beharrlichkeit, professionell und liebevoll. Und schließlich auch Manuela Puglisi, aus älteren, tieferliegenden Gründen, die damit zu tun haben, dass dieser Roman zum Glück keine Autobiografie ist.

Die Arbeit des Übersetzers am vorliegenden Text wurde
vom Deutschen Übersetzerfonds gefördert.

Aus Liebe zu Mensch und Umwelt: gedruckt auf rückstandsfrei
recyclebarem, alterungsbeständigem Papier.

MIX
Papier aus verantwortungsvollen Quellen
FSC® C005108
FSC
www.fsc.org

CERTIFIED cradle to cradle SILVER

PurePrint®
innovated by gugler* DruckSinn
Gesund. Rückstandsfrei. Klimapositiv.
drucksinn.at

WWW.KJONA.ECO

Deutsche Erstausgabe
Die italienische Originalausgabe erschien 2024 unter dem Titel
La parte sbagliata bei Edizioni E/O in Rom.

Korrektorat: Tamara Al Oudat
Covergestaltung: Marion Blomeyer, Lowlypaper
Covermotiv: Maria Turel
Foto im Nachsatz: Alessandra Canteri
Innengestaltung und Satz: Herr K | Jan Kermes
Gesetzt aus der Crimson Pro und der Work Sans
Druck und Bindung: Gugler, Melk
ISBN: 978-3-910372-29-0